I0641762

Contraste insuffisant

NF Z 43-120-14

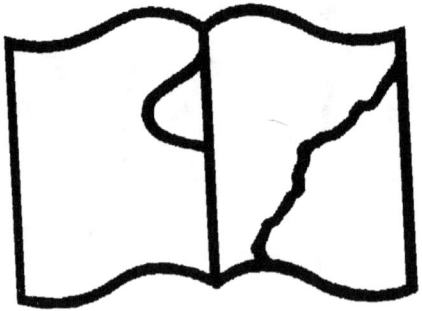

L'HOMME DU GAZ

OUVRAGES DU MÊME AUTEUR

Collection in-18, Jésus, à 3 fr. le volume

LA FÉE DES GRÈVES

Nouvelle édition illustrée, 1 volume in-8e, prix : 5 francs.

⸺⸺⸺

SOUS PRESSE

LA QUITTANCE DE MINUIT

Nouvelle édition

Poissy. — Typ. S. Lejay et Cie.

L'HOMME
DU GAZ

PAR

PAUL FÉVAL

DEUXIÈME ÉDITION

PARIS

E. DENTU, ÉDITEUR

LIBRAIRE DE LA SOCIÉTÉ DES GENS DE LETTRES

PALAIS-ROYAL, 17 ET 19, GALERIE D'ORLÉANS

—

1873

L'HOMME DU GAZ

1

LA BELLE PORTIÈRE

La rue des Trois-Maisons longeait le parc de Monceaux. Elle devait son nom à trois « immeubles de rapport » bàtis d'un seul tenant, dans le style qui attire les locataires ambitieux.

C'est un quartier triste, je ne saurais dire pourquoi. Il compte pourtant de splendides demeures. Je vous défie de passer devant le palais élevé par la famille de Rothschild, derrière une grille régnante, comme on érige, une tombe au centre d'un « terrain réservé », sans avoir un frisson de deuil.

1

On devrait établir pour les personnes trop riches une école de goût gratuite et obligatoire.

Nos trois maisons accolées, plus pauvres que le mausolée du roi d'argent, étaient aussi un peu moins lugubres. Celle du milieu surtout affichait résolûment un faux air de bonne humeur artistique.

Il y avait à tous les étages des têtes sculptées qui sortaient de niches en forme de saladiers, et les balcons, d'un dessin agréablement banal, enserraient, trois par trois, de jolies petites fenêtres dans leurs corbeilles, dorées abondamment.

La maison de droite tombait dans un terrain en contrebas, où mourait de langueur un pauvre beau cèdre exilé du parc. La maison de gauche s'appuyait contre une construction qui sortait à peine de terre.

Elles semblaient être là toutes les deux pour prêter le flanc respectueusement à l'immeuble central, où va se nouer notre histoire.

Aussi n'avaient-elles, comme vous et moi, que des concierges, tandis qu'au rez-de-chaussée de l'édifice qui occupait le milieu, on pouvait lire sur la porte vitrée, ouverte au bas de l'escalier, cette intimation stupéfiante :

PARLEZ AU CONSERVATEUR.

Cette maison portait le n° 13.

Le conservateur du n° 13 se nommait M. Virgile Matifaz, et sa femme, Mme Virgile Matifaz était connue depuis la rue de Courcelles jusqu'au boulevard Malesherbes, sous le sobriquet flatteur de la Belle-Portière.

Le dimanche, Mme Matifaz avait robe de soie et chapeau à fleurs pour aller entendre la messe à Saint-Philippe-du-Roule, et dans cette église, véritablement comme il faut, elle occupait deux chaises, dont l'une munie d'un vaste appuie-coudes, portait en toutes lettres le nom de Mme Virgile Matifaz, — à droite de la chaise d'une vicomtesse, générale et sénateuse, à gauche de la chaise d'une avouée.

M. Virgile Matifaz, conservateur et non point concierge, avait l'accent allemand et le type juif, mais n'appartenait à aucune religion. Ses mœurs étaient légères; en politique, il professait des opinions subversives, quoi qu'il appelât les ouvriers, — « ce sale peuple. »

J'ai connu des tribuns comme cela.

Mme Virgile Matifaz ne contredisait jamais son mari devant le monde, mais quelques chroniqueurs prétendaient qu'elle lui administrait d'équitables corrections derrière le mur de la vie privée

Un lundi soir, en l'année 1868 au mois d'août, vers les huit heures de relevée, M. Virgile Matifaz prenait le frais sur le pas de sa porte, en fumant avec sensualité un petit bordeaux de choix.

C'était un assez joli garçon, de ceux dont Delphine de Girardin disait si sincèrement : « Rien n'est répugnant comme un bel homme. » Sa joue avait la blancheur du poulet, et sa barbe, ainsi que ses cheveux, étaient plus noirs que de l'encre. Il avait un nez aquilin, mais court; une bouche d'une excessive petitesse, avec des fossettes aux deux coins et des yeux ronds, frangés de magnifiques cils. Ses dents éblouissaient.

Mme Matifaz, plus âgée que lui d'un an et possédant quelques économies, l'avait épousé pour ses attraits.

Et il en avait bien l'air! Au seuil de cette demeure, bellâtre comme lui, la taille bourrée dans une jaquette collante, ses courtes jambes forcées dans un pantalon indélicat, le cou gras, demi-nu, serré par une cravate à la colin de l'azur le plus tendre, il posait, malséante image qui troublait les rêves de toutes les filles de chambre de la rue des Trois-Maisons.

Ce n'était pas une loge, chez lui, c'était un musée; et les objets d'art, entassés dans cet espace étroit, auraient suffi pour donner à M. Virgile Matifaz un droit imprescriptible au titre de conservateur.

Rien ne manquait là, ni le bahut du quinzième siècle, fabriqué passage Sainte-Anne, ni les faïences menties, ni les chinoiseries frelatées, ni la petite Vierge de Giotto, écorchée par un rapin faussaire, ni le coutelas catalan, ni la hache sicambre trouvée au fond de la Seine, ni même le cric malais, dont la lame inhumaine fait terreur à voir.

Les connaisseurs du café-concert des Acacias, rue de Lévis, disaient volontiers :

— Quand M. Matifaz voudra, le gouvernement lui achètera ses bibelots. Il a des pièces qui manquent au Louvre!

Il y avait pourtant chez M. Matifaz quelque chose d'honnêtement beau : c'était sa femme, une forte et fraîche figure qui rayonnait la franchise, la bonté, la santé. Rubens a peint de ces superbes commères, déesses ou princesses, à ce qu'il disait, mais réellement Flamandes, de brave sang villageois.

Reine ou portière, Françoise Matifaz est également déclassée. Il ne lui faut ni une loge ni un palais. Sa place est au grand air; elle vient des champs; le paysage est son cadre nécessaire, comme il faut l'herbe et les feuillées pour faire valoir la robe rousse des nobles génisses de Paul Potter.

Françoise était une exilée. L'exil est comme la captivité, il tue le sens; Françoise avait perdu le sens, puisqu'elle était la femme de Virgile Matifaz, puisqu'elle l'aimait, ce grotesque, puisqu'elle restait là, près de la fenêtre, laissant reposer son aiguille et regardant avec une admiration mélancolique cette tête de perruquier. coiffée de cirage et cravatée de bleu céleste.

Deux passants débouchèrent aux deux extrémités de la rue des Trois-Maisons, l'un du côté du boulevard de Messine, l'autre du côté de la rue de Courcelles.

L'homme du boulevard, ayant moins de chemin à faire, arriva le premier. Il portait une redingote boutonnée, et son chapeau, légèrement déformé, pendait sur l'oreille, selon l'angle adopté par les dandys du bas-fond parisien.

Quand il entra dans le cercle de lumière produit par les lanternes de la maison n° 13, vous eussiez pu reconnaître le Don Juan éculé de nos barrières, lugubre farceur orgueilleusement sale, et qui ressemble aux autres Don Juan comme le ruisseau jaunâtre, précipité dans l'égout, ressemble aux cascades alpestres.

Il avait une laideur toute différente de la beauté de Virgile Matifaz, mais presque aussi honteuse. C'était une figure à pipe aux traits crochus qui semblait modelée dans de la boue par les mains d'un Dantan plus

1*

hardi. Les coins de sa bouche creusaient deux plis pro-
fonds dans sa peau grise, et tombaient de chaque côté
jusqu'au bas du menton, exprimant le dédain amer que
lui inspiraient les hommes et les dieux. Son regard terne,
mais insolent, tombait en quelque sorte goutte à goutte
de sa paupière éraillée.

Il était grand, assez solidement bâti, malgré sa mai-
greur, que faisait ressortir sa redingote, trop mûre et si
étroite qu'on l'eût dite taillée pour un enfant. Il marchait en paresseux, les mains ensevelies jusqu'aux coudes
dans les poches d'un pantalon de cavalerie.

Dès que M. Matifaz l'aperçut, il se mit un peu de côté
pour fuir les regards de Françoise.

— Ça va bien, M. le marquis? dit-il.

Ce titre de marquis fut donné et reçu sans rire.

Pendant cela, l'autre passant, celui qui venait de la
rue de Courcelles, avait gagné du terrain. On pouvait
voir maintenant qu'il portait la blouse par-dessus une
longue redingote, et que la perche des allumeurs de gaz
se balançait sur ses épaules.

Il s'arrêta à deux cents pas des trois maisons pour régler la lumière d'un bec. M. le marquis dit en haussant
les épaules :

— C'est cette bête de Chuche, mon protégé... pas mal,
et toi, ma veille?

Ils échangèrent une poignée de main. M. Matifaz,
malgré l'élégance de sa toilette, ne paraissait pas être
tout à fait sur un pied d'égalité avec le marquis.

Il demanda :

— Est-ce qu'il est en fonds?

— Qui ça? Chuche!... jamais!

— Et toi? demanda encore M. Matifaz.

— La grêle! Je suis en froid avec Mme Chuche.

— Alors, dit M. Matifaz assez résolûment, comme ç'a été mon tour de payer toute la semaine dernière et le dimanche, je vas me coucher, je suis à sec. Bonsoir, Tourterol.

— Bonsoir innocent.

M. le marquis s'appelait Tourterol : de Tourterol probablement.

Il laissa Matifaz s'éloigner jusqu'à moitié chemin de la loge, puis il dit entre haut et bas :

— C'est bon, je vais aller aux Acacias tout seul. Ça me fait de la peine que tu ne verras pas ses débuts.

Virgile s'arrêta court.

— Les débuts de qui? demanda-t-il.

Tourterol ne répondit pas, et s'éloigna les mains dans ses poches.

— Les débuts de qui! répéta M. Matifaz, en courant après lui.

Tourterol se fit prier un instant; puis, il répliqua :

— De Mlle Plumet, parbleu! l'amour des amours, qui s'élance du premier coup dans les Thérésa. Elle est sur l'affiche, entre M. Oscar et Mme Chaloupe. Ce soir, lundi : *Rien n'est sacré pour un sapeur...* Que ça!

— Eh! là bas! les vieux! cria de loin une bonne grosse voix qui parlait de franchise et de simplicité, où donc vous envolez-vous?

Mais M. le marquis et l'amoureux Virgile glissaient déjà au pas de course devant la grille du parc Monceaux. Ils disparurent dans la direction des Batignolles.

L'homme du gaz continua d'avancer. En marchant, il pensait tout haut, comme font les solitaires :

— Tourterol a dérangé ce jeune homme-là. Ils sont embauchés tous deux pour chauffer les grévistes à la barrière; un drôle d'état! Et ils disent que c'est pour le compte du gouvernement... Pas celui d'ici, l'autre.

Françoise Matifaz, ne voyant plus Virgile, avait ouvert sa fenêtre pour regarder dans la rue.

— Bonsoir, monsieur Chuche, dit-elle. Vous travaillez tard?

— Bonsoir, ma belle madame. Par ici, tous nos compteurs sont neufs. Ça nécessite de la surveillance. J'ai deux becs rue de Lisbonne qui me font quelquefois coucher au chant du coq.

— Est-ce que vous n'avez pas vu mon mari?

— Si fait. Il m'a eu l'air de jeter un coup de pied jusqu'au bureau de tabac.

— Et la santé, monsieur Chuche?

Celui-ci s'était arrêté devant la croisée et s'appuyait sur sa perche comme sur une lance. Sa main gauche était passée dans un mouchoir qui pendait à son cou.

Thomas Chuche, ancien mécanicien, déchu jusqu'au rang d'allumeur par suite d'un accident d'atelier qui lui ôtait l'usage de sa main gauche, paraissait être aux environs de quarante ans. L'expression de son visage était une gaieté tranquille, mais il avait dû souffrir. Il était proprement couvert, portant une redingote de drap sous sa blouse. Son chapeau était posé droit et même un peu en arrière sur une forêt de cheveux châtains bouclés, qui encadraient sa large et débonnaire figure.

— Quant à la santé, répondit-il, ça ne va pas trop

mal. Mais la santé n'est pas tout. Quand je rencontre des gens comme vous qui sont heureux chez eux, ça m fait plaisir tout de même.

Françoise lui tendit la main par-dessus l'appui de la croisée.

— Vous l'avez connue bien tranquille, reprit Thomas Chuche, dont la bonne voix s'altéra un peu, et vous lui avez donné de bien bons conseils aussi. Quand je pense qu'elle était digne d'être votre amie en ce temps-là!... mais les mauvaises connaissances... Elle n'approche plus jamais de chez vous, pas vrai? Non! Tenez si je mettais la main sur celui qui me l'a perdue, dame! ce serait tant pis pour lui.

Il essuya ses yeux avec son poing fermé.

— Mais Thérèse demeure toujours avec vous, n'est-ce pas? demanda Françoise avec un intérêt véritable.

— Non... Mon Dieu! non. Elle est partie. C'est mon ami Tourterol qui couche dans notre lit, pour me consoler. Moi, je dors, sur une chaise, rapport à ce qu'i n'aime pas à être gêné... je sais bien que toute la faute n'est pas à elle. Ah! moi aussi, j'ai eu mes torts.

— Vous êtes un excellent homme! dit Françoise, tout émue. Thérèse n'a pas le cœur mauvais. Était-elle assez gentille quand nous la menâmes à l'église avec vous! si je pouvais la voir, lui parler...

Chuche donna un petit coup au bec qui était au-dessus de la porte cochère, à gauche pour égaliser les deux lumières.

— C'est étonnant, reprit-il, en détournant l'entretien, car il sentait venir des larmes, comme vos trois maisons, ici, ressemblent aux trois miennes, là-bas, de l'autre côté du parc! La semaine dernière, je me suis trompé tout net; j'ai été sur le point de vous réveiller par un coup de sonnette, croyant être à la porte de chez moi.

Une voiture tourna l'angle de la rue et vint s'arrêter à la porte du n° 13. Une jeune fille vêtue très-élégamment et très-simplement descendit, suivie par une femme de chambre âgée.

— Allons! fit Thomas Chuche, qui ôta son chapeau, voilà votre belle chérie, madame Matifaz. Ça vous fait quelque chose, quand elle vous appelle encore sa bonne... bien le bonsoir. Moi, je me sens tout regayé, quand j'ai causé comme ça un petit instant avec un brave cœur.

Il s'éloigna. Françoise était déjà sous la voûte, où la jeune fille de la voiture lui jeta ses deux bras autour du cou, disant, entre deux pétulants et gracieux baisers :

— Ma bonne, je vais être grondée, là-haut, mais ce n'est pas ma faute; pauvre marraine est si malade!

— Armelle! murmura Françoise, ma chère demoiselle Armelle!...

Elle s'arrêta, comme étonnée elle-même de l'étrange émotion qui lui serrait le cœur.

— Qu'as-tu donc, ma bonne? demanda la jeune fille.

Les yeux de Françoise Matifaz étaient tout baignés de larmes.

— En vérité, dit-elle, je n'en sais rien. Je n'en sais rien... mais, depuis tantôt, voici la troisième fois que je pleure. Je vous croyais rentrée et je me disais : Je ne pourrai pas la voir d'aujourd'hui.

Armelle mit ses gentilles mains frais gantées sur les épaules robustes de Mme Matifaz.

Et c'était un singulier contraste entre cette frêle enfant, jolie comme la grâce, délicate comme l'élégance même de la poésie parisienne, et la forte femme de Rubens qui pleurait — et qui tremblait, comme font parfois les fillettes : sans savoir pourquoi.

Armelle la regardait dans les yeux.

— Ma bonne, fit-elle après un court silence et avec une tendresse presque filiale, tu as quelque chose à me dire.

— Non, répliqua Françoise, mon Dieu! non... Ou plutôt... Mais, chérie, vous êtes déjà en retard, et je ne veux pas que vous soyez grondée.

— Berthaud! appela Armelle.

La vieille femme de chambre, qui avait passé tout ce temps à payer le cocher, arrivait justement.

— Berthaud, lui dit Armelle, vous allez monter et dire à ma tante que je me suis arrêtée un instant chez ma bonne.

— C'est donc pour gâter l'affaire un peu plus! grommela Berthaud.

Mais elle obéit.

Armelle poussa Françoise Matifaz dans la loge.

Dès qu'elles furent seules, Françoise souleva la jeune fille et la serra contre sa poitrine en un baiser plein de passion.

Et pourtant, elle répétait avec des sanglots :

— Je n'ai rien, je n'ai rien, je te jure que je n'ai rien, ma petite chérie...

— Seulement, ajouta-t-elle, j'ai pensé à madame toute

la journée, j'entends à votre chère mère. Depuis qu'elle s'en est allée chez le bon Dieu, Armelle, je n'ai pas été heureuse. Aurais-je songé à me marier si elle était restée avec nous? Non, puisqu'il aurait fallu la quitter...

— Est-ce que M. Matifaz... commença Armelle, déjà menaçante.

Françoise sourit à travers ses larmes.

— Ce n'est pas cela, répliqua-t-elle, et d'ailleurs c'est bien vrai, ma petite chérie aimée, je n'ai rien... rien du tout... Mais tu sais, chez madame, j'étais plus qu'une femme de chambre...

— Tu étais une amie, ma bonne, la meilleure amie de pauvre maman !

— C'est vrai... et je vous remercie, mon enfant. Dit par vous, cela vaut mieux que si je m'en étais vantée moi-même. Oui, c'est bien vrai, la preuve, c'est que madame m'a confié l'avenir de son trésor adoré, de son Armelle...

— Mon avenir ! répéta Armelle sans comprendre.

Françoise lui dit dans un baiser :

— J'ai quelque chose à toi, fillette.

Pour la seconde fois, le sourire perçait le voile de ses larmes.

— Et pourquoi me dis-tu cela, maintenant, ma bonne? demanda la jeune fille.

Françoise la regarda comme étonnée. Toute sa tristesse était déjà revenue.

— Pourquoi? répéta-t-elle.

— Oui, reprit Armelle, voyant qu'elle se taisait, pourquoi ne me l'as-tu pas dit hier? Pourquoi n'as-tu pas voulu attendre à demain?

Les yeux de Françoise se perdaient dans le vide.

— Ah! pensa-t-elle tout haut, pourquoi? Tu veux savoir pourquoi!

— Eh bien! s'écria-t-elle tout à coup, c'est que je n'avais jamais songé à cela avant aujourd'hui. On peut mourir tout d'un coup, Armelle, ma petite Armelle...

La jeune fille l'interrompit par un éclat de rire.

— Toi, ma bonne! fit-elle en mesurant de l'œil la santé resplendissante de Mme Matifaz.

Celle-ci ne fut point fâchée de l'exclamation.

Elle jeta même à son miroir un regard qui n'était pas exempt d'orgueil.

— Bon, bon! fit-elle plus gaiement, je suis forte, c'est sûr. Quand mon Virgile n'est pas sage, je le mets en pénitence dans le creux de ma main... Mais je peux mourir tout de même, fillette, dans une heure comme dans quarante ans. Et, si je mourais ainsi sans vous avoir parlé, mademoiselle Armelle, la confiance de madame serait trahie, et j'aurais peut-être dépouillé sa fille de son bien.

La rue était déserte au-dehors, et silencieuse à ce point qu'on entendait, dans le terrain voisin, le feuillage du vieux cèdre bruire à la brise des soirs.

Il y eut de l'autre côté de la fenêtre ouverte un léger frôlement.

Ni Françoise Matifaz ni Armelle n'y prirent garde.

Vers le boulevard de Messine, dans le lointain, la voix d'un homme chantait, et la lanterne de Thomas Chuche marchait dans le noir, menue comme une étoile...

2

II

LA MAISON N° 13

La passion des antiquailles, tessons et curiosités est assez rare chez les simples concierges. Nous avons hésité longtemps avant de laisser à M. Virgile Matifaz ce trait de caractère qui pourra paraître invraisemblable.

Mais, outre que Virgile s'était mis au-dessus de ses pareils en obtenant le titre de conservateur, nous nous sommes réservé de faire connaître l'origine et les motifs de sa fantaisie.

La source de son goût pour les arts, était, comme on va le voir, honorable. Tous les Allemands naissent avec un esprit de spéculation. A son arrivée en France, le

jeune Virgile apprenti perruquier, avait coiffé une dame
assez heureuse pour tenir l'emploi de Mlle Schneider au
théâtre de Tivoli, et dont les charmes faisaient fureur
parmi la jeunesse dorée des Batignolles. Elle avait eu
l'honneur de scalper les héritiers présomptifs de deux
pharmacies et le dauphin d'un magasin de nouveautés·
elle buvait dans le crâne d'un petit notaire.

Aussi marchait-elle dans la vie environnée d'un nimbe
qui éclairait tout le boulevard extérieur; et, profitant
de sa gloire, elle savait se faire un millier d'écus en opé-
rant de temps en temps la vente de ses assiettes.

En se mariant, Matifaz, qui apportait de Breslau des
idées absolument utilitaires, avait compté que sa femme
deviendrait considérable par ses déportements.

Dans cet espoir, il avait formé sa collection pour la
revendre dès que les agissements scandaleux de Françoise auraient donné le prix voulu aux pièces qui com-
posaient son cabinet. Seulement il se trouva que cette
belle Françoise était l'honneur même : une buse, selon
la juste expression de don Juan Tourterol.

Voilà pourquoi la loge de M. Virgile Matifaz, lorgnée
avec envie par le Louvre, contenait tant d'objets pré-
cieux qui ne s'écoulaient pas.

Mlle Armelle et Mme Matifaz s'entretenaient au milieu
de ces richesses sans leur accorder la moindre part de
l'attention qui leur était due. Armelle s'était assise dans
une chaise-à-bras vénérable dont le bois neuf avait été
vieilli au brou de noix, et Mme Matifaz se tenait debout
devant elle, appuyée contre un bahut double qui avait
peut-être assisté aux malentendus soulevés entre Buri-
dan et Marguerite de Bourgogne.

Il y avait une tendresse mêlée de respect dans le regard de Françoise.

Dans celui d'Armelle, c'était une franche et vive affection, à laquelle se mêlait depuis quelques secondes une
pointe de curiosité.

Celle-là, vous ne l'auriez trouvée dans aucun tableau
de Rubens ni dans aucun coin de la Flandre. L'étoile
parisienne scintillait à son front. Elle avait ce charme
infini que Paris drape comme une gaze enchantée autour du sourire de ses filles.

Il n'y a qu'elles pour avoir de ces cheveux légers et à
la fois prodigues où l'air passe en jouant avec la lumière : blonds ou bruns, peu importe. Armelle était
blonde.

Il n'y a qu'elles pour sembler frêles dans leur force,
flexibles malgré la richesse des contours : sylphides dès
qu'elles marchent, déesses quand elles s'arrêtent.

Et aussitôt qu'elles parlent, sirènes.

Elles ne sont pas toutes de Paris, au moins, ces Parisiennes. Il y en a même très-peu qui soient de Paris.

Mais Paris les attire, choisissant d'un doigt sûr parmi
les fleurs animées du parterre de France. Il y a un mystérieux courant qui passe par les provinces, murmurant
à l'oreille des élues : Enfant prépare-toi, tu es digne de
Paris.

D'autres viennent, il est vrai, sans avoir été appelées :
des foules de pauvres créatures qui n'étaient pas mar-
quées du sceau victorieux.

Celle-là, Paris les tue ou les déshonore. Pourquoi ne
pas rester chez soi? Paris ne répond que de celles qu'il a
choisies.

Armelle était une Parisienne de Paris, malgré son nom de châtelaine bretonne. Elle était née rue Saint-Dominique, au faubourg Saint-Germain, dans une maison noble et heureuse. Son père était un gentilhomme du pays de Rosporden, en basse Bretagne, sa mère était une Bourguignonne de la campagne de Nuits.

Voilà comment se font les vraies reines de Paris.

Elles naissent de ces francs-croisements qui allient le nord au midi, l'est à l'ouest, réunissant à l'improviste deux vigueurs étrangères l'une à l'autre, et rapprochant deux sangs purs, mais divers, qui bouillonnent en se mêlant.

Entre le midi et le nord entre l'est et l'ouest, Paris est à moitié chemin. C'est là que les races se confondent dans cet hymen providentiel qui éternise la beauté.

Car Dieu a voulu cela pour que la vie et l'amour circulent dans ce grand corps qui est le monde.

Tant pis pour ceux qui se dérobent aux commandements tacites, mais impérieux, de cette loi.

Je sais des coins de la province, des coins obscurs, entêtés, immobiles, où les familles nobles, à force d'accoupler leurs fils et leurs filles POUR QUE LA FORTUNE NE S'ÉPARPILLE PAS, sont arrivées à produire normalement des monstres de laideur et de crétinisme.

Armelle s'appelait Mlle de Mariaker. Elle était orpheline de père et de mère et confiée aux soins de la sœur de sa mère, Mme Lion Rabbe, femme d'un banquier, Allemand de naissance, mais naturalisé Français.

M. Lion Rabbe était le tuteur d'Armelle.

Elle allait avoir vingt ans. Il y avait maintenant dix-

2*

huit mois qu'elle habitait, avec les Rabbe, cette maison n° 13 qui était leur propriété.

M. Lion Rabbe était à son aise et passait pour un
homme fort. Quoique ses mœurs fussent patriarcales, il
ne se fâchait pas tout rouge quand on lui parlait de
Mlle Honorine. C'était son seul défaut. Il ne fumait même
pas. Quarante-cinq ans, sourcils teints. Spécialité des
cautionnements pour les journaux.

Mme Lion Rabbe avait pour petit nom Clémence. Elle
n'était pas jolie, au contraire; mais elle se croyait « distinguée » et le disait.

Elle disait aussi, en parlant d'elle-même : « Une
femme du monde. »

Celles qui sont distinguées et femmes du monde ne le
disent jamais.

M. et Mme Lion Rabbe n'ava ent pas la réputation
d'être plus méchants que bien d'autres.

Le mari, sauf son accent, était même un assez agréable compagon, et ses relations avec les gérants de journaux lui donnaient un certain style.

Françoise Matifaz reprit après un silence, en montrant
la rue à travers la fenêtre ouverte :

— C'est un désert, ici, et, quand Virgile n'est pas là,
j'ai presque peur. Je n'ai plus quinze ans, savez-vous,
mon cher ange, et de ne jamais bouger d'ici, mon sang
devient lourd. Je m'endors sans m'en apercevoir. Hier
encore, je m'étais assoupie la fenêtre ouverte, et
M. Chuche m'a fait sauter sur mon fauteuil, en me
disant qu'il était minuit, par la croisée. Et, d'un autre
côté, si on ferme la fenêtre, on étouffe. M. Rabbe ne veut

pas faire mettre de persiennes. Ces Allemands sont bien
regardants...

— Tu parlais de pauvre maman, dit Armelle.

— Oui... et tu te moquais de mes craintes, fillette.
C'est drôle, je ne peux pas me déshabituer de vous tutoyer, ma belle chérie.

— Si tu t'avisais de cela!...

— Bon! Pour en revenir, nous sommes tous mortels.
Et, d'ailleurs, te voilà grande, et il est temps que tu
saches tes affaires. Seulement, j'ai peur de ne pas
t'expliquer la chose bien comme il faut. Si tu ne comprends pas, tu me le diras, pas vrai?

D'abord, pour tout potage, tu as quatre cent mille
francs à toi. Ce n'est pas lourd, au temps où nous
sommes, pour une demoiselle de ton rang, mais c'est
bon à prendre et la seule préoccupation de madame,
à l'heure de mourir, était de te les garder bien intacts.

Elle les avait, elle, dans son secrétaire, en obligations
du chemin de fer de Lyon : bonne valeur, à ce qu'on
dit. Moi, j'aime mieux la terre, parce que je suis de la
campagne.

J'ai consulté un avocat. Si elle avait voulu rester tranquille, ça allait tout seul. La loi a l'œil sur les tuteurs.
Il est très-difficile, pour ne pas dire impossible, à un tuteur de mettre quatre cent mille francs dans sa poche.
Mais dès qu'on veut finasser et sortir de la loi, dame!
la loi vous souhaite le bonsoir et va se coucher. C'est
clair.

Notre bonne dame voulut mieux faire que la loi. Elle
se dit que ton avoir serait bien plus en sûreté si elle le

déposait, de son vivant, entre les mains de quelqu'un qui serait solvable et qui lui donnerait un reçu.

C'était le reçu qui la rassurait. On ne va pas contre un reçu. Non point que ta maman eût défiance de M. Rabbe, qui devait être ton tuteur...

— Mon oncle est un honnête homme, interrompit ici Armelle.

— Je l'espère bien, répliqua Françoise, mais laisse-moi finir. C'était mauvais, cette idée du reçu, et tout le reste a été mal fait en suite de cette idée. Quand on dressa l'inventaire après décès, les quatre cent mille francs n'étaient pas là. Tu me diras : Mais le reçu ? Eh bien ! le reçu n'était pas là non plus.

Pourquoi ça ? Parce que madame me l'avait confié en m'ordonnant de ne le lâcher sous aucun prétexte. J'ai obéi : les quatre cent mille francs ne figurent nulle part.

Elle se creusait la tête, pauvre dame, pour savoir dans quel trou elle les pourrait bien mettre en attendant ta majorité.

Il y a des comtesses qui sont joliment fortes en droit. Pas elle. Dès qu'il s'agissait d'argent, elle n'y voyait goutte. Aussi, pour vouloir trop bien faire, elle imagina un moyen qui ne valait rien, mais rien du tout !

Elle s'interrompit pour prendre une clé dans sa poche. Armelle écoutait toute pensive. On eût dit que son esprit, attentif jusque-là, venait de se dérober.

— Heureusement que le reçu est ici, poursuivit Mme Matifaz en mettant la clé dans la serrure du bahut supérieur. Je le regarde tous les jours. As-tu envie de le voir ?

Elle ouvrit le meuble. Armelle souriait avec tristesse.

— Quatre cent mille francs! murmura-t-elle. Pauvre maman !

— Le reçu, continuait Françoise, constate que le dépôt fut fait en obligations de Lyon, et je sais que M. Rabbe en touche l'intérêt. Il te doit tout de même des comptes... tiens !

Elle avait pris un portefeuille de toile au fond d'un tiroir ; elle l'ouvrit et en retira un papier.

Armelle le regarda de loin avec distraction.

En ce moment, juste sous la croisée ouverte, un bruit se fit, semblable au premier, mais un peu plus distinct.

Mme Matifaz, qui entendit cette fois, ne fit qu'un bond jusqu'à la fenêtre.

Elle se pencha au dehors et ne vit personne, — sinon un homme qui arrivait lentement, et d'un pas un peu chancelant du côté de la rue de Courcelles.

Cet homme chantait. Mme Matifaz reconnut de loin, la voix de Thomas Chuche, l'allumeur de gaz.

'II

DE NEUF A DIX HEURES

— Qu'as-tu donc, ma bonne? demanda Armelle au moment où Françoise Matifaz revenait vers le Lahut après avoir fermé la fenêtre.

— Ecoute! fit celle-ci, qui prêta l'oreille.

Un bruit de pas précipités s'éloignait dans la direction du boulevard de Messine.

— L'homme était caché dans l'enfoncement de la porte cochère! pensa Françoise.

— Quel homme? fit Armelle étonnée.

Françoise ne répondit pas.

Elle referma le bahut à double tour et remit la clé dans sa poche.

— J'ai froid maintenant dit-elle, malgré la chaleur qu'il fait. Ce papier-là me rendrait folle ! Il vaut tant d'argent ! Et c'est peut-être le bonheur de ma chérie...

— Le bonheur ! répéta Mlle de Mariaker, qui rêvait.

Françoise la regarda de côté.

— Il faudra encore que nous causions de ça, fillette, reprit-elle en souriant ; te voilà une demoiselle ; et il y a deux beaux jeunes gens là-haut... Mais pas aujourd'hui : j'ai comme un poids sur le cœur.

Une nuance rosée avait monté aux joues d'Armelle.

— Sans doute, sans doute, reprit encore Mme Matifaz, M. Lion Rabbe est honnête, c'est bien la moindre des choses que d'être honnête, mais c'est égal, un reçu se perd, un reçu se vole. Et le feu ! Si nous avions un incendie ?... Pas plus tard que demain, j'irai chez le notaire. Là, par exemple, il n'y aura rien à craindre, car je reviendrai avec un acte de dépôt authentique, et le divin reçu ne sera plus ici... vous ne savez pas, trésor ?

Armelle fit comme si elle s'éveillait en sursaut.

— Ah ! mais oui, murmura Françoise, nous causerons. J'ai idée qu'il est temps de te confesser, fillette. Auquel penses-tu ? Au gentilhomme de Bretagne ou au blondin ?...

— C'est ce que je ne sais pas, ma bonne ? interrompit Armelle vivement.

— Tu n'as pas l'air d'en avoir grande envie, toi, de te confesser... je voulais dire que je donnerais cent francs de ma poche pour être à demain et revenue de chez le notaire.

La porte de la loge s'ouvrit, et Berthaud, la vieille femme de chambre, entra tout essoufflée.

— Madame est en colère, dit-elle. Monsieur vient de rentrer gai comme un pinçon. Madame n'osera pas vous dévorer devant M. de Pontal, qui brode dans son coin comme un malheureux. Ce soir, il a presque fini la tête de son âne. Il faut monter, mademoiselle.

Armelle se leva aussitôt. Françoise dit, pour donner le change à Berthaud :

— C'est ma faute, et bien des pardons, mon enfant chérie. J'ai la rage de vous ennuyer de mes pauvres affaires.

La jeune fille l'embrassa encore une fois avant de suivre Berthaud.

Françoise Matifaz sortit derrière elles pour fermer la porte cochère.

Le vent d'ouest apportait le son de l'horloge de l'hôpital Beaujon, qui tintait neuf heures ; mais en vérité, aux alentours, le silence et la solitude marquaient plus de minuit. Pas une âme dans la rue, pas un écho montant des voies adjacentes.

Thomas Chuche lui-même, l'esprit familier du quartier, noctambule comme les guetteurs de nuit d'Allemagne et poussant la religion du métier jusqu'à voir lever l'aurore en réglant ses bec neufs, Chuche lui-même ne se montrait plus.

Il faut dire que Thomas Chuche avait deux cabarets de prédilection, l'un à l'orient, l'autre à l'occident de sa circonscription gazométrale : le père Solier, dans la rue de Monceaux ; la mère Lublin, sur les derrières de Beaujon. Il ne leur faisait jamais d'infidélités que pour la

maison Roubœuf, du boulevard de Courcelles : *A la
renommée des prunes.*

Françoise Matifaz fit un pas hors de sa porte et jeta
un long regard à droite et à gauche dans le vide de la
rue des Trois-Maisons.

— Ça ressemble à une allée de la forêt de Bondy !
murmura-t-elle. L'hiver, je parie qu'il y vient des
loups !... J'aurais dû regarder par la fenêtre dès la première fois que j'ai entendu le bruit. Je croyais me tromper. Dans cette saison-ci, quand les locataires sont à la
campagne, on est si seul !... Il n'y va pas à la campagne, lui, le Barrabas des mansardes ! La mauvaise figure qu'il a ! Il me fait peur ! Encore un Allemand,
ce Barrabas, malgré son nom Français'! On dirait que
tous les Allemands de Paris sont là. Si encore il y en
avait beaucoup comme mon Virgile... Mais, j'ai tort de
le vanter : il se dérange, tous les jours un petit peu
plus.

Elle poussa un gros soupir qui fut coupé en deux par
cette exclamation:

— Tiens ! le voilà, le Barrabas !

Un homme arrivait le long de la grille du parc. Son
pas ne faisait aucun bruit. Il marchait la tête en avant
comme on représente les sauvages sur le sentier de la
guerre. Il portait pour vêtement un carrick déguenillé.
Sous son vieux chapeau, à bords tombants, il avait un
mouchoir fen anchon, qui lui cachait les trois quarts
de la figure.

Mme Matifaz se mit à fermer le premier battant de sa
porte.

L'homme que Mme Matifaz appelait le Barrabas, et

qui, en réalité, avait donné, en louant sa mansarde, les nom et titre suivants : Maquin, rentier, passa le seuil une minute après.

Il ne demanda pas sa clé, comme font, en général, les gens de sa tournure qui ont les poches plus ou moins percées ; il ne s'informa point s'il avait des lettres ou si quelqu'un était venu pour lui ; il entra sans mot dire et enfila l'escalier, où ses pieds ne firent pas plus de bruit que sur le trottoir.

— Mohican de barrière ! gronda Mme Matifaz, qui avait lu son Dumas. Faut-il que madame ait la rage de louer pour donner des chambres à des espèces pareilles ! C'est connu que tous ces paroissiens, qui marchent dans des chaussons de lisière, sont des voleurs... Ah ! il y a beau temps que j'aurais dû mettre mon papier chez le notaire !

Elle avait, cette belle Matifaz, deux manières bien distinctes de prononcer le mot *madame*. Quand elle l'appliquait à la mère d'Armelle, c'était une respectueuse caresse ; mais quand il désignait, pour elle, sa propriétaire et patronne actuelle, Mme Lion Rabbe, ce même mot sonnait comme un sobriquet sarcastique.

Avant de fermer le second battant de le porte cochère, elle tourna une clé placée en dedans du seuil, et les deux becs de gaz s'éteignirent.

Puis elle rentra dans sa loge, réduit bien étroit et bien encombré, mais qu'elle parcourut de ce regard vague, particulier aux abandonnés, qui trouvent toutes les chambres trop grandes.

— A quelle heure Virgile va-t-il rentrer maintenant? pensa-t-elle.

Ce drôle lui avait inspiré un véritable amour.

De telles erreurs ne sont pas très-rares. Je sais des femmes qui ne sont pas portières et qui se damnent pour de pareils marauds, vêtus de drap collant et marinés dans l'huile de Macassar, relevée par le vinaigre des mille fleurs.

Elles aiment ces mayonnaises humaines, qu'on obtient tout aussi bonnes avec un petit gentilhomme gras qu'avec de la chair de coiffeur.

Françoise Matifaz s'assit tristement et prit le *Petit-Journal* qui était sa nourriture intellectuelle.

Mais, ce soir, le *Petit-Journal* ne réussit pas à endormir sa pensée.

Elle rêvait, elle souffrait, elle essuyait ses yeux mouillés en répétant :

— Qu'est-ce que j'ai donc, mon Dieu! est-ce qu'il va m'arriver malheur!

Puis, la pensée d'Armelle lui revenant, elle dit :

— J'ai été dix fois sur le point de prononcer le nom du dépositaire, mais je me suis retenue. J'ai bien fait. On ne l'aime pas dans cette maison-là. Elle est douce, mais fière et vive : dans une discussion, elle aurait pu laisser voir qu'elle sait... Oui, oui, j'ai bien fait. Ils la prendraient en haine...

Elle ouvrit de nouveau le bahut et reprit le reçu qu'elle déplia pour le lire.

Il était ainsi conçu :

« Je reconnais avoir reçu aujourd'hui de Mme la vicomtesse Péan de Mariaker, ma belle-sœur, la somme de quatre cent quatre mille quatre cent trente francs en

obligations du chemin de fer de Paris-Lyon-Méditer-
ranée, au cours du jour (311 fr. 10 c.), que je m'engage
à remettre à ma dite belle-sœur sur sa demande, ou, en
cas de mort d'elle, à sa fille Armelle-Marie-Louise Péan
de Mariaker, au jour de sa majorité.

« Paris, le 14 juin 1866.

« Signé : LION RABBE. »

Les yeux de Françoise Matifaz restèrent longtemps
fixés sur cet écrit.

Quand elle le remit en place, sa main rencontra un
livre qui était serré dans le même tiroir.

C'était la *Journée du chrétien*, dont madame de Mariaker avait coutume de se servir.

Comme son ancienne maîtresse, si profondément aimée et regrettée, Françoise venait de Bretagne. Elle
était entrée à dix ans au service des Mariaker.

Elle prit le livres d'heures, qui évoqua pour elle l'i-
mage de sa maîtresse chérie, et le sombre profil de ce
grand château qui dominait le bourg du haut de la col-
line, escaladée par la longue avenue de vieux chênes.

Madame avait alors l'âge d'Armelle. Armelle lui ressemblait. Françoise pensa :

– Notre vieux monsieur, le beau-père de madame,
était comme cela triste, sans savoir pourquoi, le soir où
on envoya chercher le médecin, — qui arriva trop
tard.

Elle frissonna.

Il y avait un chien dans la maison de droite qui se

mit à hurler, parce que ses maîtres l'avaient enfermé pendant qu'ils étaient au spectacle.

Françoise se dit :

— Ce soir-là, toute la meute pleura dans le chenil.

Elle essaya de lire une prière dans la *Journée du chrétien*.

Puis sa belle tête s'inclina sur son épaule, et le livre d'heures, échappé de ses mains, glissa jusqu'à terre.

Le sommeil l'avait surprise : elle dormait déjà profondément.

IV

LE PREMIER ÉTAGE

L'escalier était éclairé jesqu'au premier étage seulement. On n'allumait plus les becs des étages supérieurs depuis que les locataires avaient quitté Paris, les uns pour les eaux ou les bains de mer, les autres pour la campagne.

Il n'y a plus besoin d'être riche pour courir les lieux de plaisirs ou se livrer aux joies de la villégiature. Tout augmente à Aix, à Trouville, à Bade, à Etretat; mais plus les vacances deviennent chères, plus elles semblent être à la portée de tout le monde.

Il ne restait en haut de la maison n° 43 que l'homme

à la fanchon, qui ne faisait pas de bruit en marchant.

Celui-là était un tout nouveau locataire. On lui avait fait payer sa quinzaine d'avance. Il pouvait bien regagner sa mansarde à tâtons.

Pour le dire en passant, ce pauvre homme monta sans s'arrêter jusqu'à son taudis, et dut se mettre au lit tout de suite.

Car, dès qu'il eût refermé sa porte, on n'entendit plus rien chez lui, — pas même le grincement de l'allumette chimique qui allume le bougeoir.

Mme Lion Rabbe, la propriétaire qui savait tout, aurait pu vous le dire : ce malheureux se couchait tous les soirs sans lumière.

Nous parlons de Mme Lion Rabbe, parce que nous allons entrer chez elle avec cette jolie Armelle de Mariaker, ramenée par la femme de chambre Berthaud.

Le palier du premier étage, habité par les Rabbe, était parqueté en mosaïque et tout boisé du haut en bas, comme doit être un « étage de propriétaire. » Outre le bec de gaz, il y avait une lanterne suspendue pour les jours de gala.

Mais, comme il fallait bien que le bout du nez de Clémence Rabbe se montrât quelque part, les trois paillassons posés au seuil des portes étaient petits, vilains et pelés par un trop long usage.

Dans l'antichambre, il y avait encore un parquet mosaïque et une autre lanterne. C'était là que les housses commençaient à se montrer. Les deux banquettes avaient des housses, et la pomme de cuivre qui surmontait le refuge aux parapluies était coiffée d'un petit béguin de lustrine verte.

Le symptôme des housses augmentait d'intensité dans la salle à manger, parquetée en mosaïque. Là, tout était habillé de coutil, et la suspension avait une robe de chambre de mousseline faite avec une moitié de rideau.

Le buffet, la table, les décharges cachaient leur bois partout où on avait pu mettre des cuirasses de toile cirée.

Mais le triomphe des housses était au salon. Comme les housses y étaient très-fraîches et coquettes, on avait mis des housses aux housses, et par certains jours de poussière, Mme Lion Rabbe regardait ces secondes housses avec mélancolie, comme si un rêve lui montrait la nécessité d'une troisième couche de housses. L'économie peut s'exaspérer jusqu'au lyrisme dans certains cœurs prédestinés.

Le parquet du salon était en mosaïque.

Le lustre du salon Rabbe, empaqueté de l'autre moitié du rideau de mousseline, défiait les mouches et le soleil; la garniture de cheminée brillait mystérieusement à travers des nuées de baudruche. La pelle, les pincettes et le garde-feu étaient entortillés dans du papier de soie. Le soufflet, enfin, avait un étui de drap gris bordé de rouge, qui ressemblait aux habits courts que portent les levrettes consacrées à la publicité des dames.

Toutes ces diverses housses étaient remarquablement propres. Mme Lion Rabbe ne pouvait pas garder de domestiques et les frotteurs ne venaient jamais plus de trois fois chez elle, mais elle avait la vocation du plumeau. De bon matin on l'entendait repasser son ménage.

Ce qu'il y avait sous les housses c'était son âme. Elle avait voué un culte fanatique au velours de ses fauteuils.

Je suis sûr que vous la connaissez déjà, au moins par grande moitié. L'excès dans la housse est un trait de caractère qui parle toutes les langues. Ce n'était pas une très-méchante femme. Elle avait même du bon, à ce que disait Hubert de Pontal, un original de province qui venait encore chez elle, quoiqu'il la connût depuis plus d'un an.

Ceci était une rareté. En général, Clémence Rabbe ne gardait pas ses amis plus longtemps que ses domestiques.

Elle n'avait gardé son gendre que trois semaines.

Hubert était un beau brun de trente ans, à la figure mâle et grave, qui brodait le drap supérieurement. Il avait une très-belle fortune, que Clémence chiffrait approximativement à trente-neuf mille huit cent trente francs de rente. Elle se vantait de négliger les centimes. Il était un peu parent des Mariaker.

Ceux qui avaient pu l'éprouver le regardaient comme assez remarquable au point de vue de l'instruction et de l'intelligence ; mais il se livrait peu. Il passait pour extrêmement timide, d'autres disaient fier ou paresseux.

Il était venu à Paris pour se placer et pour se marier. C'était lui qui prétendait cela. On lui avait offert beaucoup de partis et plusieurs emplois : il avait demandé à réfléchir.

Les gens comme lui meurent quelquefois de vieillesse avant d'avoir mis un terme à leurs réflexions.

Il arrivait de bonne heure chez les Rabbe, tous les

jours ou à peu près; mais il n'y mangeait jamais, ce qui était une preuve d'esprit, car Clémence abominait les gens qui dînent.

Il se mettait dans son coin, prenait « son ouvrage, » ne disait pas grand'chose et brodait comme un enragé.

Quand Clémence avait le sang à la tête, elle l'insultait impunément. Elle l'aimait à cause de cela, et aussi parce qu'il s'en allait à l'heure des repas, et enfin pour les magnifiques fauteuils qu'il lui brodait avec une patience d'ange.

Comme M. Lion Rabbe faisait des affaires assez nombreuses, on voyait souvent de nouvelles figures dans le petit salon de Clémence. Seulement, on ne les y voyait pas longtemps. Parmi ces passants, il y en avait qui s'étaient rencontrés avec Hubert dans le monde.

Trois ou quatre fois, le petit salon des Rabbe, parqueté en mosaïque et comblé de housses comme tout le reste de la maison, entendit prononcer cette phrase singulière :

— Quand M. Hubert de Pontal se lance, il a un entrain éblouissant !

Clémence souriait alors en pinçant ses lèvres violettes; un étonnement rêveur se peignait dans les grands yeux d'Armelle, presque noirs à force d'être bleus, et M. Lion Rabbe ne pouvait s'empêcher de hausser un peu les épaules.

Le fait est que, dans le salon Rabbe, Hubert ne prenait guère la parole que pour se moquer de M. Adrien, son plus intime ami, avec qui il demeurait dans un joli appartement du boulevard Malesherbes, et pour gronder Armelle, qui semblait ne pas trouver grâce devant lui.

Quatrième motif de la sympathie que Clémence lui octroyait.

Il n'y avait rien de si joli au monde ni de si myope que ce M. Adrien, attaché au cabinet de je ne sais quel ministre, timide comme une petite fille et amoureux comme un petit fou : amoureux d'Armelle, bien entendu.

Clémence l'appréciait assez. Elle disait que sous ces boucles blondes, il y avait de l'arithmétique.

M. Adrien, d'ailleurs, ne dînait pas plus qu'Hubert de Pontal.

Clémence vaut la peine d'un portrait, quoique les dames à housses se ressemblent toutes plus ou moins. Elle avait de l'embonpoint. De forts lacets et un cabestan lui procuraient une taille dont elle était démesurément fière, mais qui la tenait dans un état de torture permanente.

Elle couchait avec son corset, au dire des innombrables femmes de chambre qui l'avaient congédiée.

Gros os, mains grises, cheveux crépus, mais pommelés, figure eczématique tournant à la pourpre noire après dîner. Elle digérait péniblement. Ce n'était pas Vénus.

Et jalouse, avec cela, de M. Lion Rabbe, presque autant que de son mobilier : par la même raison d'économie.

Si elle avait pu lui mettre une housse !...

Quand Mlle Armelle fut introduite par Berthaud dans dans le petit salon, M. Lion Rabbe venait de rentrer.

C'était bien aimable à lui ; car, d'habitude, il ne revenait guère de son cercle avant minuit.

La cotisation de M. Lion Rabbe, à son cercle, lui coûtait les yeux de la tête. Clémence ne savait pas cela.

Le cercle en question était situé rue du Cirque et se nommait Mlle Honorine, talent sérieux, avec engagement sérieux de 1,200 francs, au théâtre des Folies-Marigny.

Clémence était toute heureuse de la présence de son mari, et, par extraordinaire, son dîner ne la martyrisait pas trop. Elle causait avec M. Adrien, tout rouge d'un tel honneur. M. de Pontal, assis juste sous la lampe sur un siége trop bas qui lui relevait les genoux, achevait à l'aiguille un véritable tableau représentant : *Le coup de pied de l'Ane.*

L'âne était splendide de force et de brutale stupidité ; il lançait au vent sa crinière et sa queue ; ses yeux flamboyaient, et il détachait à toute volée une superbe ruade qui broyait la tête d'un vieux lion, — d'un beau vieux lion.

Cet Hubert de Pontal était décidément un artiste, un poète aussi, peut-être. Il avait dit une fois, et personne ne l'avait compris dans le salon Rabbe, pas même Mlle Armelle :

— Ce dessus de tabouret est l'histoire politique du siècle.

Le vieux lion levait à demi sa griffe impuissante.

On l'a vu cependant guérir après ce terrible coup de pied.

J'ai idée, moi, qu'ils sont immortels tous les deux : le lion comme l'âne.

,ion Rabbe allait et venait dans le salon. L'expression de sa physionomie était malaisée à définir ce soir. Il était animé, excité même. Il voulait paraître gai, il y réussissait à peu près; mais quand sa volonté se détendait, un nuage tombait sur son front.

Ce front était encore jeune, quoique chauve et couronné, au large, par une forêt de cheveux blonds frisés.

Cela fait quatre personnages.

Il y en avait un cinquième, M. Charles Hœfer (encore un Allemand), qu'on disait riche et qui était un peu l'associé de M. Rabbe.

Il dînait quelquefois, et pourtant Clémence le supportait, voici pourquoi :

Ce M. Hœfer était dur sous sa fadeur ; Clémence pensait qu'il ferait un mauvais mari, et Lion Rabbe lui destinait Armelle.

M. Charles Hœfer était au piano depuis une demi-heure : il n'avait que ce moyen de molester M. de Pontal, qui abhorrait le piano. Il en usait.

— Eh bien ! dit M. Rabbe à la jeune fille qui entrait. comment va marraine ?

— Elle souffre beaucoup, mon oncle ; c'est pour cela que je suis en retard.

M. Adrien écoutait en extase cette voix sonore et douce qui appartenait à une héritière.

Hubert de Pontal n'avait pas même levé les yeux de son travail.

Armelle alla s'asseoir auprès de Clémence, qui lui jeta un regard froid et dur.

— C'est sa faute, dit Clémence, en parlant de la

4

malade qu'on appelait marraine : A son âge, se serrer
comme une jeune femme! Et puis, d'ailleurs, elle met
du poivre dans tout ce qu'elle mange, et elle mange
trop.

Armelle rougit légèrement.

Clémence se baissa pour ramasser une épingle qui
traînait ; en suite de quoi, elle épousseta le bras du fauteuil de M. Adrien, qui se redressa tout confus, n'osant
plus toucher la housse.

— Moi, dit Hubert de Pontal sans quitter des yeux
son ouvrage, je trouve qu'Armelle... mademoiselle Armelle, ne devrait pas courir les rues, si tard, avec une
domestique... Tu as beau me poignarder du regard,
Adrien, c'est comme cela.

Adrien balbutia je ne sais quoi. La joue d'Armelle
était couleur de cerise.

M. Hœfer cessa de jouer.

Clémence frappa ses vilaines mains l'une contre l'autre
en forme d'applaudissement.

— Je ne voulais pas le lui dire devant le monde!
s'écria-t-elle, mais vous avez vraiment plus de bon sens
qu'on ne croit, Hubert. Ce sont des inconvenances, tout
uniment...

— Mais non, interrompit Hubert, c'est à cause du
quartier, qui est tout à fait propre au crime.

M. Lion Rabbe fit un faux pas en tournant court auprès de la fenêtre.

— Absurde! grommela-t-il. Le quartier est avantageux sous tous les rapports.

Puis il ajouta sur un ton de gaieté :

— Vous, Pontal, ne dépréciez pas notre immeuble.

Ce n'était pas un brillant causeur, mais il faisait rire quelquefois à cause de sa prononciation germanique.

M. Hœfer avait encore plus d'accent que lui, mais il ne causait jamais.

Clémence reprit :

— Des crimes, non. Jamais on n'a entendu parler de rien dans notre rue, qui va devenir une des plus belles de Paris : bon air, jolie vue, proximité du parc...

— Ah! glissa M. Adrien, une situation charmante!

— Évidemment; mais vous relevez ma housse, et ça y fait des plis. Inconvenance était bien le mot... sans parler de ces stations chez la concierge...

— Que diable! fit Rabbe avec rondeur, c'est sa bonne, à cette enfant-là!

Clémence regarda son mari avec étonnement. D'ordinaire, il ne défendait jamais sa pupille attaquée.

M. Hœfer, qui s'était levé, prit son chapeau.

Rabbe se rapprocha des dames et caressa la joue d'Armelle avec le dos de sa main.

— Il n'y a pas de mal, ma fille, dit-il, d'autant que Françoise Matifaz nous sert honnêtement. Je suis très-content d'elle et je songerai à l'augmenter.

L'œil du brodeur, et ce fut la première fois depuis l'entrée d'Armelle, quitta son aiguille pour darder un regard à Lion Rabbe.

Un regard vif, perçant, profond.

M. Hœfer s'en alla sans saluer.

Jusqu'à présent le rôle de cet étranger n'est pas inté-
ressant, je suis forcé de le dire.

Personne ne remarqua ce regard de M. Hubert de
Pontal, et, l'instant d'après, le déterminé brodeur était
tout   entier à son âne vainqueur d'un lion ma-
ade

V

AUDACIEUSE ENTREPRISE DE M. ADRIEN

M. Lion Rabbe se retira un instant après son associé. Il emmena avec lui M. Adrien pour une affaire dont il voulait le charger au ministère.

C'était un chérubin que cet Adrien, mais il n'y voyait pas à six pouces de son joli nez rose, et s'embarrassait toujours dans les housses. Il y avait bien quelque innocente petite chose entre lui et Mlle Armelle; seulement, quand il n'avait pas son lorgnon, il ne savait pas du tout ce que disaient les beaux yeux de son adorée.

Or, Clémence avait statué que, dans le salon d'une

4*

« femme du monde » un lorgnon était inconvenant.

De sorte que, chez les Rabbe, ce pauvre M. Adrien
n'osait jamais ajuster son pince-nez, et qu'il lui aurait
fallu un chien d'aveugle pour se conduire.

Personne, dans le vaste univers, pas même moi, ne
saurait vous expliquer comment ce joli petit myope savait qu'Armelle valait 400,000 francs. Mais il le savait.

Après le départ du maître de la maison, Clémence se
mit au piano. Elle avait la rage d'entretenir ce qu'elle
appelait son talent. Hubert lui pardonnait tout, excepté
cela.

Armelle prit sa broderie.

Hubert était à un coin de la cheminée, elle à l'autre.
Ils n'échangèrent pas une parole pendant que les durs
doigts de Clémence concassaient un morceau « brillant »
qui dura une demi-heure.

Armelle en attendit la fin pour prendre congé.

Hubert et Clémence restèrent seuls. Clémence vint
s'asseoir auprès de lui.

— La housse en est noire à l'endroit de vos coudes !
dit-elle avec une certaine bienveillance.

— C'est que je me plais ici, répondit Hubert en rou-
ant sa broderie.

— Qu'est-ce que vous penseriez d'un mariage entre
eux, vous? demanda Clémence à brûle-pourpoint.

— Entre eux qui?

— Entre Adrien et Armelle?

— Rien.

— Le jeune homme est honorable?

— Oui.

— Je crois qu'il l'aime ?

— Il le croit aussi.

— Et vous ne voulez toujours pas me dire pour mon mari ?

Cette dernière question fut faite après un silence. Hubert de Pontal répliqua en étouffant un bâillement :

— Je vous ai tout dit : je ne sais rien.

Elle poussa un gros soupir qui indiquait bien l'inquiétude de son cœur.

— Songez donc ! reprit-elle, avec ces personnes-là on vous dépense des mille et deux mille francs par mois.

— Dix mille aussi ! appuya Hubert, qui liait son rouleau avec un fil de soie.

— Dix mille ! répéta Clémence dont l'accent était tragique : j'irais chez elle l'étrangler, moi, vous savez ?

— Chez qui ? demanda Hubert.

— C'est juste, fit-elle, je suis folle ! Lion se conduit bien.

— Très-bien, répondit Hubert, bonsoir.

Il lui donna une poignée de main et s'en alla.

C'était un drôle de corps.

Clémence arrangea la housse du fauteuil où il était assis. Toute une charge de soucis pesait sur sa tête.

— Allons donc ! dit-elle en éteignant les lampes, il a trop d'esprit pour cela ! Dépenser de l'argent avec les femmes !... On dit que ce Matifaz fait tout le contraire.

Elle prit son bougeoir en ajoutant :

— Il n'est pas mal, ce garçon-là, et distingué, — pour un homme du peuple. C'est très-mal, mais c'est moins bête. Ah! ces Allemands ont du talent!

L'appartement était grand et beau. La chambre à coucher de madame Lion Rabbe confinait au petit salon. Il fallait au contraire traverser le grand salon pour gagner celle d'Armelle, qui donnait sur un corridor conduisant au bureau de M. Rabbe.

En passant par le salon, Armelle se demandait .

— Pourquoi M. de Pontal m'a-t-il attaquée ainsi? Il sait pourtant bien que je ne suis pas heureuse.

Mais dans le corridor la pensée d'Adrien lui vint.

— Il a vingt-quatre ans, pensa-t-elle, on ne le croirait jamais. Il m'aime bien, celui-là! et il est si doux! si timide!

Il y a des gens, vous avez dû remarquer cela, à qui on ne donne jamais leur nom de famille. M. Adrien avait pourtant un nom de famille, mais on l'oubliait après une semaine de connaissance. Les lettres adressées « à M. Adrien » lui parvenaient dans Paris.

Armelle ouvrit la porte de sa chambre, entra et referma.

Il y avait une veilleuse qui brûlait sur la cheminée.

A la lueur tremblottante qui filtrait à travers le cristal dépoli, Armelle crut voir auprès de la fenêtre un meuble qui lui était inconnu.

Elle alluma une bougie et découvrit que le prétendu meuble était M. Adrien agenouillé, une main sur son cœur, l'autre tenant un flambeau éteint, et cherchant vainement où Armelle pouvait être, parce qu'il n'osait pas mettre son lorgnon inconvenant.

Ce pauvre garçon d'Adrien était vraiment joli comme l'amour, et son embarras avait quelque chose de touchant, malgré le crime de sa présence en ce lieu.

Mais cet embarras même, sa pose, son geste, l'expression de sa physionomie, tout enfin, avait en soi quelque chose de si follement comique qu'un écla de rire argentin emplit le silence de la chambre.

Un sentiment d'angoisse se peignit sur le visage d'Adrien. Il avait espéré un cri de terreur.

— Oui, dit-il toujours agenouillé, vous avez raison de rire, mademoiselle. Je ne peux pas être pris au sérieux....; alors je vais mentir, au lieu d'avouer la faute de mon amour.

— Chut! fit Armelle. Pas ce mot-là ici, monsieur Adrien!

C'était si indulgent qu'on va blâmer Armelle, peut-être.

Il ne faut pas se hâter. L'indignation ne prouve rien.

C'était indulgent, c'est vrai, mais si vous saviez comme ce misérable Adrien était humilié terriblement! L'indignation l'eût sauvé. Il aurait donné de son sang pour un peu d'indignation.

Je ne déprécie pas du tout celles qui se seraient indignées. Dieu! quel bruit aurait fait Clémence! Mais que voulez-vous? J'ai confiance en celles qui se tiennent droit sans s'indigner.

C'est un sens qui me manque : je n'ai jamais su trouver une atôme de pureté dans la pruderie.

Je fut M. Adrien qui s'indigna. Il déposa son flambeau.

—Je vous remercie de votre bonté mademoiselle, dit-il,
avec autant d'amertume qu'en pouvait contenir sa voix
sucrée. C'est tout bonnement un accident causé par ma
myopie. Je sortais de chez votre oncle, je cherchais mon
chemin dans le corridor, non pas pour entrer chez une
jeune fille sans défense, ce qui est un acte odieux, mais
pour sortir, lorsque j'ai trouvé une porte...

— C'est très-bien, M. Adrien, interrompit Armelle.
Je vous crois et je vous excuse de bon cœur. Faites-moi
le plaisir de vous relever, de mettre votre lorgnon et de
me regarder en face.

L'infortuné séducteur obéit : il se releva, il mit son
lorgnon, il regarda.

Et toute sa figure s'éclaira d'un rayon viril.

Il avait vu Armelle pâlir tout à coup et frémir.

— Avez-vous peur de moi...? balbutia-t-il en un élan
d'allégresse.

Hélas! non. C'était une idée singulière qui venait de
frapper l'esprit de Mlle de Mariaker.

Elle s'était demandé, je ne sais pas pourquoi :

— Qu'eussé-je fait si, à la place de M. Adrien, j'avais
trouvé chez moi M. Hubert de Pontal?

Et alors, ses sourcils délicats s'étaient contractés
avec colère. Vous demandiez de l'indignation, en
voilà.

Elle avait frémi, elle avait pâli. Celui-là, elle l'eût fait
repentir de son audace.

Mais la question de M. Adrien suffit à ramener le
sourire sur les lèvres de la chère enfant, et dussiez-vous

la trouver trop hardie, elle n'eut pas désormais l'ombre
de la plus légère frayeur.

— Savez-vous, dit-elle pourtant pour ne pas faire
mourir M. Adrien de chagrin, savez-vous qu'il y a bien
de quoi avoir peur ! Il faut mettre fin sur-le-champ à
cette folie. Tenez bien votre lorgnon et allez-vous-
en.

Il est certain que le moral de M. Adrien gagnait cent
pour cent quand il avait son lorgnon.

— Mademoiselle, dit-il en fort bons termes, je suis
coupable, c'est à moi d'en subir les conséquences, et non
pas à vous, qui montrez en ce moment la sérénité des
anges. Ma vie, désormais, sera consacrée à mériter mon
pardon. Voyons les choses telles qu'elles sont : en sortant par l'escalier, je puis être rencontré et j'aimerais
mieux mourir que de vous compromettre. Il y a une
autre issue ; votre fenêtre donne sur les terrains permettez-moi de sauter par la fenêtre.

Il avait l'âme d'un chevalier, ce joli petit homme ;
vous le verrez bien par la suite.

Mais, sans son lorgnon, il n'aurait jamais pu prononcer d'un seul tenant un discours si éloquent et si
sage.

Armelle se garda bien de rire. Elle en avait envie,
quoique la générosité de M. Adrien ne fût pas sans l'é-
mouvoir sincèrement.

— Vous êtes brave comme un lion, dit-elle, mais
votre idée n'est pas bonne. Si vous vous cassiez le cou
en tombant, on trouverait demain sous ma croisée...

— Mon cadavre ! interrompit M. Adrien qui pâlit.

Vous avez raison comme toujours, et je suis le dernier des hommes! Je vous en supplie, mademoiselle, ne dites rien de tout ceci à Hubert; je mourrais de ses moqueries.

Sur ce nom, Armelle ouvrit la porte du corridor.

— Je ne cause pas souvent avec M. de Pontal, murmura-t-elle, et j'ai bien vu ce soir que je n'ai pas le don de lui plaire. Bonsoir, monsieur Adrien; soyez sage, et non-seulement je vous garderai le secret, mais je resterai votre amie.

M. Adrien, — était-ce un nouveau crime? — s'occupait par derrière à baiser le bas de sa robe. Mon Dieu! s'il connaissait le chiffre de la dot, c'était sans doute par un pur hasard.

Qu'on ne se représente par ce tableau passant comme l'éclair. Un amateur de choses naïves aurait pu le contempler pendant la moitié d'une minute, car, au moment de tourner le bouton, Armelle s'était arrêtée.

Un bruit sourd venait de l'escalier.

On aurait dit que quelqu'un en descendait les marches pieds nus ou avec des chaussons de lisière.

L'aventure se compliquait brusquement.

En ce monde, personne n'ignore cela, les drames les plus noirs commencent presque toujours par un éclat de rire.

VI

AVENTURES DE NUIT

M. Adrien avait entendu tout comme Armelle le bruit de ces pas sourds qui descendaient l'escalier.

Il ne s'agissait plus de baiser le bas de la robe. M. Adrien se redressa en proie à une inquiétude désespérée.

C'était maintenant surtout qu'il mesurait l'étendue de son forfait.

Il ouvrait la bouche pour proposer de nouveau la fenêtre et jurer sur l'honneur qu'il ferait bien attention à ne pas se tuer; mais Armelle mit un doigt sur ses lèvres

Elle était inquiète aussi, et vraiment belle a ravir dans son trouble.

M. Adrien obéit à ce signe, qui était un ordre. Il resta immobile et muet.

On attendit une autre moitié de minute.

Au bout de ce temps, le bruit ayant cessé, Armelle tourna doucement le bouton, et M. Adrien se glissa par l'entre-bâillement de la porte.

La douce voix d'Armelle murmura à son oreille :

— Ne sortez pas de la maison avant d'avoir entendu la porte cochère s'ouvrir et se refermer.

M. Adrien était seul sur le palier du premier étage. Jusque-là, les choses avaient réussi à souhait parce que notre Armelle était adroite comme une fée.

Les choses allaient peut-être changer, maintenant que ce chevaleresque petit M. Adrien était livré à ses propres ressources.

Le gaz éclairait encore l'escalier, bien qu'il fût près de minuit.

Si Clémence avait su cela, elle se serait relevée pour l'éteindre elle-même.

M. Adrien fit un pas en avant sans trop de gaucherie, parce qu'il avait son lorgnon. Ce pas le mena jusqu'à la rampe et il n'en fit pas un second, arrêté qu'il fut par une vision.

La lanterne à gaz brillait à mi-volée, mais elle était supportée par une statue de nègre, placée tout en bas de l'escalier. Le nègre tenait le pied de la lanterne à bout de bras.

En se penchant avec précaution au-dessus de la rampe, M. Adrien vit un homme dont le visage disparaissait presque sous une fanchon **ou marmotte**, formée d'un mouchoir à carreaux.

J'ai prononcé le mot vision parce que l'homme à la marmotte ne fit que paraître et disparaître aux yeux de M. Adrien.

L'homme avait la main sur la clé du gaz; il la tourna juste au moment où Adrien se penchait, et l'escalier fut plongé dans l'obscurité.

M. Adrien l'avait à peine entrevu, mais cela suffisait pour qu'il pût affirmer que cet homme n'abritait point sous son chapeau de feutre mou le blafard visage de M. Virgile Matifaz, conservateur de la maison n° 13.

Quand il eut éteint le gaz, l'homme se mit à marcher sous la voûte. Son pas ne résonnait point sur les dalles. Nous l'avons dit déjà, il allait pieds nus ou chaussé de lisière.

Ainsi était ce locataire des mansardes, M. Maquin, rentier, que la belle Françoise Matifaz appelait le Barrabas.

Je ne pense pense pas que M. Adrien connût le Barrabas. Sa myopie le rendait impropre au métier d'observateur, quoique...

Mais ceci est une affaire internationale dont il ne sera parlé que plus tard.

Le Barrabas, si c'était lui, longea la voûte et s'arrêta un peu avant d'arriver à la porte vitrée de la loge. Il se colla à la muraille et avança la tête pour regarder à travers les carreaux.

M. Adrien restait toujours penché au-dessus de la rampe, au premier étage.

Suivant à la lettre les prescription d'Armelle, il attendait, pour descendre, que la porte cochère se fût ouverte et refermée.

Dans l'apparition de l'homme à la marmotte, le lecteur devine déjà le début d'une aventure mystérieuse ou terrible, mais il n'en était pas de même de M. Adrien.

Le fait d'éteindre le gaz d'un escalier aux environs de minuit n'est nulle part très-extraordinaire. Le fait de porter un mouchoir noué sous le menton, annonce une fluxion, et puis voilà tout.

Quant aux chaussons de lisière, les gens de service ne portent guère d'autres chaussures.

L'homme à la marmotte gênait tout uniment M. Adrien. Il n'y avait pas autre chose.

M. Adrien ne pensait qu'à l'embarras de sa situation et au danger d'Armelle, qu'il adorait de la tête aux pieds, y compris sa dot.

Depuis que le robinet du gaz était fermé, une obscurité complète régnait dans l'escalier.

De l'endroit où était notre jeune homme, on n'apercevait plus qu'une lueur presque insaisissable, provenant vraisemblablement de la loge.

Adrien attendait qu'on demandât le cordon, mais rien ne venait. Au bout d'une minute ou deux, un bruit se fit enfin, — très-faible.

Ce n'était pas la porte cochère, mais bien celle de la loge qui s'ouvrait.

Adrien fut pris de terreur. Si quelqu'un montait et le surprenait en ce lieu, que dire? comment répondre?

Au lieu de descendre, il monta, — si haut qu'il put monter, comme dans la chanson de Malbrough.

Plus haut que le grenier même du Barrabas.

Et il se blottit, le pauvre petit chevalier errant, sans égard pour son bel habit noir, dans la poussière d'un bûcher.

Il faut pourtant bien dire, ne fût-ce qu'en deux mots, comment ce chérubin d'Adrien avait pénétré dans la chambre de Mlle de Mariaker.

M. Lion Rabbe l'avait comme on s'en souvient, emmené du salon, sous prétexte de parler affaires administratives. Lion Rabbe avait, en effet, quelques rapports avec les ministères, à cause de sa spécialité.

C'est un état comme un autre. Quand un journal de parti ne trouve pas son cautionnement dans le cœur même des dévoués, il faut l'extraire d'une caisse quelconque, et c'est un accouchement difficile.

Lion Rabbe passait pour manier dextrement le forceps usuraire qui attendrit les coffres-forts.

Le public serait parfois fort étonné s'il connaissait les noms des bailleurs de fonds de certaines publications, dites subversives. Tel million, conservateur enragé, ne résiste jamais aux cinquante pour cent d'intérêt que produit le scandale d'une *Marseillaise* bien lancée.

Si j'étais assez malheureux pour avoir mission de punir les prédicateurs de la croisade émeutière, je confesse que je pourrais avoir pitié de l'écrivain qui a combattu poitrine et nom découverts; mais que je ferais, danser, à son Shylock masqué, une sarabande dont Israël garderait la mémoire jusqu'à la consommation des âges!

M. Lion Rabbe introduisit d abord Adrien dans son cabinet parqueté en mosaïque, mais qui n'avait pas de

5*

housses. M. Rabbe était, comme nous l'avons dit, un peu excité ce soir, un peu nerveux, pour employer l'expression vulgaire. Adrien ne l'avait jamais vu si peu disposé à rester en place.

A peine assis dans son fauteuil de cuir, il se leva pour faire les cent pas, tout en exposant son affaire administrative, qui était positivement insignifiante.

Puis tout à coup :

— Je tombe de sommeil, dit-il. Est-ce que vous seriez contrarié, si je vous achevais la chose en me mettant au lit?

Adrien en eût permis bien d'autres à l'homme qui était le tuteur d'Armelle.

— Pas le moins du monde, répondit-il, je vois parfaitement ce dont il s'agit, et puisque vous êtes las...

— Du tout, du tout! interrompit M. Rabbe avec vivacité. Restez. Je tiens à vous donner la marche à suivre.

Il prit la bougie et passa dans sa chambre à coucher, toujours accompagné d'Adrien.

Là, il commença tout de suite, et sans façon, sa toilette de nuit, expliquant, par manière d'acquit, des choses qui étaient surabondamment comprises.

Puis, comme s'il n'avait eu d'autre dessein que de faire assister quelqu'un à son coucher, il s'écria dès qu'il fut entre ses draps :

— Là! je vous ai traité en ami de la maison, j'espère! Vous savez, maintenant, l'ordre et la marche; soyez assez bon pour souffler la bougie, et bonne nuit.

Il sortit la main de ses couvertures pour la tendre cordialement à Adrien.

— Au fait, non, se reprit-il ; emportez la bougie au lieu de l'éteindre. Les domestiques sont couchés et vous n'auriez personne pour vous éclairer. Vous déposerez le flambeau au fond de la niche qui est dans le corridor, en face de la porte d'Armelle... Vous pardonnez, n'est-ce pas ?

Avant cela, M. Adrien ne savait même pas où était la porte d'Armelle.

Le voilà prenant congé précipitamment de Rabbe et s'élançant dans le cabinet, qu'il traverse au pas gymnastique, au détriment des chaises et de ses tibias, car il n'a pas encore fixé son lorgnon et n'y voit goutte, malgré la bougie.

Le voilà dans le corridor. Son trot devient galop. Pourquoi est-il si pressé de sortir ?

De sortir ! Il cherche une porte, c'est vrai, mais c'est la porte d'Armelle.

Dans quel but ? Eh ! bon Dieu ! dans le but de rêver et de dire, si près du sanctuaire adoré, ces fadaises extravagantes rebattues, mais si jolies ! qui sont les patenôtres d'amour.

Que la pensée de la dot ne vous gêne pas plus qu'elle ne gênait M. Adrien lui-même.

Il était de la race qui aime en comptant et qui se bat pour le butin.

Les connaissez-vous bien, ces petits troubadours calculateurs ?

Des tasses de lait sucré ? Oui, avec un double fond où il y a, sous la couche d'orgeat, du nitre à la vanille, de la confiture de soufre, tout ce qu'il faut, enfin, pour constituer un volcan de douceurs.

Avisez-vous d'en approcher l'étincelle, et vous verrez! c'est encore plus violent que l'éruption d'une boîte d'allumettes chimiques!

L'étincelle ici, ce fut la poignée de cristal qui servait de bouton à la porte d'Armelle. Ce cristal fortuné, la main d'Armelle le tournait tous les jours, — deux fois, dix fois tous les jours.

M. Adrien y colla ses lèvres. Il voulut, car le petit volcan commençait à fumer, respirer l'atmosphère embaumée de cet asile, où l'innocence, la beauté... etc., etc. Et quatre cent mille francs!

Il entra. Il eut grand tort, mais ne lui appliquez pas la peine capitale, je vous en conjure; il ne le fera plus.

Et, d'ailleurs, il va être puni si cruellement, le pauvre petit homme!

Il entra et n'eut que le temps de tomber à genoux, tenant encore à la main son flambeau éteint, parce qu'il avait entendu le fin talon des bottines d'Armelle sonner sec sur le parquet mosaïque du salon.

Nous savons le reste des aventures de M. Adrien, jusqu'au moment où il monta se blottir dans le bûche .

Revenons au rez-de-chaussée de la maison n° 13.

Nous y retrouvons l'homme à la marmotte, qui est un personnage bien autrement important que M. Adrien.

Celui-là, nous ne savons pas d'où il sortait. D'après la nature des bruits entendus par Armelle et Adrien il devait descendre au moins du second étage.

Il avait éteint le gaz en homme expert à ce genre de travail.

Puis il avait gagné la porte de la loge, mais sans la dépasser, et ce fut avec des précautions infinies qu'il lança un regard à l'intérieur du musée Matifaz.

Évidemment, il avait grand intérêt à ne point être aperçu.

Si Françoise eût été réveillée, elle aurait eu frayeur à la vue de cette tête embéguinée qui se montrait à demi derrière les carreaux.

Aurait-elle reconnu sa bête noire, M. Maquin, rentier, dit le Barrabas? C'est vraisemblable, et pourtant la figure du locataire des mansardes disparaissait à cette heure si complétement sous les plis habilement disposés du collet de son carrick qu'elle n'aurait pu avoir certitude absolue à cet égard.

Mais Françoise Matifaz dormait dans la posture où nous l'avons laissée, la face tournée vers la porte de la loge, avec le livre d'heures gisant à terre auprès d'elle.

La lampe éclairait autour d'elle le fouillis des objets disparates que Virgile avait suspendus aux murailles de son réduit.

De la porte où était le nocturne rôdeur, on voyait brillait l'émail des faïences et le fer des armes.

Il y avait surtout, entre Françoise et le bahut, un cric malais de grande taille, et dont la forme rappelait vaguement le triangle d'une guillotine, — tant la lame était large, — qui renvoyait la lueur de la lampe en éclair.

L'homme à la marmotte baissa les yeux sous ce regard de l'acier.

Mais il avait vu ce qu'il voulait voir, et son examen

l'avait contenté sans doute, car il se montra tout-à-fait, et mit la main au bouton de cuivre de la porte.

Avant de le tourner, il prêta l'oreille attentivement aux bruits lointains du dehors, et aussi au silence qui tombait des étages supérieurs de la maison.

Il entra.

VII

LE RAYON DE LUNE

Dès qu'il eut passé le seuil, la lumière de la lampe le frappa, éclairant le vieux carrick du locataire des mansardes, sa marmotte et ses chaussons de lisière. On ne voyait que cela.

Du visage, rien. Un feutre mou à bords larges et dégommés, tombant en forme de parapluie, venait en aide à la marmotte et cachait tout.

Celui-là, nous pouvons bien l'appeler l'inconnu, car il était mieux masqué que s'il eût porté un loup de carnaval.

Il s'approcha de la dormeuse. Sa main droite, qui

n'était ni basanée ni hâlée comme celle des gens de travail, s'introduisit doucement dans la poche de la robe et la fouilla.

Il prenait son temps. Il avait du sang-froid. Evidemment il agissait en vertu d'un plan arrêté.

Cependant ce n'était peut-être pas un voleur d'habitude, car en retirant sa main de la poche de Françoise il chancela comme un homme menacé de se trouver mal.

Sa main tenait une clé guillochée.

Il se retourna vers le bahut et l'essaya dans la serrure de la partie supérieure, où elle entra tout de suite.

Il hésita. Sa respiration était fortement oppressée et s'échappait de sa gorge en sifflant comme un râle.

Au lieu de tourner la clé, il alla vers la table et éteignit la lampe.

Aussitôt, dans l'obscurité de la loge, un large rayon de lune entra.

Et la lame du cric malais rendit un autre éclair plus livide.

Non, ce n'était peut-être pas un voleur ordinaire.

Il faut y voir pour chercher à l'intérieur d'un meuble.

Et le rayon de lune laissait tout le dedans du bahut dans l'ombre.

L'homme avait eu tort d'éteindre la lampe. Il ne savait pas son métier.

Ce n'est pas qu'il travaillât tout à fait au hasard, car il ouvrit délibérément du premier coup le tiroir du haut, à droite, celui-là même où Françoise Matifaz avait pris le reçu de M. Rabbe, pour le montrer à Armelle.

Nous nous souvenons bien qu'elle avait entendu un bruit vers la fenêtre à ce moment-là, — puis des pas qui s'éloignaient précipitamment du côté de la grille du parc.

Et nous nous souvenons aussi que peu d'instants après, venant de la rue de Monceaux, et longeant la grille, l'homme à la marmotte était rentré à la maison.

Il n'y avait rien dans le tiroir du haut, sinon quelques menus objets à usage de femme et un peu d'argent.

L'homme laissa le tout et referma le tiroir avec colère.

Puis, se ravisant, il prit l'argent.

Mais ce n'était pas l'argent qu'il cherchait. Il l'empocha sans empressement ni satisfaction, comme si c'eût été chez lui le résultat d'un raisonnement.

Et il ouvrit le second tiroir.

Le haut du bahut en avait beaucoup, disposé qu'il était selon cette forme compliquée à laquelle les amateurs donnent le nom de *cabinet*.

Dans le second tiroir, il n'y avait rien.

L'homme laissa échapper un grondement de colère.

— J'ai vu, pourtant! murmura-t-il. Je suis sûr d'avoir vu!

Sa main tremblait maintenant à tel point qu'il s'arrêta au moment d'attaquer le troisième tiroir.

— Peut-être l'a-t-elle repris, dit-il encore : elle comptait l'emporter demain...

Il se retourna vers Françoise Matifaz, dont la respira-

6

tion bruyante annonçait un sommeil de plus en plus
lourd et profond.

On eût dit que le cœur lui manquait. Ce n'etait pas un
bon voleur : il perdait du temps.

Le rayon de lune glissait sur le visage de Françoise et
dessinait les contours vigoureux de sa poitrine. Elle
était, en vérité très-belle, mais l'homme ne s'occupait
point de sa beanté.

— Elle est forte comme un bœuf! soupira-t-il, et ce
gredin de Virgile rentre toujours aux environs de minuit.

Le coucou-renaissance, pendu à la muraille, rendit ce
son enroué au moyen duquel les anciennes horloges
annoncent, deux ou trois minutes à l'avance, que l'heure
va sonner.

L'homme passa le revers de sa main sur son front et
la retira baignée de sueur.

Il y avait sur le couronnement du bahut deux potiches en prétendue faïence de Savone, au ventre des-
quelles le reflet de la lune mettait deux étincelles.

Chaque fois que l'homme avait ouvert un tiroir, les
deux potiches, mal calées, avaient oscillé sur leur
base.

Ce n'était pas un bon voleur car il n'avait pas remar-
qué cela.

Il attaqua le troisième tiroir, qui résista un peu.

Les potiches branlèrent.

Il insista, il faisait de son mieux pour être adroit et
prudent; mais ses nerfs révoltés trahissaient son vouloir. Il arrivait à un état de crise. Ses jambes flageo-

laient sous lui, et le râle qui sifflait dans sa gorge aurait suffi à réveiller une personne mal endormie.

Il avait conscience de cela. Il faisait des efforts désespérés pour imposer silence à sa poitrine et pour reprendre possession de ses mains, qui s'agitaient malgré lui.

Le hasard d'une brusque saccade fit enfin céder le troisième tiroir, qui contenait un portefeuille de toile bise.

L'homme poussa un grand soupir.

Avant d'ouvrir le portefeuille, il étreignit à deux mains son cœur qui menaçait de se briser entre ses côtes.

Le premier papier que montra le portefeuille, abaissé jusqu'à entrer dans le rayon de lune, arracha un exclamation à la poitrine de l'inconnu.

Il se redressa de son haut, referma le portefeuille et le glissa dans la poche de son carrick.

Manifestement, l'homme était maître de l'objet qu'il convoitait.

Ce n'était pas un bon voleur. Qu'avait-il besoin de refermer le tiroir?

Aucun besoin, aucun prétexte même. Il fallait fuir, et tout était dit.

Car le sommeil de Françoise Matifaz commençait à s'agiter parmi ses ronflements sonores.

Mais le triomphe fit monter une folie au cerveau de l'inconnu, ébranlé déjà par la terrible angoisse de son travail.

Sans se rendre compte de son acte, et la tête tournée

déjà vers la porte pour gagner le dehors, il repoussa le tiroir brutalement.

Le bahut tout entier vacilla.

L'homme, rendu à lui-même par l'intuition du danger, éleva ses deux mains pour retenir les deux faïences ébranlées.

l n'en put retenir qu'une, l'autre tomba et se brisa à grand bruit sur le carreau de la loge.

L'homme abaissa son feutre, remonta le collet de son carrick et s'élança aussitôt vers la porte. Il eut même la présence d'esprit de tirer le cordon en passant.

Mais Françoise Matifaz réveillée en sursaut, était déjà sur ses pieds.

C'était une vaillante femme, et le voleur l'avait dit : forte comme un bœuf! Elle atteignit l'homme au moment où il dépassait le seuil de la loge et le saisit à bras-le-corps par derrière.

Elle ne cria même pas : Au voleur! tant elle était sûre d'elle-même.

Elle le tenait. Il ne se défendait pas autrement que par les convulsions involontaires qui secouaient son malheureux corps.

Elle le ramena en dedans de la porte, comme elle eût fait d'un enfant mutin qui résiste :

— Qu'est-ce que tu m'as pris? dit-elle.

Ses yeux étaient encore tout troublés de sommeil. Elle ajouta :

— Tu avais éteint la lampe et le gaz. Je n'ai pas tiré le cordon. Tu es d'ici! Viens dans le clair de lune : qu'on te voie!

Elle le sentit alors qui se roidissait entre ses bras. Il ne voulait pas être vu.

— Ah! ah! fit-elle, tu résistes! J'en mangerais trois comme toi. Tu vas coucher au violon!

Puis, tout à coup, s'habituant à l'obscurité et regardant mieux :

— Ma parole! s'écria-t-elle, c'est le Barrabas! On reconnaît ta marmotte, mohican! Qu'est-ce tu que m'as volé?

Elle le secoua avec tant de violence que l'homme rendit un gémissement plaintif.

Mais il résistait toujours. Il ne voulait pas aller vers le clair de lune.

Sentant sa force supérieure, la belle portière avait recouvré une sorte de gaieté.

L'aventure, sinon la fortune, lui était venue en dormant.

— Moi, fit-elle, je te dis que tu y viendras! voilà ce qu'on gagne à louer à tout le monde! Madame finira par avoir une collection de repris de justice dans sa maison... car tu n'es pas à ton coup d'essai, mon vieux Maquin, — rentier! Tes chaussons de lisière ont déjà servi.

D'un tour de reins puissant, elle amena l'homme jusqu'au bord de la raie tracée par le rayon de lune.

Là, elle s'arrêta parce que la pendule sonnait.

Elle compta douze coups.

— Peste! fit-elle. Depuis neuf heures je me suis payé un fameux somme! Et M. Matifaz a encore couru la pretentaine. Nous allons causer tous deux.

Un second effort mit l'homme dans le rayon; mais au

6*

moment où il y entrait, il parvint à se retourner dans les bras de Françoise.

La lune n'éclaira que des cheveux ébouriffés par la lutte sur un crâne demi-chauve, le mouchoir noué en marmotte et le dos du carrick.

Françoise ne se fàchait pas.

— Puisque je te dis, fit-elle paisiblement, que je veux voir ta frimousse! Tu n'espères pas t'échapper, pas vrai? Moi, je n'ai jamais aperçu que le bout de ton vilain nez entre les carreaux de ta fanchon, sous le bord de ton chapeau, flasque comme la coiffe d'un Bédouin... Allons! sois obéissant, ou gare à toi!

L'homme résistait toujours, et plus désespérément que jamais.

Françoise, impatientée, lâcha tout à coup sa ceinture et le saisit par la tête à l'improviste.

Il poussa un rugissement de rage.

Mais Françoise ne s'arrêta pas pour si peu. Une ruade, lancée par derrière, l'ayant atteinte et mise un peu en colère, elle arracha la marmotte, planta ses deux mains dans les cheveux et renversa la tête de l'homme, de façon à la mettre en pleine lumière.

Elle riait en faisant cela, mais son rire se glaça sur ses lèvres.

Elle poussa une exclamation de stupeur.

— Vous! dit-elle! C'est vous!... vous!

L'homme courbait maintenant son front jusqu'à le cacher dans sa poitrine.

Il s'était laissé tomber à genoux et ne prononçait pas une parole.

Françoise Matifaz l'avait lâché.

— Mais alors, reprit-elle, c'est le reçu !... Je suis sûre que le reçu n'est plus dans le portefeuille !

Elle bondit vers le bahut.

L'homme se traîna sur les genoux du côté de la muraille, comme s'il eût voulu mettre entre elle et lui la plus grande distance possible.

En un tour de main, Françoise, eut ouvert le tiroir et constaté l'absence du portefeuille.

Elle se rua sur l'homme, furieuse comme une lionne, et cette fois, elle cria : — Au voleur ! au voleur !

Mais son cri s'étrangla dans sa gorge. L'homme avait levé la main au moment où elle se précipitait sur lui, — sa main d'où partait un éclair.

Françoise Matifaz tomba lourdement, et d'un seul temps, comme une masse.

Et quand elle fut tombée, elle ne bougea plus.

Rien ne brillait maintenant à l'endroit de la muraille où les rayons de la lune arrachaient naguère une étincelle au large acier du cric malais.

L'homme se releva et jeta un objet qu'il tenait à la main. Cela rendit un son métallique en touchant le c rreau, et, tête baissée, l'homme gagna la porte cochère d'un pas chancelant.

VIII

LE RETOUR DE VIRGILE

La maison n° 13 dormait. Au dehors, dans la rue, c'était un grand silence, où venaient mourir les murmures lointains du centre de Paris.

Il n'y avait là qu'un vivant, à perte de vue : Thomas Chuche, l'homme du gaz, l'hôte bénévole de la nuit dans ces solitudes qui n'étaient pas encore la ville, mais qui, depuis longtemps, n'étaient déjà plus la campagne.

Le devoir de Thomas Chuche ne l'obligeait pas rigoureusement à ces nocturnes promenades; mais il aimait son état beaucoup, et davantage encore les stations qu'il faisait dans les cabarets de sa circonscription.

Ce soir, un peu avant minuit, vous auriez pu le voir arrivant de la rue de Courcelles et tenant son allumoire sur l'épaule comme une hallebarde.

Son pas était grave et même un peu titubant. Il avait fait aujourd'hui, trop activement, tout en réglant ses becs neufs le va-et-vient entre le paradis de la mère Lublin et l'Eden du père Solier, — ce qui ne l'avait pas dispensé de rendre à la maison Roubœuf la justice qui lui était due, comme renommée des prunes.

C'était un brave homme que ce Thomas Chuche, et qui disait sa façon de penser franchement, surtout quand il parlait tout seul.

Il n'avait pas toujours été allumeur. On se souvenait bien à l'usine du véritable talent avec lequel il remplissait autrefois son emploi de mécanicien. Mais il s'était marié.

Le mariage est comme la langue, qui est, suivant Ésope, la meilleure et la plus détestable chose en ce bas monde. Il sauve beaucoup de gens, il en perd quelques-uns. J'espère qu'on trouvera cette façon de parler modérée.

Je l'emploie, parce que j'ai toujours peur, en touchant au mariage, de contribuer, ne fût-ce qu'un tout petit peu, à l'exhumation de ce remède empoisonné, pire que le mal mille fois et que les illustres hannetons du progrès recommandent sous le nom de divorce.

Le fait est que Mme Thomas Chuche, assez jolie coquine et pourvue de tous les vices connus à Paris, avait donné un croc-en-jambe définitif à la tranquillité de son mari.

Il l'aimait, ce pauvre Thomas. Depuis des années, il

lui pardonnait plusieurs fois par semaines; mais il avait bien du chagrin et se consolait à tour de rôle dans les trois cabarets de son choix.

Voilà pourquoi, du haut rang de mécanicien, il était tombé jusqu'à l'humble métier d'allumeur.

Selon sa coutume invariable, Thomas Chuche parlait en marchant, et nous devons le dire, parlait bien plus éloquemment à cette heure propice où ses visites aux trois cabarets ne se comptaient plus.

— Ma vieille, se disait-il à lui-même avec bienveil- veillance, nous allons causer tous deux de Touterol...

Thomas Chuche parut étonné de sa propre prétention et se répondit à lui-même :

— Comment! tu veux parler de Tourterol, toi!

— Si tu le permets, oui, et nous ne sortirons pas de la question. Tu prends l'habitude d'aller à droite et à gauche...

— Mais, du tout!

— Ah! si fait! tu prends cette habitude-là, ma vieille. Il s'agit de Tourterol, parlons de Tourterol. D'où le con- nais-tu? Tu le connais sans le connaître. Très-bien. On voit des choses comme ça. Mais pourquoi l'as-tu chez toi? Tâche de répondre.

— Parce qu'il est agréable? Ah! mais non! C'est une laide bête; je ne t'apprends pas çà, et il n'est pas tou- jours honnête avec Mme Chuche, qui ne déteste pas les oiseaux de cette espèce...

— Je te prie en grâce de laisser là Mme Chuche, nous causerons d'elle une autre fois.

— Quand tu voudras, ma vieille... Est-ce parce qu'il

a de l'argent, que tu l'as pris chez toi? non. Il t'en emprunte toujours et jamais il ne le rend...

— Alors, c'est parce qu'il est ton ami, pas vrai? Encore moins! Dès qu'il a soixante-quinze centimes, il les mange, non pas avec toi, mais avec M. Virgile Matifaz... Ah! saperlotte! celui-là a une belle femme! Et bonne...

— Tu sors de la question! Je t'y prends! Il s'agit du portier, non pas de la portière. Il pue l'eau de Cologne, ce gandin-là. Et pas plus tard que tout à l'heure, je les ai surpris, Tourterol et lui, en route pour la barrière.

—Ils ont fait semblant de ne pas te voir; sais-tu pourquoi? Oui. Ça fait un métier de gueux. Ça chauffe les grèves... Et puis, ça te méprise. Alors, pourquoi l'as-tu chez toi? J'entends Tourterol? Dis pourquoi!

Ici, Thomas Chuche se gratta le menton d'un air sérieusement embarrassé.

— Ils ne vont pas trop mal, les becs neufs, reprit-il, pour des becs neufs...

— A la question, si ça ne te contrarie pas! Tourterol, ça n'est pas les becs neufs... J'ai quelque chose dans les jambes, et mes yeux voient des tas de machinettes; je n'ai pourtant rien bu ce soir.

— Tu appelles ça rien, toi? mazette! Tu avais trois francs, et il te reste un sou!... Je vas te le dire, moi, pourquoi tu respectes Tourterol...

— Moi! respecter Tourterol!

— Oui, toi, et ça n'est pas étonnant, puisqu'il a un chic, un truc, un zim-là-hi-là, quoi! qui découle de son ancien mélange avec les classes supérieures de la haute société, en qualité de marquis...

Thomas Chuche se mit a rire doucement.

— Alors, dit-il d'un ton de pitié, tu crois à ses craques, toi, mon bonhomme? Fameux! M. le marquis de Tourterol!

— Ça va se gâter, si tu te moques de moi, tu sais.

— Tiens! voici la porte cochère qui s'ouvre comme si tu demandais le cordon... Va à dodo, au lieu de te disputer, tu n'as plus la tête à toi, mon pauvre bonhomme!

Ce n'était pas devant sa maison que Thomas Chuche était arrêté.

Sa maison, située entre deux autres, et toute neuve, ressemblait, en effet, un peu à celle des Lion Rabbe; car il y a des airs de quartier comme il y a des airs de famille.

Mais la maison de Chuche était à l'autre bout du parc.

C'était le moment où le voleur de nuit, prenant la fuite, après avoir brisé la potiche, tirait en passant le cordon de Françoise Matifaz.

Chuche attendit un instant pour voir qui allait sortir.

Personne ne se montra sur le seuil, et la porte resta immobile.

— Eh bien! dit Chuche, avant de te coucher, fais-moi l'amitié de traverser la rue pour régler le 6,850, là-bas, qui dépense trop. Veux-tu!

— Je veux bien.

Et Chuche reprit sa marche houleuse sans discontinuer son monologue dialogué.

Quand il revint devant la maison du milieu, il en était encore à M. le marquis de Tourterol et disait :

— Voilà. Si c'était un homme du commun, tu le jetterais à la porte ; mais il sait des tas de choses dont tu n'as pas idée, et il a des protections dans les pays étrangers.

Thomas Chuche, à cet instant, était à deux pas de la porte cochère entr'ouverte.

Il entra, croyant toujours être chez lui.

L'homme à la marmotte, qui n'avait plus de marmotte, mais dont le visage était caché à demi par les bords de son chapeau, parut au seuil de la loge.

— Tiens, tiens ! c'est vous ? fit Chuche. Vous sortez à ces heures-ci ? beau clair de lune !

L'homme recula de plusieurs pas.

Mais le moment d'après, il prit son élan, courut droit à Chuche et l'étendit sur les dalles d'un furieux coup de poing, asséné au sommet du crâne.

Cela fait, l'homme monta l'escalier rapidement et sans bruit.

Le coup de poing était de bonne qualité. Chuche resta un instant tout étourdi, son chapeau enfoncé jusqu'aux oreilles.

Quand il se releva, il était un peu dégrisé.

— Où donc est-il passé ? se demanda-t-il. On n'entend plus rien... Paraît que ce n'était pas lui ; mais c'est égal, c'est un maladroit. Ce n'était pas l'insulter que de le prendre pour mon concierge. Il a tapé trop dur.

La lune entrait en plein par la porte cochère, grande

7

ouverte. Chuche regarda tout autour de lui, et s'é-
cria :

— Mais tu es bête aussi. Qu'est-ce que tu fais à la
porte de Mme Matifaz? Chaque fois que tu bois un coup,
tu vois tout de travers. C'est la faute à ta femme, encore, pas vrai? C'est ta femme qui fait que tu ne reconnais plus ta main droite de ta main gauche? Tais-toi,
tiens, et pas de raisons! Tu me ferais te dire que tu es
un ivrogne! Voyons, file!

Thomas Chuche baissa la tête sous cette algarade sévère. Il remit sa lanterne sur son épaule, et remonta la
rue pour gagner enfin son gîte.

Sur le moment, il n'avait pas trouvé un seul mot à
répondre; mais quand il eut fait quelque pas, on aurait
pu l'entendre qui reprenait timidement la discussion disant :

— Tu t'emportes, ma vieille; moi, j'essaye toujours
de rester dans la politesse. Si Mme Chuche ne m'avait
pas fait tous les chagrins qu'on peut abreuver à un
homme, jamais je n'aurais butté contre les comptoirs du
papa Solier et de maman Lublin, et alors...

Le reste se perdit dans l'éloignement.

Pendant un demi-quart d'heure environ, apres le de-
part de Thomas Chuche, la rue fut complétement déserte
et silencieuse.

Puis on entendit des pas qui venaient de la rue de
Monceaux.

Ils étaient deux compagnons qui marchaient en se tenant bras dessus, bras dessous. Quand ils passèrent sous
les réverbères de la grille, nous eussions reconnu le marquis de Tourterol et Virgile Matifaz revenant du café-

concert des *Acacias,* où ils avaient assisté aux débuts de
Mlle Plumet, tout en accomplissant la singulière mission, qu'ils avaient, paraît-il, acceptée, « de chauffer la
grève. »

Ils avaient tous les deux le petit bordeaux à la bouche,
et rien qu'à les voir marcher de loin, on devinait bien
qu'ils appartenaient au *high-bife* de la barrière. Leur
élégance ne ressemblait pas tout à fait à celle des pou-
parts qui soupent aux environs du passage de l'Opéra,
mais chacun fait ce qu'il peut.

Ils causaient avec animation, dialoguant l'amour,
l'art et la politique, en un langage aussi spécial que l'ar-
got des petits crevés du boulevard de Gand.

— Sa voix a de l'œuf assez, disait Touterol, de ce ton
tranchant des critiques brevetés qui font les réputations
européennes.

— Un peu langouste dans le creux, répondait Virgile Matifaz, moins rogue, mais plus élégant, comme
doit être l'amateur appartenant au grand monde.

— Du beau linge ! reprit M. le marquis, mais ça n'est
pas encore Thérésa quand elle est sortie de sa boîte.

— Parbleu ! tu vas tout de suite à vingt francs par
tête sans le vin, toi ! L'Alcazar est l'Alcazar, pas vrai ?
La petite a du degré, voilà le sûr. Mme Chaloupe s'absinthe, vois-tu, et ça fait que nous avons la ficelle pour
l'hiver prochain. Je réponds de sa carrière artistique !

Tourterol continua, parlant toujours de Mlle Plumet :
— T'a-t-elle causé d'affaires ?
— Le commissionnaire de *ma tante*, répondit Virgile,
met cinq cents et le loyer...

— Alors, le pharmacien est réglé, et toi du coup !

— Savoir : le pharmacien, après *Rien n'est sacré*, louchait comme un aspic. Il a fait avancer la bijouterie ! En plus, la petite maison avec jardin et cinq cent cinquante !

— Et son idée, à elle ?

— Elle penche pour se les payer tous les deux.

— Pas bête ! dit le marquis.

Puis, il ajouta :

— Ça se fane, la grève. Le lieutenant n'est pas venu.

— On recommencera la chose, répliqua Virgile. Il y en a qui sont partis pour le Creuzot, et les commis de la nouveauté vont bientôt entrer en danse.

Ils étaient devant la porte cochère. Tourterol lâcha le bras de Virgile, qui dit :

— Tiens ! c'est ouvert chez nous ! Françoise fait faction. Malheur ! cette femme-là m'aime trop.

Sa voix tremblait un peu.

— Une soupe qui trempe ! fit le marquis. Veux-tu que je reste ?

— Non. J'aime mieux l'attendrir... dire qu'elle n'a jamais voulu faire une affaire ! et que je suis obligé de me cacher d'elle, même pour la politique allemande ! Elle ne comprend rien de rien.

— Il y en a comme ça des *fainiantes*, prononça gravement M. le marquis. Bonsoir.

Mais sur le point d'entrer, Virgile Matifaz se ravisa.

— Attends voir un peu tout de même, dit-il ; si j'appelais, tu viendrais. Ne tape pas, mais passe-lui la jambe à la douce...

— J'ai connu bien des tempéraments, gronda Tourterol, mais pas un te ta mollesse !

Il se mit à croiser devant la porte et Virgile passa le
seuil.

Au bout d'une minute, on entendit des cris lamen-
bles à l'intérieur de la loge.

— Bon ! fit Tourterol, on tatouille ferme là-dedans.
N'y a pas de mal.

Il ne bougeait pas.

Les cris redoublèrent, et Virgile bondit hors de la
porte, en hurlant :

— Au secours ! à la garde ! Ils ont crevé mon secrétaire, cassé mes objets d'art, volé mon argent ! à la
garde ! au secours !

— Et ta femme ? demanda Tourterol.

— J'avais plus de douze cents francs ! continuait Virgile Matifaz, j'avais plus de douze mille francs ! Au voleur ! je suis ruiné ! au feu !

— Mais ta femme ? demanda encore Tourterol.

— Ça tombe sous le sens, répondit Virgile indigné
qu'on pût insister là-dessus : ils l'ont finie, parbleu !

Une fenêtre du premier étage s'ouvrit, et M. Lion
Rabbe, en chemise, demanda sévèrement :

— Q'est-ce que c'est que tout ce tapage là ?

IX

LE MARTYRE DE M. ADRIEN

Une heure après, la loge artistique de M. Virgue Matifaz était remplie de monde ; il y avait des soldats, des voisins, un médecin, le commissaire de police avec son secrétaire, M. Lion Rabbe et Clémence en déshabillé de nuit. On attendait un membre du parquet.

Tous ces gens, excepté le secrétaire, qui s'était mis à une table pour verbaliser, étaient rangés autour de cette chose lugubre : le cadavre de la pauvre Françoise, couché dans une mare de sang.

Le médecin avait achevé son œuvre et fait sa déclaration.

Tourterol, les mains dans ses poches et parlant avec importance, donnait des détails à qui en voulait, non point sur le crime, assurément, puisque le crime n'avait point eu de témoins, mais sur la victime, sur son mari et l'état des lieux au moment où celui-ci était revenu de « son cercle. »

Il avait pu même glisser un mot adroit concernant le succès hors ligne obtenu, ce soir, par Mlle Plumet dans son début au café-concert des Acacias.

Virgile Matifaz, lui, était taciturne et comme accablé. Il répétait de temps en temps :

— Elle faisait tout dans la maison! Je serai obligé de payer quelqu'un. C'est une ruine !

M. Lion Rabbe, ému autant que cela se devait, restait auprès du commissaire de police.

Clémence, en camisole fanée, s'agitait beaucoup, poussant des « Hélas ! » froids comme des vents coulis. On aurait pu la surprendre toquant furtivement les faïences et s'assurant, au doigt et à l'œil, du peu de valeur des curiosités tapissant la loge.

— C'était une brave femme, disait-elle, très-propre, et qui avait ses défauts comme tout le monde. Je l'avais prise par considératoin pour la mémoire de feu Mme la comtesse de Mariaker, ma sœur. La pauvre Armelle va être aux cent coups, quand elle apprendra cela.

Puis elle ajoutait en baissant la voix :

— Il faudrait être bien avisée pour savoir comment la chose est arrivée ; car, enfin, dans nos quartiers neufs, et à des heures pareilles, on ne tire pas le cordon sans demander qui est là. Son mari sortait tous les soirs.

Elle pouvait avoir des connaissances... A moins que ce ne soit quelqu'un de la maison.

M. Rabbe, qui l'entendit, haussa les épaules avec humeur.

— Mon ami, dit-elle, le locataire des mansardes... Tu comprends bien que je n'accuse personne, mais enfin, avec son mouchoir à carreaux sur les yeux, il a bien mauvaise mine.

M. Rabbe lui dit tout bas et sèchement :

— Vous feriez mieux de vous taire. Il y a assez de gens ici pour mener l'enquête. Ce n'est pas votre métier.

— Toi, répliqua Clémence, tu es tout drôle depuis hier soir.

M. Rabbe était d'habitude un homme très-doux.

Cependant le sang lui monta aux joues, et ses yeux s'allumèrent.

La lampe était maintenant placée sur le haut du bahut, d'où elle éclairait maintenant toute la chambre. Elle occupait précisément la place laissée vide par la potiche cassée.

Sur la table du milieu, on voyait la *Journée du chrétien*, éclaboussée de rouge, et le cric malais, dont la lame était déjà noirâtre.

Le corps de Françoise était couché un peu sur le côte; mais sa tête se renversait presque de face dans les masses de ses cheveux déroulés. Elle était très-belle dans la mort, malgré l'horrible blessure qu'elle portait au cou.

On la voyait très-bien, la blessure. Cela ressemblait à un coup de sabre, lancé en fauchant et à tour de bras. La forme de l'arme avait produit ce résultat.

La jugulaire était tranchée profondément. La plaie énorme avait rendu une considérable quantité de sang.

On avait entendu Virgile Matifaz murmurer :

— Quel lavage ça va être ! et elle ne sera pas là pour le faire !

Il eût presque une larme en ce moment, et le concierge de la maison de droite lui dit : :

— Voyons, collègue, faites-vous une raison !

Mais Matifaz se rengorgea. Ce bonhomme n'avait pas le grade de conservateur comme lui.

Il prit à part le commissaire et lui demanda :

— Le gouvernement donne-t-il des dommages-intérêts aux personnes dans ma situation ?

L'enquête criminelle qui se poursuit autour d'un cadavre, décrite minutieusement et relevée par des mots techniques est un plat fort appétissant, nous ne l'ignorons pas.

Le champ où étaient enterrées, à fleur de sol, les sept victimes de Troppmann, fut foulé par trois cent mille paires de pieds, et parmi ces traces qui font si cruellement le procès de notre temps, il y avait, dit-on, deux bons tiers des empreintes qu'on reconnut pour appartenir à la plus tendre moitié de l'espèce humaine.

Mais l'intérêt de notre drame n'est pas dans cette mare de sang tiède, et nous la franchirons d'un saut, sans y rougir autrement nos semelles.

Nous dirons seulement que les interrogatoires n'amenèrent aucune découverte quelconque. Les perquisitions, faites à l'intérieur et à l'extérieur, furent également sans résultat.

On ne trouva rien et personne n'avait rien vu. Voilà

quel était, vers deux heures du matin, le bilan de l'instruction entamée.

Nous devons cependant prendre note d'un détail qui
se produisit en suite des paroles prononcées par Mme Lion
Rabbe, au sujet du locataire des mansardes.

Quand le membre du parquet, mandé par les soins du
commissaire, fut enfin venu, on fit évacuer la loge, où
il ne resta que M. et Mme Rabbe, Matifaz, Tourterol et
les agents de l'autorité.

Le magistrat s'enquit alors de l'état intérieur de la
maison.

Sur les réponses des deux propriétaires et du concierge
lui-même, il ordonna qu'une perquisition serait faite
aussitôt que l'heure légale le permettrait, au domicile
du nommé Maquin, rentier, domicilié aux mansardes.

Et, en attendant, deux agents furent chargés de garder la porte, en dehors, sur le carré.

Les deux agents montèrent.

L'un d'eux redescendit quatre à quatre, au moment
où la police et la justice allaient se retirer, après besogne faite, et vint annoncer que la porte du nommé Maquin était ouverte.

A son dire, la mansarde semblait vide

Le magistrat et le commissaire prirent aussitôt l'escalier, précédés par Tourterol, qui portait une bougie.
M. et Mme Rabbe suivaient avec Virgile Matifaz, qui
disait :

— Si c'est ce gueux-là, adieu mon argent ! Il est in-
solvable. J'avais dans ce meuble des valeurs dont on
ne se doute pas !...

A ce dernier mot, Clémence soutint par le bras son mari, qui avait trébuché.

Virgile ajouta :

— Tous mes titres de famille ont été pillés. Ah ! ma pauvre femme doit être bien triste si elle me voit de là-haut réduit à la misère.

M. Rabbe monta désormais d'un pas léger.

La mansarde du nommé Maquin, se disant rentier, était vide, comme l'avait annoncé l'agent. Le lit n'avait pas été défait. On ne trouva absolument rien dans les armoires, dont aucune n'était fermée. Quant aux pièces du costume habituel de Maquin : le carrick, la marmotte, les chaussons de lisière, pas de trace.

Une second procès-verbal fut dressé.

— C'est assez clair, dit Clémence à son mari.

M. Lion Rabbe répondit :

— Où a-t-il pu passer ?

Et il ajonta :

— C'est toi qui lui avais loué . Moi, je ne le connaissais pas, ce coquin-là.

Quand on redescendit, M. et Mme Rabbe s'arrêtèrent au premier étage et rentrèrent pour se mettre au lit.

Les autres poursuivirent leur chemin. Matifaz avait réclamé le secours des agents pour relever le corps et le placer dans une position convenable.

Que faisait, cependant, ce pauvre petit homme que vous avez peut-être oublié, M. Adrien, l'amoureux myope de Mlle Armelle et de ses vingt mille livres de rentes ?

Souvenons-nous qu'il était sorti de la maison Rabbe au moment où un pas qui ne faisait point de bruit, probablement celui du nommé Maquin, l'homme à la marmotte descendait l'escalier en tapinois.

Adrien avait même entrevu ce Maquin, au moment où il éteignait le gaz.

Et dans sa volonté passionnée de ne point mécontenter Mlle de Mariaker, Adrien, chevalier des pieds à la tête, s'était refugié dans les combles de la maison pour y attendre le moment propice où pourrait s'effectuer sa retraite.

L'endroit choisi par lui comme salle d'attente, se trouvait être un bûcher où Clémence remisait ses fagots. Ce n'était pas tout à fait la volonté d'Adrien qui avait opéré le choix, mais bien un peu le hasard. Pendant qu'il allait à tâtons sur ces sommets inconnus, son pied s'était embarrassé entre deux cotrets et il était tombé sur un lit de menu bois.

Il y resta coi, pensant que son étoile le servait à merveille, et, de fait, il n'aurait pas pu trouver mieux.

Le trou s'ouvrait dans le coin le plus reculé du corridor qui desservait les greniers, à un étage au-dessus de la mansarde occupée par le fameux Maquin.

Il y faisait noir plus que dans un four.

Et cependant tous les bruits du bas de la maison y montaient, comme s'ils eussent été apportés par un conduit acoustique.

Ce qu'Adrien guettait, nous le savons : c'était l'ouverture de la porte cochère.

Il s'arrangea, sur sa couche de fagots, de manière à bien prêter l'oreille, et prit patience.

Mais la porte cochère fut longtemps avant de s'ouvrir, — tout le temps que l'homme à la marmotte mit à accomplir son double crime : un vol et un assassinat.

Nous éprouvons une certaine répugnance à le confesser, car un tel fait ternira peut-être le vernis de romanesque poésie dont M. Adrien doit être enduit aux yeux du lecteur ; mais la vérité avant tout. M. Adrien venait d'éprouver la plus grande émotion de toute sa vie. L'émotion endort les petits, quand elle est passée.

Au bout de dix minutes, M. Adrien sentit ses yeux battre dans cette obscurité silencieuse. Il ne se trouvait pas mal sur ses fagots. Si vous lui aviez dit qu'il allait s'endormir, il se serait fâché, mais justement le sommeil s'amuse souvent à profiter de ces confiances fanfaronnes.

A l'instant où M. Adrien entrait dans le pays des rêves, l'ombre d'Armelle, qui portait sa dot sous le bras, l'accosta poliment dans des bocages fleuris, tout parfumés d'enchantement. Il vous eût juré ses grands dieux que jamais il n'avait été mieux éveillé, mais il ronflait à faire plaisir.

Il n'entendit ni le bris de la potiche qui éclata pourtant dans l'escalier sonore, ni le cordon tiré par l'assassin un instant avant le crime, ni la voix de Françoise montant si nette et si claire qu'on aurait presque distingué ses paroles.

Et il ignora que, pendant près d'une heure, son désir avait été exaucé, la porte cochère était restée ouverte.

Ce furent les cris de Virgile Matifaz qui l'éveillèrent en sursaut.

Il se leva en se frottant les yeux, et si brusquement que son fidèle lorgnon, pris dans les fagots, l'abandonna en rompant sa ganse.

5

Il se pencha pour le retrouver. La lune entrait maintenant par le vitrage à charnières du toit ; mais nous savons que ce pauvre Adrien, sans lorgnon, ne valait pas mieux qu'un aveugle.

Et chacun sait aussi ce qui arrive quand un myope cherche dans des broussailles.

Or, les fagots de Clémence étaient de véritables broussailles, parce qu'elle avait une petite campagne du dimanche à Asnières, et qu'elle utilisait les rognures de ses haies.

M. Adrien eut les mains et le visage tout égratignés, mais il ne retrouva pas son lorgnon.

Pendant cela, les bruits allaient leur train. A partir du moment où Virgile avait crié, M. Adrien ne cessa plus d'entendre quelque chose. Il y avait en bas un grand murmure qui s'enflait dans la cage de l'escalier. Les portes s'ouvrirent au premier étage. La maison était en fièvre.

ela se gagne. La fièvre d'Adrien grandissait aussi sans qu'il sût pourquoi. Ces bruits, cette agitation l'excitaient. Il mêlait la pensée d'Armelle à ce transport qui semblait avoir pris la maison, si calme une heure auparavant et presque déserte.

Il se disait déjà :

— On me cherche ! Si on me trouve, tout est perdu !

Ce n'était pas une cervelle bien solide. Il lui était arrivé de perdre la tête pour moins que cela.

Une chose le tourmentait : il ne savait pas l'heure. Combien de temps avait-il dormi ? Dans cette nuit, sa montre vingt fois consultée, refusait de lui répondre.

Le jour était peut-être proche. Les domestiques pouvaient venir au bûcher et l'y surprendre.

C'était tout bonnement terrible !

Que dire ? Comment expliquer la présence d'un gentil jeune homme en ce lieu ? Si seulement il y avait eu d'autres femmes dans la maison, un doute aurait pu s'établir ; mais à part Mme Matifaz... et l'idée de Mme Matifaz ne vint pas à M. Adrien, qui était un garçon de tenue.

Pendant que son esprit était ainsi à la torture, il entendit qu'on montait l'escalier : une véritable caravane : cinq ou six personnes au moins.

On parlait tout bas. On prenait des précautions.

Il y eut un étage de franchi, deux, trois, quatre étages. Le cœur d'Adrien cessa de battre.

La caravane des gens qui montaient s'arrêta au cinquième.

Là, il y eut des allées et des venues inexplicables. M. Adrien était sur le gril. Une fois il crut entendre le mot *assassinat*, prononcé juste au-dessous de lui ; mais il n'avait déjà plus confiance en lui-même. Il se sentait devenir fou...

Il le crut, du moins, car tout à coup son angoisse se changea en espoir.

Après tout, l'héroïsme est un moyen comme un autre de toucher les cœurs et de cueillir les dots.

M. Adrien se dit : « Si j'étais découvert, saisi, traîné en prison... »

Hé ! hé ! pas si fou, le petit myope !

Enfin, la caravane redescendit. M. Adrien se mit à mûrir son idée. Elle avait plus d'un inconvénient. Sa pauvre tête éclatait. Le temps écoulé lui semblait énorme.

La fièvre lui mettait du feu dans les veines et des épingles sous la chair.

Tout d'un coup, ayant élévé les yeux, il remarqua pour la première fois que la fenêtre à tabatière était blanchie par les reflets de la lune. A son regard myope, cela parut comme une grande lueur. Il se dit : C'est le jour...

Il fallait tenter un grand coup.

La voix de l'arithmétique chevaleresque tinta au-dedans de lui comme un son de clairon : sortir ou mourir !

Vous avez vu bien souvent dans les livres ces malheureux prisonniers, exaspérés par les souffrances de la captivité, qui nouent bout à bout leurs draps de lit coupés en bandes, et se servent de cette corde frêle pour s'échapper de leur donjon, — deux fois haut comme les tours de Notre-Dame.

C'était exactement la situation de M. Adrien. Il prit la rampe de l'escalier pour remplacer du même coup les draps de lit et son lorgnon, dont la perte le laissait aveugle, et commença à descendre en se recommandant à Dieu.

X

LA CAPTURE

Quand l'infortuné prisonnier essaye ainsi de se sauver dans les livres, les draps cassent presque toujours, même quand ils sont en toile cretonne. Et je défie bien qu'il en soit autrement, puisque les captifs n'ont jamais l'opportunité d'y faire faire des ourlets.

Et, alors, on tombe au fond de la douve : chute horrible, mais rarement mortelle, — parce qu'il faudrait finir brusquement le livre.

Ici, la rampe tint bon. Elle était toute neuve.

Mais M. Adrien ne s'en cassa pas moins le cou.

Pendant qu'il descendait les deux premières volées, M. Adrien, qui prêtait l'oreille attentivement, n'entendit aucun bruit inquiétant. On eût dit que la maison n° 13, guérie du cauchemar qui avait troublé son sommeil, reposait maintenant tranquille.

Mais au commencement de la troisième volée ,
M. Adrien entendit en bas une voix qui disait :

— Merci bien, messieurs. Les prêtres coûtent de l'argent. Nous allons la garder, mon ami et moi, ce sera
une économie.

C'était distinct et net comme si on eût parlé à l'oreille de notre parfait amoureux.

La porte cochère s'ouvrit.

La voix, qui s'éloignait, dit encore :

— Vous ne m'avez toujours pas répondu sur ce que
je pourrais demander en justice pour me payer de mon
dommage et de ma douleur.

D'autres auraient compris dès lors qu'il s'agissait
d'une catastrophe ; mais M. Adrien était un hanneton,
en dehors des questions d'amour et de dots. Il ne pensait jamais à rien. Au ministère, on l'aimait pour cela.

M. Adrien ne comprit pas du tout. Il faut l'excuser.
Outre son étourderie habituelle, il avait aujourd'hui
l'entendement écrasé par une tendre idée fixe qui pesait quatre cent mille francs.

Ce qui le frappa, ce fut l'éloignement de la voix :
ceux qui causaient devaient avoir passé la porte cochère.

Et nul bruit n'avait annoncé la fermeture de celle-ci
depuis qu'on l'avait franchie.

C'était une chance. M. Adrien suivit sa rampe avec
plus de courage.

Par hasard, il ne se trompait pas. Tout le monde était
dehors : les fonctionnaires et les agents pour s'en retourner chez eux, Virgile et Tourterol pour les reconduire.

Et aussi pour échapper un instant à l'atmosphère

étouffante de la loge où tant de gens avaient piétiné dans le sang.

On causait un instant avant de se séparer. Les agents, qui avaient échangé plusieurs fois des marques de connaissance avec M. le marquis de Tourterol, déclarèrent que l'affaire était « cocasse. »

Cocasse était ici pris dans le sens de curieux.

Le magistrat, qui était un jeune substitut du nom de Chabert, venait d'envoyer promener Virgile Matifaz et ses questions déplacées.

Il avait pris le commissaire par le bouton et lui demandait :

— Qu'est-ce que vous pensez de tout cela, vous, M. Courand.

Dans les rapports de magistrats à commissaires, il y a quelque chose de caractéristique. Ce sont deux castes absolument tranchées, quoique, dans la légalité, le commissaire soit aussi un magistrat.

Un magistrat roturier. Les autres sont des gentilshommes. Aussi le prennent-ils de haut.

Les commissaires, eux, sont comme tous les vilains; ils courbent l'échine, mais ils mordent, sans aboyer.

— Nous autres, répondit M. Courand, qui était un bonhomme tout rond, nous n'avons pas les hautes visées de messieurs du parquet. Je pense bien que M. substitut a déjà son opinion faite?

— A peu près, repliqua l'élève Chabert.

— Eh bien! pas moi, M. le substitut, pas moi. C'est la différence des études. Puisque vous me faites l'honneur de me demander mon sentiment, je vois autour de l'affaire une assez grande quantité de traces imprimées dans le sol, mais je n'ai pas encore découvert la vraie piste.

— Et cet homme des mansardes?

Le commissaire secoua la tête avec lenteur.

— Nous ne sommes qu'au commencement, dit-il. Moi, je n'ai qu'une chose, la triture, mais je l'ai. Ça me paraît être une affaire chamarrée.

— Ce qui signifie? demanda M. Chabert du bout des lèvres.

— C'est juste, on n'apprend pas ces misères-là à l'école de droit. Nous appelons affaire chamarrée celle où le coupable joue à cache-cache sur un terrain préparé d'avance — quelquefois avec une habileté diabolique — et où il s'est ménagé... vous êtes chasseur?... des changes, des relais qui occasionnent de sérieux embarras à l'instruction.

M. le substitut réprima un haussement d'épaules.

— Dans ces affaires-là, continua paisiblement le gros commissaire, on croit avoir fini, quand tout à coup apparaît à l'horizon une nouvelle circonstance... Qui avons-nous là, Barré?

Barré était l'un des agents, et voici ce qui motivait la brusque question du commissaire.

Le substitut et lui causaient juste en face de la porte cochère ouverte. Leur regard enfilait la voûte, éclairée seulement par la lueur qui sortait de la loge.

Virgile Matifaz et Tourterol se tenaient un peu à l'écart, assez près pourtant pour écouter.

Les agents étaient à droite de la porte, devant la fenêtre de la loge qu'on avait ouverte.

Le secrétaire du commissariat de police faisait bande

à part. M.Courand et M. Chabert étaient donc seuls placés favorablement pour voir ce qui se passait en dedans de la porte cochère.

Or, au moment où le commissaire parlait de ces circonstances imprévues qui, tout à coup, apparaissent à l'horizon dans de certaines affaires, un bruit de pas se fit dans l'ombre à l'endroit où le tournant de l'escalier débouchait sous la voûte.

L'instant d'après, dans l'espace éclairé par la lampe, placée à l'intérieur de la loge, une étrange figure se montra : un jeune homme, élégamment vêtu, mais sans chapeau, les cheveux mêlés, les vêtements souillés de poussière et de plâtre.

Une véritable « circonstance » enfin.

Ce jeune homme avait l'air excessivement inquiet et troublé. Il marchait avec précaution pour étouffer le bruit de son pas, avec hésitation aussi, et tâtonnant comme un aveugle.

Son entrée en scène coïncidait si merveilleusement avec les paroles du commissaire que l'exclamation de ce dernier fut lancée d'un ton quelque peu triomphant.

A la vue de ce singulier personnage, qui semblait égaré sous la voûte, le substitut ouvrit de grands yeux. On l'avait nommé depuis peu à cette place importante. Ce n'était pas encore un substitut fait.

Sa tante, une personne d'esprit et de conduite, jouait le whist deux fois par semaine avec la sœur du médecin de la nièce du jurisconsulte éminent qui avait alors l'honneur d'être le secrétaire général de S. Exc., M. le garde des sceaux.

La tante aimait son neveu, ce qui est bien naturel ;

la sœur du médecin estimait la tante avec raison ; le médecin adorait sa sœur ; la nièce du secrétaire général avait besoin du médecin, et le secrétaire général ne refusait jamais rien à sa nièce.

Mais M. le substitut aurait peut-être été nommé sans tout cela, — pour son mérite.

L'agent Barré tenait déjà au collet le malheureux Adrien, qui fut aussitôt entouré par l'assistance tout entière.

— D'où sortez-vous ? demanda brusquement le commissaire.

M. Adrien lui jeta un regard ahuri, mais ne répondit pas. Il était, en vérité, dans un état déplorable. Je ne sais pas si un comédien habile, en y mettant tous ses soins, aurait pu s'arranger, ou pour mieux dire : *se déranger* d'une façon plus propre à inspirer des soupçons.

Son sommeil dans le bûcher et sa lutte contre les fagots avaient laissé sur toute sa personne les traces les plus fâcheuses ; sa figure et ses mains étaient tachés de sang.

Il n'en savait rien. Il n'avait qu'une pensée : Armelle ! Deux pensées, si vous voulez compter la dot.

Virgile Matifaz glissa à l'oreille de M. Tourterol :

— Celui-là vaudrait bien mieux que l'autre pour les dommages-intérêts. Je le connais, ça mange à deux râteliers et ça doit avoir des économies.

— Celui-là n'était pas ici pour la portière ! grommela Tourterol ; mais c'est égal, joue ton jeu.

— Monsieur, demanda pour la seconde fois le commissaire, amendant sa précédente formule, parce qu'il avait reconnu l'élégance du costume sous les souillures qui le couvraient, voulez-vous bien nous dire d'où vous venez?

M. Adrien releva la tête à tout hasard et riposta d'une voix qui n'était pas bien assurée :

— De quel droit m'interrogez-vous?

— Je suis commissaire de police, monsieur, dit Courand, en exhibant son écharpe, et un meurtre vient d'être commis dans cette maison.

— Un meurtre! répéta Adrien, dont la joue devint plus blanche que son col de chemise.

M. Chabert, le substitut, lui ressemblait un peu, bien qu'il fût moins joli et moins myope. Il fut pris de pitié, d'autant que la « circonstance » ne lui appartenait pas. Elle était la propriété du commissaire. Il en était un peu jaloux.

— On a parfois des relations, dit-il, qui permettent de prolonger une visite jusqu'à cette heure...

M. Adrien l'interrompit vivement.

— Non, monsieur, non! prononça-t-il avec énergie.

— Vous étiez dans la maison, pourtant?... J'appartiens au parquet, monsieur; vous pouvez, vous devez me répondre.

La tête d'Adrien retomba sur sa poitrine. Le substitut, évidemment contrarié, fit un geste à l'adresse du commissaire, qui reprit aussitôt son interrogatoire, disant :

— Monsieur, votre situation paraît grave. Pour le moment, une seule famille habite la maison où nous sommes. Etes-vous des amis de M. Lion Rabbe?

— Oui, répondit M. Adrien.

— Alors tout va de soi, pour peu que vous lui ayez rendu visite ce soir.

— Je lui ai rendu visite ce soir.

Ceci fut dit d'un ton si farouche que le commissaire insista :

— A quelle heure, s'il vous plaît ?

— A neuf heures.

— Et vous êtes sorti de chez lui ?

— A onze heures.

— Ah !... fit involontairement M. le substitut. Il est d'une maladresse !

Dans la loge, le secrétaire s'était réinstallé à sa table et écrivait.

— Depuis onze heures, reprit le commissaire, jusqu'à trois heures passées qu'il est maintenant, pouvez-vous dire ce que vous avez fait dans la maison ?

— Non ! répondit M. Adrien d'une voix ferme, cette fois.

M. Chabert tira la manche de M. Courand.

— Il y a là quelque histoire de jeune homme, dit-il tout bas ; ça saute aux yeux !

— Monsieur le substitut, répondit le commissaire également à voix basse, je ne suis pas un jurisconsulte, mais j'ai mon expérience. J'ai vu de ces « histoires de jeunes gens » qui ne tournaient pas bien. Quelquefois c'est l'amant qui est tué par sa maîtresse ; d'autres fois...

— Faites à votre guise, monsieur, interrompit M. Chabert sèchement.

— J'allais vous en demander la permission, dit M. Courand, qui salua avec gravité.

Et s'adressant à Matifaz, il ajouta :

— Concierge, si ce jeune homme vient habituellement dans la maison Rabbe, vous devez le connaître ?

M. Adrien leva les yeux sur Virgile, qui détourna les siens et dit à M. Courand d'un ton rogue :

— Vous pouvez bien m'appeler conservateur : c'est écrit sur la porte.

Mais comme le commissaire le regarda sévèrement, il reprit :

— Quant à ça, oui, on le connaît assez, ce monsieur-là! Un gaudin de petit crevé, quoi! lorgnon dans l'œil, fainéant des ministères et mauvais sujet. Voilà son dossier. Avec ça qu'il rôdait depuis assez de temps à l'entour de mon infortunée dame !

M. Courand regarda M. Chaberi dont le visage exprima un étonnement.

Le jeune magistrat, battu pour la seconde fois, échangeait contre une somme considérable de mauvaise humeur l'embryon d'intérêt qui avait essayé de naître en lui à l'égard de ce pauvre Adrien.

Celui-ci ne niait même pas.

Etre l'amant d'une concierge, ce n'est plus du tout une « histoire de jeune homme. »

— Monsieur le commissaire, dit Chabert, à qui il fallait un semblant de revanche, dans votre interrogatoire, d'ailleurs très-bien fait, vous n'avez oublié qu'une chose, c'est de vous enquérir du nom du prévenu.

— Ce jeune homme n'est pas un prévenu, monsieur le substitut, répondit Courand, impitoyable, et peut-être que je sais son nom. Mais vous avez raison tout de même... Donnez vos noms et qualités, je vous prie, monsieur.

De livide qu'il était, M. Adrien devint pourpre; mais il garda le silence.

— Ça a un nom noble, grommela Virgile, un nom étranger, je l'ai vu sur ses cartes; mais je l'ai oublié, parce qu'on l'appelle toujours par son petit nom, comme ceux de sa sorte, M. Adrien tout court. Sans le respect de la justice, j'écraserais ce blanc-bec qui a détourné mon épouse de son devoir avant de me la faire mourir !

Virgile prononça ces derniers mots avec une expression de rancune derrière laquelle il y avait une nuance d'effroi.

Il ajouta à part lui :

— Attrape, petit mouchard ! Je te devais bien ça.

Adrien ouvrit la bouche, mais il ne parla point. Les veines de ses tempes se gonflèrent. M. le substitut comprenait très-bien cela : le fin fond du calice, l'amertume, la lie, c'était d'être proclamé l'amant de la concierge !

— Je dois m'effacer partout où le ministère public peut agir, dit le commissaire de police avec sa déférence affectée. M. le substitut prend-il sur lui d'ordonner l'arrestation ?

M. Chabert hésita.

Pendant qu'il se consultait, M. Adrien releva sa crête, comme un beau petit coq, et d'une voix que nous déclarons héroïque, nous qui connaissons le vrai des choses, il dit :

— Messieurs, vous n'avez pas besoin de mandat. Je me constitue volontairement prisonnier. C'est moi qui ai commis le meurtre.

L'agent qui s'avança pour s'assurer de lui le reçut dans ses bras au moment où il tombait évanoui.

XI

LE MÉDIANOCHE

Une heure s'était écoulée. Dans la nuit silencieuse, la petite horloge de Beaujon venait d'envoyer quatre coups plaintifs et grêles.

Quelqu'un qui eût longé la rue des Trois-Maisons aurait pu voir, par la fenêtre ouverte du n° 13, à droite, au rez-de-chaussée, un spectacle assurément singulier.

C'était la veillée de la morte dans la loge Matifaz.

La lampe, toujours placée sur le haut du bahut, éclairait toute la chambre comme un quinquet suspendu.

Au fond de la pièce, il y avait ce lit haut et bondé de matelas qui est l'orgueil des concierges, et, sur le lit, la belle Françoise dormait son dernier sommeil.

On n'avait même pas pris souci de jeter un lambeau sur l'effrayante blessure qui lui tranchait la gorge et qui ressortait, noire, sur la blancheur de son cou.

Sa tête, un peu surélevée par l'abondance des oreillers, recevait en plein la lumière.

A droite et à gauche du lit, les murailles étaient littéralement tapissées de niaiseries suspendues.

Au centre, assis chacun d'un côté de la table, Virgile Matifaz et son ami M. le marquis de Tourterol soupaient.

Ils n'étaient ni gais ni tristes. Ils mangeaient de leur bon appétit ordinaire.

Manifestement, pour eux, l'impression de la catastrophe était néant.

— Pour sûr, disait Virgile, je suis d'âge à me remarier si ça me va. Elle était rudement jolie, mais si bégueule! Ça m'apprendra à mieux choisir. A quoi penses-tu?

— Je pense, répondit Tourterol, à la petite bête qui est venue se jeter dans les jambes de la police et de la justice, tantôt. Pourquoi l'as-tu appelé mouchard?

— Ça, c'est des mystères politiques. Nous reparlerons de cet oiseau-là. J'ai joué gros jeu... donne à boire... Il faisait le fier avec moi... Enfin, ça me regarde.

Tourterol emplit les deux verres. Virgile reprit :

— Ça fait plaisir de tortiller un morceau de viande froide à ces heures-ci. Pour bien rôtir un gigot, elle n'avait pas sa pareille, c'est sûr. Celui-ci est le dernier... J'avais déjà faim avant l'histoire, ainsi juge! sais-tu une chose?

— Non, répondit Tourterol. Qu'est-ce que ça peut être que ce Maquin, le rentier du cinquième, qui a disparu?

— Cherche! Les juges ne sont pas au bout du rouleau. c'est moi qui te le dis! Il y a là-dedans des em-

brouillamini à faire une cause célèbre, et voilà justement l'avantage : si ça chauffe bien devant les tribunaux et que les journaux se mettent à causer là-dessus,
Françoise Matifaz deviendra un nom comme Fualdès ou
Lesurques, et alors, ma galerie se vendra ce qu'on
voudra aux Anglais, sans compter que le lustre de la
chose en rejaillira aussi sur moi. Tu ne dis rien !

— Tu penses à toi, pas vrai? fit Tourterol.

— Oui, et toi?

— Moi aussi.

— A moi?

— Non, à moi. Pousse une tranche et la moutarde.
C'est certain que j'ai occupé des positions dans la haute
et dissipé plusieurs héritages fastueux en prodiguant
follement mes ressources. Il m'en est resté l'usage de la
société et la préférence des dames. Mais, de fil en aiguille, à mesure que mon physique perd sa première
fraîcheur, j'ai glissé insensiblement sur la pente de l'in-
fortune, depuis la maison Bignon, boulevard des Italiens, jusqu'au café-concert des Acacias, et, au lieu des
comtesses, baronnes et premières chanteuses de l'Opéra,
qui s'attelaient à mon char, j'en suis réduit à Mme Chuche pour tout potage. Ça m'humilie.

— Moi, interrompit M. Matifaz, je suis dans tout l'é-
clat de mes agréments !

— Toi, tu es jeune, c'est vrai, reprit M. Tourterol
avec une nuance de dédain ; mais la populace a beau se
moquer de la naissance, c'est un privilége qui ne perdra
jamais son prestige. Tu ne l'as pas et je le possède.
Papa taillait le trente-et-quarante à Frascati, et tout Paris l'a connu.

9*

— Donne à boire.

— Tu n'es pas mal à la barrière, mais sais-tu ce que tu serais dans les salons du faubourg Saint-Germain? Or, un chacun doit avoir la noble ambition de monter au-dessus des derniers rangs de la société pour parvenir à la distinction et à la fortune. Ça ne s'obtient que par l'instruction et l'usage de la parole. Vois comme je la manie !

— Ah! fit Virgile avec un soupir d'envie, pour du talent, tu as du talent, et c'est dommage que tu te déjettes avec rapidité depuis quelque temps. Tu devrais te mettre tout à fait dans la politique et *troubler l'eau.*

M. le marquis ôta son vieux chapeau et passa la main dans ses cheveux, qu'il avait rares, plats et grisâtres. Après quoi il parla ainsi :

— Sais-tu pourquoi on dit : « Travailler pour le roi de Prusse, » toi, quand on jette sa poudre aux moineaux? c'est que ta patrie est râpée comme un décrochez-moi-ça. Ton roi ressemble à un Auvergnat qui voudrait entretenir une première danseuse. Pour troubler l'eau, il faut jeter quelque chose dedans. Ta politique est une bêtise. Pour qu'on se mette à trahir la colonne, il faudrait au moins y trouver des avantages! D'ailleurs, ta politique me forcerait à me mélanger avec les gens du peuple, ce qui n'est pas dans mon caractère... Non, j'aurais plutôt songé à faire une fin par le canal de mon mariage avec une dame de la haute société dont j'avais le choix, si mon tempérament d'artiste ne s'opposait à toute fixation. La nature est la nature. Je me laisse éparpiller à toutes les plus extravagantes fantaisies... Et tu as tort, mon bonhomme, de faire avec moi celui qui n'écoute pas; car ce qui me regarde te regarde. Malgré ton insuffisance et ton accent, je t'ai élu dans cette foule innombrable qu'on appelle l'humanité pour être mon élève principal, et peut-être même mon associé.

— Tu te trompes, fit Virgile un peu froidement ; j'écoute, mais pas d'appel de fonds, tu sais ? ça ne prendrait pas avec moi !

Tourterol se renversa sur le dossier de sa chaise et répondit avec fierté :

— Pour l'intelligence, tu n'es pas à la hauteur de l'aigle. Tu devrais comprendre à la façon dont je m'exprime, qu'il y a un abîme entre le Tourterol d'hier et le Tourterol d'aujourd'hui. Vois les théâtres : Qu'est-ce que fait un jeune premier qui rancit ? Il joue les premiers rôles. C'est la logique. Quel est l'ordre et la marche des passions chez l'homme ? L'amour d'abord, puis l'ambition. A dater d'aujourd'hui, je change de peau. Je tire une barre au bas de la première page de ma carrière. L'âge d'être sérieux a sonné, je le sens. Ce n'est peut-être pas sans un soupir que j'abandonne les sentiers de la jeunesse où j'ai cueilli tant de fleurs, mais il est d'autres occupations plus graves auxquelles je saurai m'attacher. Le commerce mène à la puissance depuis le conseil municipal jusqu'à la députation, et même plus tard sénateur. Ce n'est pas que l'idée d'utiliser ma plume ne me soit venue ; ça séduit d'abord, mais la compagnie y est trop mêlée. J'ai irrévocablement choisi l'industrie pour y pousser en un clin d'œil jusqu'au degré que je mérite !

On essaierait en vain de rendre l'accent de conviction

qui caractérisa le débit de M. le marquis de Tourterol pendant qu'il prononçait ce discours.

Virgile le connaissait de pied en cap; il avait défiance de lui et pour cause; cependant, il fut ému tant est puissant le prestige de l'éloquence!

Son regard exprimait l'effort qu'il faisait pour résister à l'élan de son admiration.

— Et quel commerce feras-tu, dit-il pourtant, puisque tu n'as rien à vendre? Moi, du moins, j'ai mes objets d'art. Est-ce cette dent-là que tu veux m'arracher?

Les premières lueurs de l'aube donnaient une teinte grise à la nuit du dehors,

M. Tourterol planta ses deux coudes sur la table, et mit son menton maigre entre ses mains. Ainsi installé, il fixa son regard de hibou sur Virgile qui murmura :

— Toi, tu essayes de me fasciner, serpent!

— Le jour va se lever, répliqua Tourterol, mon premier jour de sérieux! Pars d'un principe si tu veux ne pas t'égarer : je n'ai pas plus besoin de toi que de cette bouteille vide... et débouche l'autre... As-tu pensé que j'achèterais des dessous de lampe ou des tas de pommes pour les revendre sous une porte? Veille à ton innocence; elle peut te perdre de fond en comble. J'ai une affaire, mon bonhomme, et une dodue !

Ceci fut dit très-bas, mais avec emphase.

Virgile qui avait débouché, versa.

— Quelle affaire? demanda-t-il?

Un petit commencement de fièvre le tenait.

Au lieu d'exposer « son affaire », M. Tourterol dit :

— D'abord, tu sauras que nous entrons dans le pays de la décence et des convenances. Il ne s'agit plus d'aller à la débraillade. La tenue, voilà le point de départ. Et comme le monde va commencer à circuler tout à l'heure dans la rue, fais-moi le plaisir de cacher la figure de Mme Matifaz. Ça n'est pas propre, une blessure pareille.

Virgile lança à la volée sa serviette, qui alla couvrir la figure de la morte.

— Cause, dit-il, je t'écoute.

Tourterol se recueillit :

— Approche, fit-il en baissant la voix encore davantage. Ces machines-là, ça se chuchotte. As-tu pensé quelquefois à la Préfecture ?

Virgile fit la grimace, et ce fut évidemment pour cacher un motif de répugnance plus sérieux qu'il répliqua :

— Ça déplait aux dames !

— Gros bébé ! les dames ! avec ça qu'elles t'ont réussi ! A la Préfecture, comme partout, il y a position et position. Ceux qui s'y mettent pour tout à fait sont des brutes. Mais on peut tourner autour avec délicatesse...

— Ecoute, dit Virgile, explique-toi, si tu veux qu'on comprenne.

— Je sais... tu entendrais mieux l'allemand. Mais il n'est pas absolument nécessaire que tu comprennes, puisque, bien entendu, je garderai la haute main. Pour l'instant, sache seulement que j'ai la rue de Jérusalem et qu'elle ne m'a pas. C'est mon fort, moi l'adresse, et de connaître la manière de tremper le pied dans l'eau sans le mouiller...

Il cligna de l'œil.

Ceux de Virgile étaient tout ronds.

— Ah ! tu croyais que M. le marquis de Tourterol

était dans l'embarras! reprit celui-ci. Tel que tu me vois, j'ai déjà lâché bien des capitaux dehors. Tu m'accusais de ne jamais payer la consommation, c'est que je payais autre chose, ma vieille! Ma redingote est bien usée, mais elle n'aura pas le temps de se percer aux coudes. Des fonds j'en ai mis! La litière est faite. Nous n'avons plus qu'à coucher l'affaire dessus et à servir chaud. Allez!

— Mais quelle affaire? répéta Virgile, dont le pouls battait la générale.

Il n'y a rien de si facile à berner qu'un étudiant en filouterie.

— Ferme la fenêtre, ordonna Tourterol. Voilà le jour, et Thomas Chuche va venir éteindre ses becs.

Virgile Matifaz obéit avec empressement.

Pendant qu'il avait le dos tourné, Tourterol poursuivit :

— J'avais songé à Chuche. Je lui dois pas mal par lui et par sa dame. Mais c'est un ahuri qui n'apprendra jamais ce que parler veut dire. Et puis, l'affaire t'appartient un peu, sans t'appartenir...

— Ah? fit Virgile en revenant. Est-ce qu'il s'agit de l'histoire d'hier au soir?

— Voyons! tâche de parler net et clair, dit Tourterol au lieu de répondre : Qu'est-ce qu'on a volé dans le secrétaire de la morte?

Virgile Matifaz redevint aussitôt froid comme un marbre.

— La morte est à moi, dit-il, et avant de causer, je veux savoir ce que tout ça me rapportera.

XII

OU THOMAS CHUCHE ÉTEINT SES LANTERNES

Je conviens volontiers que MM. Tourterol et Virgile Matifaz ne sont pas des personnages très-héroïques, mais ils sont vrais : je les ai vus.

Ce n'est pas du tout le peuple, il serait fâcheux de s'y méprendre. C'est l'envers et le contraire du peuple : le dessous infect, la lie de Paris-étranger et de Paris-fainéant.

Le peuple a des vices autrement faits; son comique est différent. On trouve dans ses déchets plus de francs coquins et moins de marauds.

Ceux-là étaient de purs marauds, lâche espèce qui

pullule à Paris et y prospère caricaturant, à cent pieds sous sol, les splendeurs et les hontes des diverses bohèmes dorées.

M. le marquis répéta le dernier mot de Virgile.

— Ce que ça te rapportera !

Puis il ajouta :

— Tu es trop curieux ; ça te rapportera ce que je voudrai. Asseois-toi, et ne fais pas le méchant. Il y avait une fois un tonnelier qui avait une voix superbe. Il n'en savait rien. Un monsieur passe et lui dit : Signez-moi un billet comme quoi vous me compterez dix mille francs tous les ans, quand je vous en ferai gagner tous les ans cent mille. Le tonnelier, moins sot que toi, topa, et râfla quatre-vingt-dix mille livres de rente à ce jeu. Toi, tu as une affaire sans le savoir, comme le tonnelier avait son *ut* de poitrine. Moi, je suis le monsieur qui passe et qui à la manière de s'en servir. Sans ce monsieur-là, le tonnelier cerclerait encore des barils, et sans moi, tu resteras portier à perpétuité.

— Ménage tes expressions ! gronda Virgile, dont la joue blème s'anima.

— Concierge, si tu veux, imbécile ! rectifia Tourteroi avec un froid dédain, ou même conservateur... Qu'est-ce qu'on a volé dans le secrétaire de ta femme?

Virgile hésita un instant, puis il dit :

— C'est vrai que je ne devine pas l'affaire et que je suis comme le tonnelier. Allons ! adieu, va ! j'espère que tu me traiteras comme il faut, et si tu me faisais du tort, je te repincerais... On a volé aux environs de mille francs : un billet de cinq cents et de l'or ; c'était le restant des économies de Mme Matifaz : j'en savais le compte.

— Et puis?

— Et puis, c'est tout.

— Ne mens pas !

— C'est tout... tout ce que je connais. Mais il y a autre chose qui manque.

— Va donc !

— Je ne sais pas ce que c'est. Je dis vrai : je ne sais pas. Voilà l'histoire : hier, Françoise a ouvert son tiroir pour me donner mes sous de poche. Je n'ai pu jeter qu'un coup d'œil, mais j'ai vu dans le tiroir un grand polisson de portefeuille en toile bise que je ne connaissais pas. Où l'avait-elle caché jusqu'alors? Il n'est plus temps de le lui demander. Hier soir, en rentrant, je comptais bien faire une petite visite au secrétaire et aussi au malin portefeuille. On m'avait épargné la peine de chercher la clé, et quand j'ai regardé au fond du tiroir, le porte-feuille avait disparu... Est-ce bon pour l'affaire?

— Pas mauvais, répliqua Tourterol, qui réfléchissait.

— Moi, je croyais, reprit Virgile, que l'affaire était le petit-crevé blond qui n'y voit pas. Sur celui-là, en cas de besoin, j'aurais pu fournir des renseignements, et des drôles ! Je le crois calé. Il met de côté tous les mois. Et il fait la cour à la nièce des Rabbe, Mlle Armelle de Mariaker.

— Ta femme avait été domestique chez la mère de celle-là, pas vrai?

— Domestique ! se récria Virgile. Dis institutrice On l'appelait « ma bonne » par amitié. Elle était tout à fait de la famille.

10

Tourterol réfléchissait toujours.

— Quant à la chose d'être une affaire, dit-il après un silence, je parierais dix contre un que ça y est. Mais par quel bout la prendre? Ça me regarde. Je vas avoir de l'ouvrage.

— Et moi? demanda Matifaz.

— Toi aussi... plus tard. Si on savait seulement ce que contenait ce portefeuille? Enfin, n'importe. Tu as bien joué en disant tout à l'heure que le petit tournait autour de ta femme.

— C'est toi qui me l'avais soufflé, et ça m'allait en plein.

— Tant que tu m'écouteras, tu ne perdras jamais plante. Voici ton rôle : sois prudent, parle peu, gémis tant que tu voudras. Tu ne sais rien de l'homme des mansardes. Appuie ferme sur le petit... Tiens! voilà Thomas Chuche qui passe; il a l'air cassé en deux, ce matin. Je vas filer dès qu'il aura le dos tourné, et aller me coucher dans son lit, peut-être pour la dernière fois.

Thomas cheminait, en effet, le long du trottoir, la tête basse, et sa longue redingote avait encore la poussière de sa chute. Il était grandement en retard pour éteindre son gaz. En passant, il jeta un regard piteux à la maison numéro 13.

Tourterol saisit pour détaler le moment où Chuche éteignait les becs à la grille du parc. Il y avait déjà du monde dans les rues. Les voitures des laitiers roulaient. Cinq heures avaient sonné depuis longtemps.

Quand Virgile Matifaz se vit seul avec la morte, il éprouva enfin quelque chose qui ressemblait à un serrement de poitrine.

Nous n'avons pas dit de cœur.

Il regarda autour de lui et son lymphatique visage exprima une manière de mélancolie.

— C'est large ici, maintenant, se dit-il. Elle tenait de la place, ma femme !

Il essaya de rire, mais il ne put.

— A ces heures-ci, pensa-t-il encore, elle était déjà levée. Je la regretterai. Mais c'est sa faute aussi ! Elle s'endormait toujours à m'attendre dans son fauteuil, et le quartier veut de la surveillance.

Il alla vers le lit et souleva la serviette qui couvrait la blessure et les traits de la morte.

De près, la vue de la plaie béante le fit frissonner, — un peu.

— J'avais affilé l'outil moi-même pour faire dire à ceux qui le regardaient : « Comme ça coupe bien, ces couteaux de sauvages ! » Mazette ! oui, ça coupait bien ! Elle n'a pas dû languir... Il n'y en avait pas beaucoup pour faire sauter un lapin comme elle !

Cette dernière réflexion lui arracha un soupir, et il ajouta :

— Je lâcherai quelque chose pour l'enterrement. C'est de l'argent dépensé sans boire ni manger ; mais le quartier cancannerait si je lui donnais le corbillard des pauvres.

Tout en parlant, il avait pris dans les poches de Françoise son porte-monnaie, son dé, son étui et d'autres menus objets. Il ôta l'alliance de son doigt et décrocha ses pendants d'oreilles.

— Ça ne peut pas servir à Mlle Plumet maintenant, reprit-il. En voilà une qui va avoir de la quincaillerie !...

C'est tout de même drôle comme ces choses-là vous creusent; j'ai encore besoin de casser une croûte... Tiens ! voilà justement Mlle Armelle qui va la veiller un brin !

La porte de la loge s'était ouverte doucement. Armelle de Mariaker entra sans rien dire et alla droit au lit. Elle était aussi pâle que la morte.

Virgile la salua gauchement. Il disait du mal de ses maîtres, mais il était plat vis-à-vis d'eux.

La jeune fille s'agenouilla auprès du lit. Virgile vint se planter derrière elle. Tourterol lui avait permis de gémir.

·— Merci bien d'être venue, mademoiselle Armelle, dit-il d'un ton pleurard ; elle n'était pas de votre classe, mais elle vous aimait drôlement, allez !

La jeune fille murmura, et dans sa voix on devinait ses larmes :

— C'était ma meilleure amie.

— Pour quant à ça, elle serait bien contente de vous entendre parler de même : « Mon Armelle par ci, mon Armelle par là; » elle n'avait que vous dans la bouche. Et si bon cœur ! Il n'y a que le bon Dieu pour savoir la perte que j'ai faite !

Armelle se retourna et lui tendit la main.

— Nous étions un mariage d'inclination, continua Virgile en touchant respectueusement le bout de ses doigts. Elle me disait encore hier en mangeant la soupe : « Virgile, mon âme battait pour toi depuis du temps, mais tu m'aurais attendu, sans que j'ai eu le malheur de perdre madame ! » Votre mère s'entend, mademoiselle Armelle.

— Pauvre, pauvre bonne ! murmura la jeune fille.

De grosses larmes roulaient le long de ses joues.

— Et que son assassin, poursuivit Matifaz avec des accents de plus en plus lamentables, n'a pas reculé devant la chose de séparer un si bon ménage ! Il y a pourtant assez de sergents de ville dans Paris, mais ça serait bien fâché de vous prémunir contre un accident ! Quelles drogues ! Et les gendarmes ! Ah ! la félicité de mon existence est évanouie, mademoiselle Armelle ! Je vas me mettre en deuil et y rester jusqu'à la fin de mes jours. Je ne parle même pas de ce qu'ils m'ont volé : tout ! figurez-vous, jusqu'à son pauvre de d'argent et sa pauvre alliance qui était en or, comme de juste. Il ne me reste seulement pas de quoi faire chanter à l'église !

— Je me charge des funérailles, dit Armelle.

Virgile se pencha sur sa main et la baisa.

— Voilà les hautes classes ! s'écria-t-il. Ceux qui les éreintent sont des maladroits. Ma douleur m'empêche d'exprimer comme ça me soulage de savoir qu'elle sera arrangée comme il faut à la paroisse et au cimetière... Est-ce que ça ne vous ferait pas plaisir, mademoiselle Armelle, de rester un petit instant seule avec elle ?

— Si, répondit la jeune fille. J'allais vous le demander.

— Comme ça se trouve ! L'homme physique a des nécessités, pas vrai ? Je n'ai rien mis sous ma dent depuis notre dîner d'hier... Je dis *notre* dîner, car elle était encore là... Est-ce Dieu possible qu'elle ne me servira plus mon potage !

Il fit un geste de désespoir et s'élança vers la porte.

Il dit encore pourtant avant de passer le seuil, et

pour expliquer les débris de festin qui couvraient la table :

— C'est les amis, en faisant la veillée. Ils n'avaient pas les mêmes raisons que moi pour avoir mal au cœur. Je vas prendre une tasse de bouillon chaud et je reviens.

Armelle était seule. Elle avait eu raison de le dire : sa meilleure amie venait de la quitter.

Son unique amie plutôt : tout ce qui lui restait de sa mère.

Armelle avait appris à son réveil la catastrophe qui avait ensanglanté la maison ; mais elle savait seulement ce que Clémence Rabbe avait pu lui apprendre. L'admirable dévouement de M. Adrien lui était encore inconnu.

Elle ne pensait pas à M. Adrien. Peut-être n'avait-elle pas pensé à lui depuis la veille.

Au cas où vous eussiez interrogé Armelle sur la question de savoir si elle aimait M. Adrien, dans sa loyauté, elle aurait probablement répondu par l'affirmative.

En effet, son cœur enfant avait été éveillé à demi par ce jeune homme à la figure charmante, qui avait la douceur et la timidité des fillettes, mais qui risquait parfois, dans sa gaucherie, des audaces devant lesquelles aurait reculé la hardiesse d'un homme.

Elle avait pour ce page la pitié affectueuse des jeunes châtelaines. Ne sachant pas ce que c'était que l'amour, elle prenait cela pour de l'amour.

On peut dire que cette affection un peu enfantine ressemblait à l'amour comme M. Adrien lui-même pouvait être pris pour quelqu'un par une personne distraite et n'y regardant pas de près.

Nous savons, nous, qu'il avait un côté sérieux : les dots.

Armelle avait beau être aimée de M. Adrien, elle avait beau l'aimer ou du moins croire qu'elle l'aimait, elle se sentait profondément abandonnée.

Elle avait pourtant un autre ami, — mais elle ne le connaissait pas encore.

Au chevet de son lit mortuaire et parmi sa douleur, elle songeait surtout à sa mère.

Ce deuil récent la reportait à l'ancien deuil : le premier, le plus grand, celui qui devait durer autant que sa vie.

Elle mit un baiser au front de sa bonne en fermant les yeux pour ne point voir l'horrible blessure.

Puis, décrochant le petit crucifix que Françoise avait pendu dans sa ruelle, elle le lui déposa sur la poitrine.

Puis encore, elle s'agenouilla de nouveau, pleurant silencieusement pour celles qui n'étaient plus là et qui l'avaient tant aimée.

Le temps passait. Thomas Chuche revenait de sa tournée. En passant dans la rue des Trois-Maisons, devant le n° 13, dont Virgile avait laissé la porte cochère ouverte, il s'arrêta.

— Ça se ressemble, si on veut, dit-il en jetant un regard de rancune à la maison Rabbe ; mais il fallait avoir bu un coup et même plusieurs coups pour confondre la porte avec celle de mon domicile. En fait de coups, un mauvais coup de poing, le mien de cette nuit, j'aimerais bien à le rendre. De payer ses dettes, on dit que ça enrichit.

Thomas Chuche se mit à rire, car sa rancune n'était

par bien grande: mais son rire lui répondit dans la tête et dans les reins.

— Il y avait de quoi assommer un bœuf! reprit-il. La belle Mme Matifaz n'est pas encore à l'ouvrage, c'est drôle. J'ai envie de l'amuser en lui racontant que je me suis encore trompé de porte, et ce qui s'en est suivi. En m'y prenant bien, je saurai peut-être le nom du gaillard qui m'a prêté ce beau coup de poing-là...

Il entra sous la voûte, ouvrit familièrement la porte de la loge et mit à l'intérieur, au bout de son cou tendu, sa bonne grosse figure, égayée par un sourire espiègle.

Il avait sur les lèvres ces joyeuses paroles :

— Eh bien! Mme Matifaz, nous faisons donc la grasse matinée aujourd'hui?

Mais ces paroles, il ne les prononça pas, ni aucune autre parole.

Il faisait grand jour dans la loge et le soleil levant se jouait aux carreaux de la fenêtre.

Le premier regard de Thomas Chuche avait rencontré Françoise étendue sur son lit, et l'énorme blessure qui entaillait le cou de la malheureuse femme lui avait sauté aux yeux comme un éblouissement sinistre.

Il étouffa un cri qu'Armelle n'entendit point, absorbée qu'elle était dans sa prière.

Puis il s'éloigna d'un pas, — de deux pas, — comme on fait quand l'épouvante vous saisit à l'improviste, et marchant à reculons, il gagna la porte cochère, contre laquelle il se heurta.

— C'était l'assassin! murmura-t-il seulement alors. Je l'ai vu! C'est l'assassin qui m'a frappé!

Il sortit et arpenta le trottoir d'un pas rapide, regardant à droite et à gauche pour s'assurer que personne ne le voyait.

En France, la justice fait peur à tout le monde, autant aux honnêtes gens qu'aux autres.

A la place de la justice française, je m'arrangerais pour qu'il n'en fût pas ainsi.

Ce que Chuche fuyait avec tous les signes de la terreur, c'était la crainte de comparaître devant la justice.

Il ne s'arrêta qu'après avoir dépassé l'angle de la rue de Courcelles; mais alors il fut obligé de s'asseoir sur une pierre de taille, car ses jambes défaillaient.

— J'ai vu, dit-il, en laissant tomber sa tête dans sa main, et je n'ai pas vu. Comment est faite sa figure? Je n'en sais rien. Ah! pauvre madame Matifaz! J'avais causé avec elle hier! Elle m'avait parlé de ma femme. Quand il m'a frappé, il venait justement de lui couper le cou... Mais je ne sais rien, rien! Je lève la main que je ne le reconnaîtrais pas s'il passait là, dans la rue, auprès de moi! Oui, ah! oui, j'en lève la main! Je le jure!

Un pas qui sonnait sur le trottoir opposé lui fit relever la tête. C'était M. Lion Rabbe qui allait à ses affaires.

XIII

M. RABBE

Thomas Chuche était bien avec tout le quartier. Il
toucha le rebord de son chapeau pour envoyer, de loin,
un bonjour à M. Lion Rabbe qui poursuivit son chemin.
sans l'apercevoir.

— Il n'est pourtant pas fier, dit Chuche. Ça court dès
le matin à son bureau ; ça travaille dans les cautionnements, à ce qu'on dit : bonne partie, puisqu'il a fait bâtir avec ses bénéfices. Sa femme est une pimbêche qui
ne vous dirait jamais : « Ça va bien ? » et laide! Mais,
la petite... elle était là-bas, tout à l'heure, agenouillée
au chevet de la morte ; je l'ai bien reconnue par derrière. Ah! dame! la petite demoiselle est douce et jolie
comme un ange. La défunte l'idolâtrait. Pauvre belle
madame Matifaz !

M. Rabbe tourna court et descendit la rue de Courcelles pour gagner le faubourg Saint-Honoré. Il allait
d'un pas rapide, et pourtant il y avait dans sa marche
je ne sais quelle hésitation. Quand la tête travaille, il
en est souvent ainsi, et la tête de M. Lion Rabbe travaillait.

Comme Thomas Chuche vient de nous le dire,
M. Rabbe faisait dans les cautionnements de journaux
et aussi dans les commandites théâtrales. Il passait pour
un homme habile, prudent et heureux, quoique sa
femme l'accusât volontiers de paresse et d'incapacité
commerciale.

— Tu es un artiste, au fond, lui disait-elle souvent,
non sans une certaine complaisance caressante : un rêveur allemand, un poète!

Car les femmes comme Clémence Rabbe vilipendent
et admirent à la fois.

Ce sont de redoutables compagnes.

Puisqu'il faut toujours en revenir à ce pauvre bon
Thomas Chuche, qui se plaignait avec raison d'a-
voir été déclassé par ses chagrins de ménage, on peut
bien dire que la vertu de Clémence avait des inconvé-
nients comme l'inconduite de Mme Chuche.

Elle était l'honnêteté même, cette femme hautement
insupportable.

Sa conscience avait la même propreté minutieuse que
le velours de ses fauteuils ; elle y mettait des housses.

Entendons-nous bien : je n'ai pas dit délicatesse :
c'est de la poésie, cela.

J'ai dit honnêteté, et j'ai pris le mot dans son sens le
plus étroit et le plus vulgaire. Tous les mots de la lan-

gue doivent être pris ainsi quand il s'agit de Clémence Rabbe.

Payer ses dettes et ne pas faire tort d'un sou, tel est le programme exact de cette honnèteté ultra-bourgeoise, qui admet pour le surplus toutes les ruses du marchandage, toutes les sauvages cruautés de la tactique commerciale.

Vous me direz que ne pas faire tort d'un sou et payer ses dettes à échéance, c'est déjà quelque chose; d'accord. En ce siècle, et quand on cause honnèteté, on serait mal venu à faire la petite bouche. Mais enfin, c'est comme l'abus des housses, il y a là excès de parcimonie : c'est de l'honnèteté au rabais.

Et tenez, je m'explique en produisant un fait. Clémence avait une fille mariée, assez jolie, mais fatigante comme elle. Je ne vous ai jamais parlé de cette fille parce que nous ne sommes pas exposés à la rencontrer, le gendre de Clémence ayant pris soin de mettre entre elle et son ménage des distances infranchissables, même en omnibus.

Clémence avait forcé Lion Rabbe, toujours un peu sourd quand sonnait une échéance, à régler la dot rubis sur l'ongle; mais d'un autre côté, Lion Rabbe avait voulu aviser M. le marquis (il était marquis, le gendre de Clémence, et bien conservé pour ses soixante-sept ans) d'une petite *circonstance* pouvant former cas redhibitoire, et Clémence s'y était opposée *mordicus*, en disant :

— Donne-nous la paix ; ça se guérira.

Or, il eût fallu un roi de France pour guérir Mme la marquise : les fils de saint Louis seuls ayant le privilége de toucher efficacement ces sortes de *circonstances*.

Elle avait dix-sept ans, la petite marquise. Son mari lui pardonna ; mais il alla demeurer à Montrouge et creusa des tranchées autour de sa maison.

Vous auriez pu tuer Clémence, mais non lui faire comprendre qu'elle avait mal agi. *Il faut bien se défendre*, telle est la loi du genre d'honnêteté qui nous occupe.

Les marchandes de pommes répondent des taches extérieures ; mais quand un coquin de ver a ravagé le cœur invisible du fruit, tant pis pour le client !

Lion Rabbe, de nature, n'était pas du tout fait comme cela.

Il y avait dans sa vie je ne sais quoi de mystérieux, j'allais presque dire : je ne sais quoi de grand, qui modifiait sa tournure bourgeoise.

Une préoccupation le tenait en dehors et au-dessus de ses affaires.

Il rêvait souvent. M. de Pontal qui n'était pas bavard, lui avait dit une fois qu'il avait l'air d'un illuminé — ou d'un conspirateur.

A part ce trait de physionomie morale qui ne pouvait être saisi que par un observateur, M. Lion Rabbe était un homme courtois et doux de caractère, quoique Prussien.

Mais il s'était marié très-jeune. Il y avait vingt ans qu'il subissait la contagion de Clémence.

Vingt ans qu'elle l'opprimait, vingt ans qu'elle l'admirait, vingt ans qu'elle le raccornissait, qu'elle le taquinait, qu'elle le desséchait et qu'elle l'adorait.

Lion Rabbe avait autre chose à penser, il s'était fait à cette vie. Clémence avait atteint l'âge où la laideur ne compte plus. Elle se mettait bien et ne coûtait pas cher.

11

Rabbe souriait quand elle avait le front, dans leurs discussions, de mettre en ligne de bataille ses mœurs immaculées; mais jamais il ne lui faisait observer que l'occasion peut manquer au larron et que, pour commettre le crime qui fait vivre tant de restaurateurs, tant d'auteurs, tant de thèses et la direction du Gymnase, il faut absolument être deux.

Avec sa femme, Lion Rabbe était la politesse même.

Quand on se chamaillait au n° 13, l'aigreur restait tout entière du côté de Clémence, mais elle en avait pour deux. C'était du verjus qui coulait dans les veines de cette honnête femme.

Et voilà ce qui arrive : toute Clémence suppose et produit une Mlle Honorine du théâtre des Fantaisies-Parisiennes — ou d'ailleurs.

C'est rigoureux comme une déduction mathématique.

Il n'en peut pas être autrement, même quand le mari de Clémence est un homme grave, occupé de graves intérêts, — même quand il est enrégimenté, affilié, fanatisé, — même quand il conspire, — même quand il a l'honneur de porter dans sa poche la clé de cette caisse sainte où la patrie allemande met l'argent mignon de ses petites affaires internationales.

Et les résultats de Mlle Honorine, au demeurant la meilleure bête du monde, sont tellement singuliers, imprévus, incalculables... Qui pourrait penser, par exemple, qu'un des ricochets de Mlle Honorine peut couper la gorge de Françoise Matifaz !

Généralement on rencontre Mlle Honorine en sortant pour prendre l'air après la première querelle conjugale. On dirait qu'elle entend à travers les murailles. C'est une fée. Aussitôt qu'un nuage obscurcit la lune de miel, le petit doigt de Mlle Honorine l'avertit, et fût-elle au congrès avec un Anglais ou un Valaque, elle arrive pour se mettre en faction devant la porte du ménage.

Lion Rabbe était depuis vingt ans le mari de Clémence. Le calcul est aisé à établir. Il y avait juste dix-neuf ans onze mois six jours et une fraction qu'il avait butté pour la première fois contre Mlle Honorine.

Depuis lors, sous divers noms et changeant d'incarnation, car elles sont pharaonnes, les mademoiselle Honorine s'étaient succédé pour lui sans aucune espèce d'interruption. C'est ici l'explication du fait qui paraît impossible à première vue : Mlle Honorine est la vraisemblance de Clémence.

Sans elle, au bout de huit jours, Clémence serait veuve ou étranglée.

Clémence s'en doute éternellement et n'y croit jamais. Elle entame des querelles terribles, mais dépourvues de conviction. Ses rêves lui montrent des loyers d'entresol, des soupers au café Anglais, des cachemires, des horreurs qui coûtent un argent monstrueux.

Puis elle se calme. C'est invraisemblable ; jamais aucun homme ne lui a offert la moindre des choses.

Les premières Honorine de Lion Rabbe sont de modeste dépense. Il a vingt-cinq ans ; il n'est encore que simple soldat dans l'armée d'invasion hospitalière et pacifique que la Prusse a la bonté d'entretenir chez nous. C'est un tout petit commerçant et un tout mince courtier de bagarres. A peine a-t-il eu l'occasion de solder le dérangement de quelques pavés, en juin 1848.

Mais à mesure qu'il avance en âge et le siècle aussi,

les choses changent. Pour 'ce genre de risques que nous appelons Honorine, les compagnies d'assurances pourraient établir des tables aussi régulièrement graduées que celles de la mortalité.

Et il faudrait les contrôler par une autre table indiquant la plus-value que notre siècle malade accorde chaque année aux étrennes du vice.

Le tarif monte, monte. Autrefois, il fallait être de l'Académie royale de musique pour ruiner normalement un imbécile. Maintenant la moindre chansonnette de café-chantant vous mange son millionnaire comme une prune.

Lion Rabbe a beau courir, Honorine vole !

Pour sa dernière Honorine, Lion Rabbe était descendu jusqu'au théâtre quasi champêtre des Folies-Marigny, et, nonobstant cette apparente économie, il essayait en vain de retenir ses derniers écus coulant par la blessure de son sac éventré.

Et pourtant Lion Rabbe était devenu un homme important parmi les hôtes prussiens de la France. Je ne peux pas vous dire au juste ce qu'il faisait, mais il travaillait beaucoup et bien.

D'un autre côté, ses affaires privées allaient à merveille, selon l'apparence. Il se lançait. Sa maison de banque de la rue Taitbout ne désemplissait pas de gérants besoigneux et de directeurs aux expédients. Ces messieurs-là payent l'argent ce qu'on veut. Tout Paris connaît l'histoire de ce malheureux impressario, locataire de M. Haussmann, qui, vers cette année 1868, souscrivit son billet de soixante-cinq mille francs à son propre chef de claque, pour recevoir douze mille cinq cents francs comptant.

Voilà ce qui s'appelle placer comme il faut ses économies ! Il est vrai que le directeur fit faillite et que Shylock-claqueur en fut pour son capital.

Dans ce bureau de la rue Taitbout, M. Rabbe travaillait soir et matin. Il avait un nom, il avait une influence. Les affaires abondaient. — Mais la maison n° 13 n'était pas payée, à cause de Mlle Honorine. Les intérêts allaient, — et Mlle Honorine aussi.

Lion Rabbe songeait sans doute à tout cela en descendant la rue de Courcelles, et ses réflexions ne pouvaient envoyer à sa physionomie des reflets de gaieté folle. Il appartenait à cette race qui peut se ruiner comme toutes les autres, mais qui ne se ruinent jamais en riant.

Dans ce quartier, les maisons où les indigents peuvent se loger deviennent rares. En 1868, à l'angle formé par les rues de Monceaux et de Courcelles, il y avait encore une grande masure, déjà décrépite, quoiqu'elle datât seulement du règne de Louis-Philippe, et dont les six étages, respirant par d'étroites croisées, étaient habitées pauvrement.

On l'a mise bas pour l'élargissement de la rue de Courcelles.

Ce fut à la porte de cette maison que M. Lion Rabbe s'arrêta. Il entra chez la concierge et demanda :

— Comment va le pauvre bonhomme Chardet, madame Eustache ? Bien le bonjour.

Une portière, non pas une conservatrice, celle-là, ni même une concierge, une vraie portière, qui faisait bouillir son café sur un petit poêle de fonte dans tout le pittoresque de son déshabillé matinal, répondit :

11*

— Vous êtes bien honnête, monsieur... je ne sais toujours pas votre nom, mais ceux qui font la charité ne vont pas crier comment ils s'appellent... Le père Chardet est enfin rentré chez lui hier au soir. Ce n'est pas malheureux.

— Comment! enfin! dit Rabbe avec étonnement. Est-ce qu'il ne rentre pas tous les soirs?

— Ne m'en parlez pas, répliqua Mme Eustache. Je ne voudrais pas rien dire qui lui procurerait le chagrin que vous le priveriez de vos bienfaits; mais ça fait honte de voir un homme si abîmé mener une vie de Polichinelle. Voilà au moins huit jours qu'il découche, quoi!

— Découcher! le père Chardet! mais il ne tient pas sur ses jambes! Où diable peut-il aller comme cela? Vous avez bien fait de me prévenir, Mme Eustache. Je vais monter et lui faire de la morale.

— Grondez-le ferme! Si on peut conserver des habitudes comme ça un pied dans la tombe! Et la boisson! comme une tanche, monsieur!

— Et la boisson aussi! Soyez tranquille, j'ai mon sermon tout prêt... Le père Chardet découcher!

M. Rabbe grondait encore au haut de la première volée de l'escalier.

Et Mme Eustache le suivait des yeux en pensant:

— Il y a des bourgeois qui ont tout de même le cœur bon! Mais, dame! c'est rare.

M. Rabbe ne s'arrêta qu'au dernier étage de la maison, où régnait un corridor étroit et long sur lequel s'ouvraient beaucoup de petites portes.

La quatrième de ces petites portes avait un nom écrit à la craie blanche:

« Chardet, Louis, ancien souffleur du théâtre des Jeunes-Élèves. »

La clé était à la serrure. M. Rabbe entra sans frapper.

La chambre où il s'introduisit ainsi avait à peu près la taille d'un compartiment de wagon. Elle était toute nue, sauf un grabat misérable et une chaise dépaillée.

Sur la chaise, il y avait un débris de carrick et un chapeau de feutre mou à bords pelés.

Devant le lit, une paire de chaussons de lisière.

Sur le lit, un homme dormait, vêtu d'un vieux pantalon et d'une chemise déchirée. Un mouchoir à carreaux formant marmotte se nouait sous son menton, laissant voir seulement un nez enflammé et une bouche aux lèvres tuméfiées.

Le bruit de la porte qui se refermait l'éveilla. Il ouvrit péniblement les yeux.

— Bonjour, Chardet, mon vieux, dit Rabbe.

L'homme secoua la tête vivement, ce qui dérangea sa marmotte et laissa voir sa joue dont la pâleur cadavéreuse ressortait plus livide auprès de l'éruption pourpre qui brûlait son nez et le tour de ses yeux.

— Pas Chardet gronda-t-il avec cet effrayant effort des alcoolisés qui ont l'extinction de voix finale. Pas Chardet! Maquin! Maquin, rentier.

XIV

DEUX LOUIS

Les connaissances de M. Rabbe avaient volontiers l'accent allemand. Le père Chardet prononça ces mots dans le pur baragoin des Abraham de Francfort-sur-le-Mein, fils prédestinés de cette Judengasse qui a produit tant de Rothschild et tant de Lazare!

Le Lazare que nous retrouvons ici sur ce grabat était bien l'homme des mansardes de la maison n° 13, celui que la pauvre Françoise Matifaz appelait le Barrabas, celui aussi que Clémence Rabbe avait inscrit sous le nom de Maquin, rentier, en lui faisant payer sa quinzaine d'avance.

Et voyez comme ces précautions sont utiles ! Sans cette mesure prudente, Clémence aurait perdu ses six francs, car la maison n° 13 ne devait jamais revoir son Barrabas, qu'il fût Chardet ou Maquin.

Mais il paraît qu'il n'était ni Maquin ni Chardet car M. Rabbe prenant un ton et un visage sévères, l'appela d'un troisième nom :

— Moïse, dit-il, qu'est-ce que c'est que cette nouvelle lubie? Pourquoi ne voulez-vous pas être Chardet ?

L'homme parvint à se relever sur le coude et à ouvrir les yeux tout grands. L'abominable amas de chair endommagée qui lui servait de figure exprima une stupéfaction enfantine.

— Mais c'est vous! balbutia-t-il. Voilà quinze jours, vous avez passé bien du temps à m'apprendre mon nom... Maquin, rentier... nous avons répété cela : Maquin, rentier, Maquin, rentier, pendant plus de deux heures !

Rabbe fit comme si la pitié remplaçait en lui la colère.

— C'est inouï! murmura-t-il. Personne ne pourrait deviner les rêves qui passent dans ces misérables cervelles d'ivrognes.

— Ah! herr Lion, s'écria l'homme à qui la colère fit retrouver quelques sons rauques tout au fond de sa gorge, ah! capitaine, je n'ai pas rêvé cela ! Je suis Maquin, rentier.

— Alors tu passeras en cour d'assises, mon vieux, prononça Rabbe tranquillement.

L'homme se prit tout de suite à frissonner.

— Pourquoi? fit-il avec détresse, pourquoi?

— Parce qu'on cherche ce Maquin qui a commis un meurtre.

Les mains tremblantes du malheureux s'accrochèrent à son front, et une lueur folle s'alluma dans la mort vitreuse de ses prunelles.

Il se laissa retomber sur son lit comme une masse.

— Chardet! murmura-t-il. J'aime mieux être Chardet. 'e suis Chardet.

Et il répéta ce nom dix fois de suite, comme pour se le bien mettre dans la mémoire.

Quand il eut fini, un silence se fit, puis M. Rabbe demanda brusquement :

— Comment t'appelles-tu ?

— Maquin, rentier, répondit l'autre en sursaut.

— C'est bien. Tu veux être guillotiné.

— Non, non, non, herr Lion ! fit le pauvre diable, qui joignit ses mains convulsives, mais ça se brouille, ça se brouille, capitaine !...

— Ecoute ! fit M. Rabbe, qui tira en même temps une bouteille de dessous son paletot d'été, tu bois trop. Je vais te laisser cela si tu veux me promettre d'être sage. Il faut que la bouteille te fasse cinq jours. Le promets-tu ?

— Oui, herr Lion ! vous êtes un brave homme.

— Tu ne sortiras pas. Mme Eustache te montera à manger.

— Oui, herr Lion.

— Comment t'apelles-tu ?

— Maq... Non, non : Chardet! le père Chardet, capitaine !

— Tu feras mieux de ne pas répondre si elle te parle.
Me comprends-tu?

— Oui, herr Lion.

— Est-ce que tu as d'autre eau-de-vie?

— Non, herr Lion, pas une pauvre goutte.

Rabbe voyait dans la ruelle du lit un litre aux trois
quarts plein. Il prit un ton paterne pour dire :

— Ne bois pas, mon vieux Moïse. Un petit coup toutes les deux heures pour te réchauffer l'estomac. Sais-tu
que tu étais un gaillard autrefois? Tu reviendras ce que
tu étais, si tu veux ne plus boire. Je reviendrai demain
et je verrai bien ce qui reste dans ta bouteille. Allons,
bonsoir.

— Bonsoir, herr Lion.

— Comment t'appelles-tu?

Cette fois, Maquin, rentier, Chardet ou Moïse garda
le silence.

— A la bonne heure! fit Rabbe. Tu as compris. Je
vais t'envoyer du poulet.

Il sortit. Quand il eût refermé la porte, il mit son œil
à la serrure et vit le Barrabas qui avait déjà le goulot
de la bouteille dans sa bouche.

M. Rabbe descendit l'escalier d'un pas léger.

Mme Eustache causait sur le pas de sa loge avec une
commère.

M. Rabbe s'approcha d'elle, et lui dit :

— Il est bien bas. Il ne sait plus son nom. Je vous le
recommande, n'est-ce pas, ma bonne dame? Vous lui
monterez un potage et un blanc de poulet.

Il mit de l'argent dans la main de Mme Eustache, qui
dit à la voisine quand il fut parti :

— Je ne sais pas seulement comment il s'appelle, ma chère! Ah! celui-là ne fait pas annoncer ses charités dans les journaux !

En reprenant la rue de Courcelles et juste au coin du boulevard Haussmann, M. Rabbe, qui marchait sans trop regarder derrière lui, comme tous les philanthropes, heurta rudement contre un autre passant dont la direction était pareille.

Ils reculèrent tous deux : M. Rabbe beaucoup, et Thomas Chuche un peu.

Cette différence venait-elle de ce que Thomas Chuche était le plus solide sur ses jambes ?

Il n'avait plus ni sa blouse ni sa lance d'allumeur; mais sa longue redingote droite lui gardait la tournure que tout le quartier lui connaissait si bien.

Le choc, qui avait été rude, l'étonna, mais sans le faire broncher, et le regard qu'il releva sur M. Rabbe exprimait sa surprise.

Aussitôt qu'il eût reconnu M. Rabbe, il porta la main à son chapeau pour saluer et s'excuser; mais sa main retomba.

Sous son regard même, la figure de M. Rabbe venait de changer. Il sembla à Thomas Chuche qu'il ne l'avait jamais vu. C'était un visage méchant et tourmenté par une extravagante colère.

Une colère où il y avait de l'effroi et qui allait jusqu'à la rage.

Si des yeux pouvaient tuer, la mort serait sortie des yeux de M. Rabbe en ce moment.

Vous pensez que l'étonnement de ce bon Chuche ne di-

minua point en face de ce courroux tout à fait en dispro-
portion avec le motif qui l'avait pu soulever.

Et comme il avait une honnête et naïve figure, tout
son étonnement s'y peignait.

On eût dit que cet étonnement même augmentait la
fureur folle de M. Rabbe.

Dès qu'il put parler, car au premier instant sa voix
s'étrangla dans sa gorge, il s'écria d'une voix changée :

— Que me voulez-vous? pourquoi me regardez-vous?
De quel droit me barrez-vous le passage? Je vais vous
faire arrêter!

Chuche resta devant lui bouche béante. Sa surprise
allait jusqu'à l'ébahissement.

— C'est donc que je vous aurai fait du mal, M. Rabbe?
murmura-t-il avec une humble douceur.

Son nom prononcé donna à M. Rabbe un court frisson.

Puis sa physionomie changea de nouveau et un sourire forcé vint à ses lèvres.

— Tiens, c'est vous, Thomas? dit-il, et sa voix restait
très-altérée. Je ne vous reconnaissais pas... oui, vous
m'avez fait mal, mon bon ami... grand mal.

Il porte ses deux mains à sa poitrine.

— Bien des pardons et des excuses, répliqua Chuche, je n'avais pas mauvaise intention, mais on ne devrait jamais marcher comme ça en causant avec soi-
même. Et puis, je suis un petit peu étourdi. Cette nuit,
j'ai tombé aussi sur un coup... Ah! M. Rabbe, celui-là
était bien tapé!

Il souleva son chapeau et se caressa le crâne.

M. Rabbe mit précipitamment la main au gousset.

12

— On voit comme cela des ressemblances... grommela-t-il sans savoir qu'il parlait.

— De quoi? demanda Chuche qui crut avoir mal entendu. Des ressemblances? Voulez-vous revenir chez
vous, M. Rabbe? Vous n'avez pas l'air d'être dans votre
sang-froid. Prenez mon bras, je vous l'offre de bon cœur.

Lion Rabbe repoussa le bras de Chuche et se prit à
rire niaisement, comme on fait quand quelqu'un vous
éveille à l'improviste.

— Qu'est-ce que je vous ai donc dit? interrompit-il.
Des bêtises? Là, dans le premier moment, je ne m'appartiens plus. Moi aussi, je pensais à autre chose...

— Je sais bien à quoi, dit Chuche, qui poussa un gros
soupir parce qu'il revoyait l'image de Françoise Matifaz
étendue sur son lit.

M. Rabbe pâlit de nouveau; mais, cette fois, son trouble ne dura qu'un instant.

— Vraiment! dit-il, la mauvaise nouvelle court déja
dans le quartier? Ces choses-là font bien du tort aux
propriétaires d'immeubles. Dites-moi, voilà longtemps
que je voulais vous parler. Il faut remonter sur votre
bête, là-bas, au gaz, ami Chuche. Je connais un de vos
administrateurs... Tenez, buvez un coup à ma santé,
mon bon Chuche, pour la sotte algarade que je vous ai
faite... et venez me voir... pas chez moi ; à mon bureau,
rue Taitbout, nous causerons.

Il avait mis deux louis dans la main de Thomas, qui
croyait décidément faire un rêve.

Aux environs du parc Monceaux, les Rabbe ne passaient pas du tout pour attacher leurs chiens avec des
saucisses.

Thomas Chuche resta là planté sur le trottoir, ses quarante francs dans le creux de la main, tandis que Lion Rabbe s'en allait, d'un bon pas, vers le faubourg Saint-Honoré.

Une pensée très-vague et confuse comme un brouillard tourna autour de la cervelle du pauvre homme.

Il n'eut pas le temps de l'élucider, parce qu'un bras se passa sous le sien, par derrière.

— Bonjour, ma vieille, dit la douce voix de M. Tourterol.

La voix de M. le marquis était douce parce qu'il avait les yeux fixés sur le creux de la main de « sa vieille. »

Mais vraiment, au grand jour, M. le marquis n'avait pas une tournure qui fît honneur à son titre.

Thomas Chuche était toujours flatté quand il recevait quelque marque de familiarité d'un homme si haut placé dans la considération publique. Il se retourna tout souriant.

— Qu'est-ce que tu fais là? demanda Tourterol avec une bonté protectrice.

Chuche lui raconta tout au long ce qui venait de se passer.

On juge si M. le marquis l'écouta d'une oreille attentive.

— Et c'est M. Rabbe, interrogea-t-il, d'un air important, qui t'a fait cadeau de ces deux louis-là, mon cher bonhomme?

— Bien gentiment, oui, en me proposant de parier pour moi à mon administration.

— Quelle besogne ça paye-t-il, cet argent-là?

— J'étais en train de me le demander, répondit Chuche en ôtant son chapeau pour porter la main à sa tête endolorie.

L'œil perçant de M. Tourterol vit la trace du coup.

— Tu t'es querellé, cette nuit, mon brave Thomas?

Ceci fut dit très-affectueusement, parce que M. le marquis cherchait avant tout le moyen de s'approprier les deux louis.

L'entrevue devait lui valoir mieux que cela.

— Non, je ne me suis pas querellé, répondit Chuche, mais il y a une seconde histoire; si tu veux l'entendre, allons chez le marchand de vins : la première m'a fait soif.

—C'est ça, répliqua Tourterol, je t'offre un bichop que tu payeras puisque tu as des capitaux !

— Est-il assez drôle ! fit ce bon Chuche avec admiration.

Et ils s'attablèrent.

Quand le bichop fut bu et l'histoire du coup de poing racontée, M. Tourterol prit entre l'index et le pouce les deux louis de Chuche.

— Ça brûle, ma vieille ! dit-il, mauvais argent !

Il mit les deux louis dans sa poche.

— Ah! s'écria Thomas, c'est trop à la fois, dis-donc! J'ai notre loyer à payer.

— Je viendrai ultérieurement à ton secours, si tu as besoin de moi, répliqua Tourterol, mais cet argent-là tu n'y toucheras pas. Ton intérêt te le défend !

Il croisa ses bras sur sa poitrine.

— Sais-tu, demanda-t-il, ce qui s'est passé au nº 13, cette nuit?

— Oui, je le sais, dit Thomas sur le même ton.

— Ah! tu le sais! répéta Tourterol, étonné sincèrement, cette fois.

Il ajouta :

— Alors, tu vas me comprendre. Cet argent-là est un hameçon. Je ne veux pas que tu y mordes!

— Je ne comprends pas du tout, déclara Chuche. Un hameçon? cet argent-là?

— On cherche le coupable.

— Et tu croirais?..

— Pas moi, non, puisque je te fais l'honneur de paraître en public avec toi.

— Mais qui donc? M. Rabbe? Ah! par exemple!...

— Ma vieille, si j'ai pu contracter au vis-à-vis de toi, de légères obligations, je te les solde aujourd'hui au centuple, interrompit M. le marquis doctoralement. Sois prudent, voilà le mot d'ordre, et tâche de ne pas mécontenter Mme Chuche ces temps-ci!

— Ma femme! se récria Thomas qui perdait plante, que vient-elle faire là-dedans?

M. le marquis se leva et arrangea son col de chemise, remarquablement jaune, devant la glace du comptoir. Puis il revint, disant :

— Paye la consommation, car il m'est défendu d'entamer nos deux louis, qui doivent être rendus intacts à M. Rabbe.

Thomas Chuche le regarda d'un air ahuri.

— En ce jour, reprit M. Tourterol de plus en plus mystérieux et solennel, je te sauvegarde le repos de toute ton existence! Dans ta candeur, tu n'avais pas même aperçu le piège...

12*

— Mais quel piége, à la fin? s'écria Chuche. Je n'y comprends rien de rien!

Tourterol mit un doigt sur ses lèvres.

— M. Rabbe te fourrerait dans sa poche et son mouchoir par-dessus, dit-il. Ta candeur te laisse sans défense. Si tu as des soupçons, enfouis-les au-dedans de toi, à cause de l'apologue du pot de terre et du pot de fer. C'est moi qui me charge d'aller à ta place au bureau de la rue Taitbout. Voilà mon dernier mot : évite M. Rabbe comme le loup; tu me remercieras plus tard. A te revoir!

Il sortit, laissant Thomas Chuche complétement noyé.

Quand il eût tourné le coin du faubourg, il enfla sa poitrine et planta son chapeau sur l'oreille comme un vainqueur qu'il était.

— Ont-ils une chance, ces innocents! pensait-il, tout leur arrive! Il avait dans les mains, ce nigaud, de quoi vider M. Rabbe comme un œuf sur le plat! Hein! quand je flairais l'affaire ce matin! ai-je un nez! c'est moi qui avalerai l'omelette... Alors, mon cher M. de Tourterol, vous voilà dans vos meubles encore une fois. Tâchez d'y rester jusqu'à votre décès, occasionné dans quarante ans d'ici par la vieillesse. Et vous aurez le plaisir de voir du haut des cieux, la considération publique mouiller ses gilets en accompagnant votre convoi de première classe! Eh! houp!

XV

BLOND DU PRUSSE

Au bas de ses lettres, après sa signature, Mlle Honorine mettait : « artiste dramatique : » elle eût ajouté volontiers : « ayant vue sur les Champs-Elysées, » tant elle était fière de son appartement.

C'était un joli appartement. Les appointements de Mlle Honorine, au théâtre, peuvent sembler au lecteur très-modestes et même minimes ; mais dans la *Dame Blanche*, le ténor ne reçoit que 1,200 fr. par an, et il achète de beaux domaines, dont les crénaux touchent le ciel.

C'est une question d'économie. L'appartement de

Mlle Honorine coûtait juste douze cents francs par tri-
mestre. La vue des Champs-Elysées se paye beaucoup
plus cher que celle des Alpes.

Mais elle est beaucoup plus profitable. Les Alpes ne
rapportent rien que des avalanches et des goîtres. Les
Champs-Elysées fournissaient à Mlle Honorine ses porcelaines, sa considération, l'apaisement de son appétit et
les joies de son jeune cœur.

Je n'excuse pas l'affection des Prussiens pour nos
pendules; mais je connais un vieux héros de général
très-français qui a chez lui tout un coin de palais d'Eté
conquis par la gloire de nos armes. La guerre est une
voleuse partout.

Tant que la perversité des rois, l'aveuglement des
peuples et la poltronne ambition des tribuns entretien-
dront à la peau du corps social cette rougeole qui s'appelle l'armée, le monde restera barbarie.

Ne croyez pas que j'insulte l'armée : Elle seule, au
misérable temps où nous sommes, empêche le monstrueux
progrès du tétanos démagogique.

D'ailleurs, mon vieux bêta de général désapprouve
fortement la conduite des Prussiens qui ont volé chez
lui une partie des objets qu'il avait volés lui-même
aux Chinois.

Cela prouve bien qu'il n'a pas perdu tout sens moral.

Seulement, et c'est pour cela que je me permets de
l'appeler bêta et même jocrisse, ce vieux général se moque des Prussiens, qui, dit-il, « ne savent tuer que de
loin. » — Bonhomme, bonhomme, allez à l'école et ap-
prenez à tuer de plus loin que les Prussiens, sans quoi

ils reviendront prendre ce qu'ils ont laissé chez vous et chez nous.

Etudiez, étudiez, étudiez! non pas le billard, mais le canon! l'avenir est noir de poudre. Jamais ce stupide fléau : la guerre, ne fut à la fois plus détesté et plus nécessaire. Bonhomme, vous saviez tuer de loin ces pauvres Chinois dont les canons datent du déluge!

Si l'héroïsme n'est plus qu'une question de portée, acquérez de la portée. Vous n'existez que pour cela et par cela. Car, je vous le demande à vous-même, bonhomme, quelle est la raison d'être d'un couteau qui ne coupe pas ou d'un soldat qui se laisse tuer de loin?

M. de La Palisse, qui était un grand homme de guerre, vous le dirait : Il y a des choses à la fois gênantes et utiles. Ces choses, quand elles ne servent pas, ne font plus que gêner.

Comprenez-vous, mon général?

Mlle Honorine avait de la portée et partageait le goût de Virgile Matifaz pour les objets d'art. Elle était un peu Prussienne, comme tout ce qui entourait M. Lion Rabbe, comme Hœfer, comme Virgile, comme le Barrabas et d'autres que nous pourrons rencontrer sur notre chemin. Avant la guerre, un bon tiers de Paris appartenait ainsi aux sujets du roi Guillaume.

La preuve que Mlle Honorine savait tuer de loin était dans la quantité de pendules qu'elle avait conquises sur ses ennemis, qui étaient ses amis.

Nous employons ici le mot pendule pour signifier un butin quelconque. Nous le faisons, non point par moquerie, mais par esprit d'humilité. Ah! je ne suis pas de ceux qui se consolent en raillant les Prussiens!

Dans l'entresol de Mlle Honorine, les cinq parties du monde avaient payé leur tribut.

Et toutes ces dépouilles opimes, conquises à l'aide de tactiques dont M. de Bismark n'eût point dédaigné l'à-propos, étaient fort gentiment arrangées.

Non point que Mlle Honorine eût plus de goût que la plupart de ses compatriotes, mais elle avait leur bon sens et leur sagacité.

Après avoir demandé le butin à qui le possédait, elle avait acheté, et toujours au même prix, l'arrangement à qui le savait faire.

Chez elle, tout était le fruit pur de la guerre. Si la guerre avait apporté les rideaux, la guerre les avait aussi posés. Le tapis ayant été conquis sur mylord, les clous du tapis étaient un hommage personnel du tapissier mylord. Tableau donné, tableau accroché, deux victoires !

C'était une fille remarquablement belle que Mlle Honorine. Rien que ses dents avaient bourré deux étagères. Elle était faite au tour, comme on disait autrefois. Drôle d'image ! Ses mains un peu grandes avaient de la forme, et ses pieds étaient à peu près passables, quand on les forçait dans des chefs-d'œuvre de cordonnerie, ce qui est beaucoup dire en parlant d'une Allemande du Nord. Mais ce qui éblouissait, c'était son teint.

Elle avait, cette victorieuse, une fraîcheur tenace et véritablement splendide. Les souillures que toute comédienne est obligée de se plaquer sur le visage ne pouvaient rien contre ce magnifique éclat qui avait encombré de bronzes, de porcelaines et de toiles estimables trois chambres tout entières, sans compter les bijoux.

Les yeux avaient rapporté quelque chose. Ils étaient grands et assez beaux.

Peu pour le nez, qui était irréprochable, mais insignifiant.

La bouche épaisse aurait été une valeur morte, si Mlle Honorine ne l'eût rehaussée par un talent classique et sobre comme fumeur de cigarettes.

Ne souriez pas : j'ai vu des princesses qui fumaient horriblement mal.

Les cheveux... Ecoutez! vous eussiez meublé un palais rien qu'avec ces cheveux-là! Il y en avait pour 1,500 francs chez Diache, rue du Bac, le jardinier illustre qui ratisse et fleurit tous les crânes de duchesses. Et ils pendaient par racine depuis le premier jusqu'au dernier. Pas un qui fût postiche. Mlle Honorine disait au moins trois fois par jour : « Ils tiennent, vous pouvez tirer dessus! »

Vous devinez la couleur? Fi du blond! Jaune, mesdames et messieurs, jaune de chrôme! la nuance des moissons, de l'or et du beurre, les rayons du soleil, la teinte idéale qui ne s'obtient d'ordinaire qu'à l'aide d'une combinaison chimique.

Mlle Honorine avait cela naturellement. C'était la toute-puissance de Dieu qui le lui avait donné pour que son entresol fût encombré plus abondamment que les galeries de l'ancien Monbro ou de Tostain, le neuf.

Avec cela Mlle Honorine avait de l'esprit beaucoup, énormément de tenue, un chien à franges, teint en vert, deux charmants poneys et une femme de chambre négresse.

Vous pensez qu'elle tenait à M. Lion comme à sa pantoufle !

Il pouvait être dix heures et demie du matin quand M. Rabbe sonna à la porte rembourrée de cette aimable personne. Mlle Honor (on abrégeait ainsi son nom volontiers dans le grand monde qui se groupe autour du théâtre des Champs-Elysées) était matinale. Elle prenait toujours son premier déjeuner avant onze heures.

La négresse, qui parlait français, comme si elle eut été de Pantin, dit en voyant M. Rabbe et sans aucune espèce de respect :

— Tiens, vous voilà, vous ! On vous attendait hier soir pour l'os (prononcez *osse*).

M. Rabbe le savait bien. Il passa et Quiqui alla à ses affaires.

Quiqui était le nom de famille de la négresse.

Mlle Honorine était à table devant son thé. Le thé de Mlle Honorine admettait comme accessoires un bon morceau de jambon, des saucisses fumées et de la choucroûte. Elle mangeait cela d'un appétit charmant. Vous eussiez dit que chaque bouchée la rendait plus blanche et plus rose.

M. Rabbe s'assit et jeta son chapeau sur un siége. On ne s'était pas encore souhaité le bonjour.

— Qu'est-ce que vous avez donc fait hier au soir? demanda Mlle Honorine la bouche pleine.

— J'avais affaire, répondit M. Rabbe.

— Vous avez toujours affaire quand il s'agit d'apporter 3,000 francs.

Ceci fut dit d'un ton sec et dur. M. Lion Rabbe ne répliqua point.

— Vous êtes restée seule? demanda-t-il à son tour après un silence.

— Allons donc! à vous attendre, peut-être? J'ai eu le gros vicomte et un nouveau : M. Chameron.

— Qu'est-ce que c'est?

— Un homme bien.

— Que fait-il?

— Les chevaux.

Nouveau silence. M. Rabbe mordillait la pomme de sa canne.

Mlle Honor, qui était en train de se verser à boire, resta tout à coup la carafe levée, et se mit à le regarder.

— Qu'avez-vous donc, Lion? dit-elle. Je vous trouve tout changé ce matin.

— En mal?

— Je ne sais pas... non! vous n'êtes plus le même homme...

Un nuage de vague inquiétude assombrit le front chauve de Rabbe.

Mlle Honor le regardait toujours.

Et la carafe restait en l'air.

Enfin, Mlle Honor s'écria :

— Vous avez l'air...

Mais au lieu d'achever, elle s'arrêta et remit la carafe sur la table d'un brusque mouvement.

— De quoi ai-je l'air? fit Rabbe qui parvint à sourire.

— Eh bien! je vous dis que je ne sais pas. Ça me fait l'effet comme si vous aviez cueilli un héritage : Un gros. Je parie que tu m'apportes les trois mille francs!

Rabbe était très-pâle, mais il souriait franchement désormais.

13

Voyons, reprit Mlle Honor, dont le caprice était de se radoucir, à présent, soyez gentil, et dites-moi pourquoi vous n'êtes pas venu.

— J'ai joliment bien fait, répliqua Rabbe, changeant aussi de ton. D'abord il m'est tombé un client : un gros ; ensuite... mais c'est une histoire de tous les diables ; si j'étais sorti hier soir, j'aurais été pris en flagrant délit !

— Par Junon ?

— Par Mme Rabbe, qui est venue dans ma chambre à minuit passé.

— Ah ! mon Dieu ! fit la belle blonde avec une terreur comique. Pauvre ami ! que voulait-elle ?

— Heureusement que j'étais couché bien honnêtement.

— Rassurez-moi, au nom de mon amour ! que voulait-elle ?

— Je vous dis, répéta Rabbe, en prenant son sérieux, que c'est une histoire de tous les diables... et vraiment malheureuse... Ils faisaient un tapage infernal. On criait en bas : au feu ! au voleur ! au meurtre !

— Et qu'y avait-il ?

— C'était la concierge de notre maison qu'on assassinait.

— Elle n'est pas morte, je suppose ?

— Si fait, parfaitement morte.

Mlle Honor cessa de manger.

— Oh ! dit-elle, pauvre femme !

— Nous l'aimions beaucoup, continua M. Rabbe, qui atteignit son portefeuille.... Vous jugez si ma femme ne m'avait pas trouvé dans mon lit... C'est de la chance !

Il prit trois billets dans son portefeuille.

— Et l'assassin est-il arrêté ? demanda Mlle Honor.

— Il y a quelqu'un d'arrêté. La chose désagréable, c'est pour les locations. Quand il y a un crime quelque part dans ces quartiers, qui deviendront avantageux, mais qui sont encore un peu déserts...

'— C'était cette femme-là qu'on appelait la belle portière ?

— Oui... voici les trois mille francs.

— Et a-t-on volé ?

— Une quarantaine de louis, répondit M. Rabbe, qui avait déposé trois billets de banque sur la table.

Mlle Honor les prit, remercia et fit observer :

— C'est drôle, comme on tue maintenant pour peu de chose !

M. Rabbe jouait avec son portefeuille.

— Alors, reprit-il, vous sentez que je n'ai pas bien dormi.

— Avez-vous déjeuné, seulement ?

— Merci... devinez ce qu'il y a là-dedans?

— Quelque chose pour moi ? demanda Mlle Honor.

— Je suis décoré.

— Ici, à Paris?

— Non, à Berlin.

— Quand je te disais que tu étais tout changé ! s'écria Mlle Honor, qui se leva et vint l'embrasser. Tiens ! j'y pense ! il y a une lettre pour toi.

Elle courut à la cheminée. M. Rabbe dit :

— Une lettre pour moi ! chez toi ! De qui ça peut-il être ?

Il prit la lettre des mains de la belle blonde, et regarda l'écriture.

— De Paris, fit-il en déchirant l'enveloppe, c'est mon petit commis d'agent de change, Meyer...

Il n'acheva pas. Sa main trembla violemment et il devint pâle comme un homme qui va se trouver mal.

Puis son poing fermé frappa la table avec tant de force que la théière se brisa en éclats.

— Qu'avez-vous donc? s'écria Honorine en venant à lui.

Il la repoussa.

— Rien, répondit-il. J'ai gagné cent cinquante mille francs.

Mlle Honor le regardait stupéfaite.

— Et ça vous met en colère! dit-elle.

XVI

COMMENCEMENT DE LA VEINE

Elle était vraiment superbe cette Prussienne. La décoration de Berlin, et surtout les cent cinquante mille francs l'avaient allumée comme une chandelle.

M. Rabbe tenait toujours la lettre à la main et la froissait entre ses doigts.

— Si ça vous gêne, dites donc, bon ami, reprit Mlle Honorine, avec une douce gaieté où se mêlait déjà quelque respect, je veux bien partager. Mais à quel métier pouvez-vous râfler cent cinquante mille francs d'un coup ?

— J'ai reçu ce matin, répondit M. Rabbe, en même

temps que la croix, une autre dépêche qui vaut soixante mille thalers.

— Deux cent vingt-cinq mille francs! supputa la belle blonde sans papier ni crayon.

Rabbe poussa un profond soupir et murmura, si bas qu'elle ne put l'entendre :

— Si j'avais su cela hier!...

En même temps, il lui tendit la lettre de Meyer, le commis d'agent de change. Elle était ainsi conçue :

« Monsieur L. Rabbe,

« Je crois bien me souvenir que le numéro 96,674 fait partie du groupe de foncier que j'ai eu l'avantage de lever de votre ordre et pour votre compte, Bourse du 30 juillet. Vérifiez. Si vous en êtes encore détenteur, vous avez gagné 150,000 fr. au dernier tirage. Je suis heureux de vous annoncer cette bonne nouvelle et me recommande à vous pour vos ordres subséquents.

« Outre la satisfaction d'avoir été le canal de cette opération, il est toujours agréable de voir l'argent français tomber dans la poche de la chère Allemagne. »

— Il écrit bien, ce jeune homme-là! dit M\ :sup:Honor. Ah! oui, c'est bien agréable! Et vous êtes sûr d'avoir le numéro?

— J'en suis sûr, prononça M. Rabbe d'un ton lugubre.

Il ajouta, comme s'il eût senti que, même pour la belle blonde, il fallait une explication à cet étrange accès de mélancolie :

— A l'Université d'Iéna, j'étais parmi les francs-penseurs. Je n'ai jamais insulté Dieu, parce qu'il est puéril de s'attaquer à une ombre; mais nous autres Allemands, nous croyons aux séries pressentimentales que le vulgaire appelle superstitions. Trop de bonheurs à la fois, c'est une menace...

— Plaignez-vous! s'écria Mlle Honor.

— Et notre grand poète Seimroeck a dit, continua M. Rabbe : « Le plus amer des malheurs est le bonheur qui vient trop tard... »

— Pauvre chou! murmura la belle blonde, moitié moqueuse, moitié dévote à cette idole dorée de neuf. Est-ce que nous nous sentons faible de poitrine?

Un Français, marié en Allemagne et que les événements ont rendu à sa patrie, nous disait pendant la guerre :

« La bibliothèque nationale de la rue de Richelieu serait trop petite pour contenir le monstrueux amas des rapports écrits, envoyés par les espions prussiens, de Paris à Berlin, pendant ces dix dernières années. »

On s'étonnait parfois du nombre d'Allemands qui grouillaient sur tous les points de la France. La plupart expliquaient leur accent par l'origine alsacienne. Ils étaient partout, ils faisaient tout. Les banques, les ateliers, les bouges avaient ce terrible accent dont on riait alors, et qui fait pleurer aujourd'hui.

Les lecteurs refuseraient de nous croire si nous donnions seulement le chiffre des Gretchen qui, chez nous, baragouinaient l'amour en ce temps-là.

Et tout ce monde tudesque, vivant de notre pain, buvant notre vin, économisant notre argent, travaillait à notre perte avec un formidable ensemble.

Berlin braquait déjà sur nous son artillerie qui lançait des Prussiens et des Prussiennes avant de vomir du
fer. Et Paris sentait cela instinctivement. Souvenez-
vous de la réception que Paris fit au roi Guillaume !

Il ne disait rien, ce vieil homme. Son œil dur regardait curieusement Paris et distinguait dans nos foules
ces projectiles humains lancés par-dessus les frontières :
les espions et les espionnes.

Et parfois il souriait, échangeant avec son premier
ministre un regard de lugubre jovialité.

Il nous tenait, ce roi qui était notre ennemi et notre
hôte. Il avait dans les mains sa vengeance. Il savait le
faible de notre force ; on lui avait dit à l'oreille le mensonge inoui de notre grandeur.

Ceci n'est qu'un roman. Quelque jour j'écrirai le livre
de l'hospitalité française et je le dédierai à la honte de
l'Europe.

Rabbe demanda de l'eau-de-vie. Il était très-sobre
pour un Allemand. Un verre suffit à rafermir ses nerfs
ébranlés.

— Voyons ! voyons ! dit Mlle Honor, je ne sais encore
rien, moi. Parle donc un peu, chéri de mon cœur. Il
faut t'interroger comme à confesse. D'abord la croix.
Tu l'as méritée tant de fois qu'on peut bien te demander pour quel rapport on te l'a donnée ?

— Pour mon rapport sur les écuries d'Augias ; j'appelais ainsi le ministère des finances, et ça a beaucoup
pln là-bas.

— Je crois bien !

— Et je pensais tout à l'heure à la question de la cavalerie qui les tient si fort. Ce monsieur qui fait dans les chevaux...

— La remonte, précisément.

— Si tu pouvais l'englober et savoir quelque détail bien particulier sur les agissements des bureaux de la guerre...

— On me donnerait aussi la croix?

— La comtesse Worms a reçu le mois dernier, pour une simple anecdote sur la fabrication du Chassepot, un diamant de 15,000 thalers.

L'œil de Mlle Honor eut des rayons qui la firent plus charmante. L'homme de la remonte ne se doutait pas de l'aubaine qui lui pendait au cœur.

— Et les deux cent vingt mille francs, reprit la blonde, comment te sont-ils arrivés?

— C'est tout simple, répondit M. Rabbe, il n'y a d'étonnant que la coïncidence. Je suis né pauvre, mon père était un mangeur. Il n'a laissé en mourant qu'un terrain rocailleux, de l'autre côté de Geissen. Il est tout en longueur et mon père n'avait pas trouvé à le vendre, les pierres mêmes en étant mauvaises...

— On y a donc trouvé une mine d'or? demanda Mlle Honorine.

— Non, mais le chemin de fer de Geissen à Francfort y passe de bout en bout

Mlle Honor joignit les mains dans un religieux élan.

— Ma parole, dit-elle, mon cœur, je crois que vous avez la veine!

— Moi, j'en suis sûr, répliqua Rabbe, que son inconcevable tristesse reprenait.

— Et qu'est-ce que vous ferez pour moi, Lion chéri?

— On ne sait pas. J'aurai peut-être besoin d'une femme bien. Il faut que je monte très-haut... très-haut!

— Montons ensemble!

Elle voulut lui donner un baiser; il la repoussa encore.

— Ah! Lion! vous ne m'aimez plus! dit-elle. C'est toujours ainsi. Je vous aurai eu pauvre diable. Et aussitôt que vous devenez quelqu'un, je vous perds.

M. Rabbe tourna vers elle ses yeux vagues.

— Si j'avais attendu vingt-quatre heures... commença-t-il.

Mais il se reprit vivement, parce qu'elle le regardait en tâchant de comprendre.

Il se mit à rire tout d'un coup.

— Je radote déjà! dit-il gaiement, et pourtant je ne suis riche que depuis un quart de journée! Et vois un peu : hier, j'étais ton esclave, aujourd'hui je me laisse adorer par toi.

— C'est pourtant vrai, fit la blonde qui avait les larmes aux yeux; depuis que vous êtes méchant, on vous idolâtre!

— Je radote, parce que j'ai manqué une affaire en me pressant trop; je ne savais pas encore que j'étais riche... mais, par le diable, ma fille, sois tranquille, je me défendrai!

— Qui donc vous attaque, Lion bien-aimé?

— Personne! répliqua-t-il vivement. J'entends; je me rattraperai. Je sens la richesse qui vient, vois-tu! Elle coule dans mes veines au lieu de sang. Dans nos ballades allemandes, Satan achète les âmes... donne-moi encore un peu d'eau-de-vie.

Il était renversé sur le dossier de son fauteuil, les mains dans les entournures de son gilet. Mlle Honor l'écoutait, assise sur un tabouret à ses pieds.

— J'y étais déterminé, même avant la mort de cette pauvre femme, disait M. Rabbe, mais je ne cache pas que cette catastrophe va presser l'exécution de mes projets. Je ne vendrai pas l'immeuble tout de suite. Clémence y tient à cause des parquets mosaïques, et les acheteurs sont assez coquins pour saisir le prétexte du meurtre et déprécier le quartier, mais je déménage. Je prends un appartement de vingt mille francs quelque part dans le centre...

— Vingt mille francs! répéta la blonde.

— Ce n'est pas cher pour ce que je veux. Il me faut de la représentation. La société sera constituée au capital de quinze millions, provisoirement.

— Quelle société?

— Le Crédit Social, caisse des commandites. C'est mon métier actuel, agrandi en tous sens. Une boule d'or.

— Une boule d'or! répéta la Prussienne, qui buvait ses paroles.

— Ce que je faisais pour quelques théâtres et pour quelques journaux, je veux le faire pour toute entreprise quelconque, fondée par actions. Il faudra vous tenir beaucoup, ma petite, si vous souhaitez que nos rapports continuent : j'ai un duc dans mon conseil d'administration; j'en aurai peut-être deux... Faites atteler, je me sens paresseux aujourd'hui.

— Irai-je avec vous?

— Non pas. Nous recauserons de vous plus à loisir ; je n'ai pas la pensée de vous abandonner.

Mlle Honor bondit vers la sonnette. Elle avait envie de danser, tant elle se sentait heureuse et fière de n'être pas abandonnée par un pareil homme.

Quand M. Rabbe l'eût baisée au front d'un air distrait, et qu'il fut parti dans le poney-chaise, elle appela Quiqui.

— Tu sais, dit-elle, c'est le roi. Si tu ne fais pas le signe de la croix chaque fois qu'il éternuera, je te flanque à la porte !

Tous ceux qui rencontrèrent M. Rabbe dans la petite voiture de Mlle Honor remarquèrent bien que ce n'était plus le même homme. Il ne portait pas encore son ruban, et que fait un ruban ? Ce qui paraît sur le visage d'un chacun, c'est son âme.

Et lisez la première page de Gil Blas, vous connaîtrez la définition de l'âme.

M. Rabbe était décoré en dedans de sa poche. L'argent mettait son miraculeux reflet sur son front. Il avait des rayons d'or dans les yeux. Il semblait qu'on aurait pu le changer comme un billet de banque.

A son petit bureau de la rue Taitbout, il trouva M. Charles Hœfer, qui prenait une leçon de prononciation française avec un Parisien de Tarascon.

— Quoi de nouveau, Charles ? demanda-t-il.

M. Hœfer était de Cologne, le point précis où le « savez-vous ? » se change en « vous comprenez. »

— Vous comprenez, M. Rabbe, répondit Charles, je vous attendais pour savoir au juste ce qui s'est passé là-bas chez votre concierge.

— Mauvaise histoire pour le quartier. C'est déjà venu jusqu'ici ?

— Je l'ai su par un homme qui vous attend dans votre cabinet.

— Quel homme, Charles ?

— Pas grand'chose, vous comprenez. J'aurais bien voulu vous dire un mot sur ce monsieur de Pontal, qui brode chez vous : vous comprenez, il ne me va pas.

— Il faut le lui dire à lui-même, répliqua sèchement M. Rabbe.

M. Hœfer le regarda et balbutia :

— Tiens! tiens! Si on ne savait pas que c'est vous, on ne vous reconnaîtrait pas !

M. Rabbe eut un sourire contraint.

— Que veut l'homme ? demanda-t-il.

M. Hœfer, qui le regardait toujours avec curiosité, répondit :

— Il vient de la part d'un nommé Chuche.

M. Rabbe pâlit terriblement.

— Tiens! tiens! fit encore M. Hœfer *in petto*.

Il ajouta tout haut :

— Thomas Chuche, je crois, vous comprenez.

— Et que veut-il! prononça Rabbe avec effort.

— Vous comprenez, M. Rabbe, j'ai peut-être mal entendu, mais je pense qu'il m'a dit : Je veux lui rendre ses quarante francs.

L'homme de Tarascon, qui donnait des leçons d'accent athénien, fut obligé de soutenir Lion Rabbe pour l'empêcher de tomber à la renverse.

XVII

CLÉMENCE

D'abord les déménagements sont de véritables catastrophes dans la vie des personnes attachées à leur mobilier, comme l'était si tendrement Clémence Rabbe. Si
vous saviez combien les principes de 89 ont augmenté
l'indifférence en matière de caste des citoyens déména-
geurs ! Les housses n'y font rien. Ces hommes grossiers
vous brusquent les fauteuils de Clémence, comme si ce
n'était pas son cœur !

Ensuite Clémence pouvait dire, en parlant de la maison n° 13 : « notre maison. » Il n'y a guère de poète

assez poète pour rendre, dans toute sa poésie exquise, la profonde, l'immense tendresse de la propriétaire.

Surtout quand la maison a le gaz et l'eau de Seine à chaque étage, et des têtes dans des cuvettes pour embellir la façade, et des balcons trop dorés, et des parquets mosaïques partout!

Je ne dis pas que Clémence soit indifférente pour ses enfants, quand elle en a (elle en a rarement plus d'un et elle sait pourquoi); mais je dis qu'après son livre de comptes, sa maison et son mobilier sont les deux plus chères passions de son âme immortelle.

Ce même jour, à onze heures du matin, Clémence ignorait encore le coup qui la menaçait dans ses affections. M. Rabbe n'avait rien dit qui pût faire pressentir l'imminence d'un déménagement.

Elle était d'une humeur affreuse, parce que la Providence, dans ses voies insondables, l'avait douée d'une affreuse humeur et non pour autre cause. Car, si la mort de Françoise Matifaz l'avait émue d'abord, puis contrariée au point de vue de la réputation du quartier, qui était la santé de ses loyers, il est certain aussi que cet événement dramatique mettait du nouveau dans sa vie sans qu'il fût besoin de payer un sou pour cela.

Clémence Rabbe portait très-bien la toilette, c'était elle qui le disait. Le matin, en déshabillé, elle ne se trouvait pas jolie. Nous avons tous nos erreurs : elle n'était pas plus vilaine le matin que le soir.

Mais cette idée de paraître à son désavantage hérissait les pointes de son caractère jusqu'à ce qu'à l'heure où sa femme de chambre suait sang et eau à sangler son corset.

Or, les femmes de chambre coulaient chez elle comme
l'eau sur les cailloux du ruiseau, le temps de dire :
« Vieille folle ! » et « Baraque ! »

Oh ! 89 ! 89 et ses coquines d'idées !

Il ne faudrait point se tromper à cette exclamation.
Clémence avait des tendances révolutionnaires en ce qui
concernait ses supérieurs : seulement (et convenez que
c'est dans la nature), elle aurait voulu des lois qui lui
permissent de marcher commodément sur la tête de ses
inférieurs.

Il n'y avait que cette pauvre vieille Berthaud pour
rester chez Clémence, et Berthaud restait pour Armelle.

Ce matin, M. Hubert de Pontal était arrivé à une
heure tout à fait indue, même pour un original de sa
sorte. Il avait dit à Clémence :

— Ne vous occupez pas de moi, je me mettrai dans
un coin, faites vos affaires. Je tiens à finir mon médail-
lon, et je prévois que j'aurai bientôt d'autre besogne.

Clémence avait voulu parler à tout le moins de « l'é-
vénement ; » mais Hubert était moins bavard encore
que de coutume. Les bonnes ouvrières ne causent pas.

Vers onze heures, Armelle vint s'asseoir au piano.
Elle était changée, et ses yeux restaient rouges à force
d'avoir pleuré.

Hubert la salua d'un signe de tête et répéta :

— Ne vous occupez pas de moi.

La main d'Armelle exécuta ce qui se devait de gammes
et d'exercices.

De temps en temps, elle jetait un coup d'œil oblique
vers M. de Pontal, assis très-bas sur une petite chaise,

et dont la pose eût détruit le prestige de n'importe quel
héros de roman.

Elle aussi aurait bien voulu causer. Le chagrin lui
gonflait le cœur. Mais cet Hubert restait, les yeux
cloués à son ouvrage, et son aiguille allait, allait...

Clémence, qui venait de sortir, rentra comme un
coup de vent. Une voix du dehors entra en même temps
qu'elle, disant :

— Du reste, si vous croyez qu'on tient à servir chez
vous! votre maison est assez connue! on se la passe de
main en main chez le placeur!

— Alors, pourquoi êtes-vous venue, effrontée! cria
Clémence avant de refermer la porte violemment.

Elle se laissa tomber dans un fauteuil. Elle suffoquait,
mais elle défit un mauvais pli que prenait la housse.

— Ma parole! dit-elle, ma parole! ah! ma parole
d'honneur, où allons-nous? La prochaine qui viendra,
je la recevrai debout et je lui offrirai une bergère. Elles
sont les maîtresses et nous les esclaves. En voici une...
et quelle tenue! résille, s'il vous plait, toquet-metter-
nich, pouf à la tapage et corsage à boutons d'or! Mais,
alors, je n'ai qu'à prendre le tablier, moi, et à leur cirer
leurs bottines! Elle regardait ma robe de chambre d'un
air!... Ma parole! ma parole!... « Est-ce qu'il faudra
sortir avec madame! » Absolument comme si elle m'a-
vait dit : « Savez-vous que j'aurais honte! » Chipie!
Heureusement que ça meurt à l'hôpital!... Soixante-
cinq francs par mois, voilà ce qu'elle demande! et ses
soirées, après huit heures, parce qu'elle a des devoirs à
remplir! Elle ne fait pas les lits, par ordonnance du médecin! Il faut la réveiller à neuf heures, qu'il fasse jour

14*

ou non! Est-ce que je sais, moi! Ma parole! on mettrait cela dans une comédie que personne n'y croirait... Qu'est-ce que vous avez, vous?

Ceci s'adressait à Armelle, qui, par déférence, avait cessé de jouer pendant que sa tante parlait.

Armelle reprit son exercice interrompu.

M. Hubert de Pontal éloigna de lui son travail pour en voir l'effet et dit :

— C'est très-curieux cette question des domestiques et des maîtres.

— Très-curieux! répéta Clémence en bondissant, mais avec précaution pour ne pas faire mal au fauteuil, ah! vous trouvez cela curieux, vous! Vous seriez capable d'en rire! Vous en pleurerez, c'est moi qui vous le dis! Ces drôlesses-là puent la révolution... Mais nous irons en Prusse, Lion et moi. Il a été décoré, ce matin, en Prusse. En Prusse, les gens bien sont encore les maîtres. En Prusse, j'aurais pu faire mettre cette demoiselle-là au violon avec son toquet et ses boutons en chrysocale. Mais ce n'est pas tout ça, j'avais quelque chose à vous dire. Moi, je n'ai pas été en bas, ce matin, bien entendu; mais Berthaud vient de rentrer. Vous ne devineriez jamais ce qu'elle raconte! c'est une vieille radoteuse : elle dit que M. Adrien a été arrêté.

Pour la seconde fois, Armelle cessa de jouer.

M. de Pontal dit froidement :

— C'est exact.

Armelle resta toute droite devant le piano. Elle était immobile et pâle comme une statue.

— Ah ça! ah ça! fit Clémence, je n'aime pas qu'on se

moque de moi, vous savez? M. Adrien! arrêté à propos du meurtre de la concierge!

— C'est exact, répéta Hubert, qui enfilait son aiguille.

— Et vous n'en donnez que cela, vous, son ami?

— J'en donne ce que cela vaut.

Ici, Armelle essaya d'attaquer une gamme.

— Ah! vous, s'écria Clémence, vous êtes priée de ne pas nous rompre la tête!

Armelle ferma aussitôt le piano.

— Mais, reprit Clémence, Lion est remonté pour m'annoncer sa décoration, et il ne m'a soufflé mot de M. Adrien.

Hubert garda le silence.

— Et sous quel prétexte? demanda Clémence. Est-ce qu'on l'accuse du meurtre?

Un frisson parcourut tout le corps d'Armelle et fit onduler ses cheveux.

— On l'accuse du meurtre, prononça Hubert avec tranquillité.

— Cette nuit, c'était l'homme des mansardes, dit encore Clémence : le nommé Maquin... Mais voyons, parlez donc! M. Adrien est-il en prison?

— A la Conciergerie, oui,

— Vous êtes sûr?

— J'ai été le voir ce matin.

— Et vous lui avez parlé? Que dit-il?

— Je ne lui ai pas parlé. Il est au secret.

Clémence Rabbe fit rouler son fauteuil, ce qui prouvait bien l'excès de sa préoccupation, car cela raie les parquets mosaïques. Armelle n'avait pas fait un mouvement. Elle n'osait pas même appuyer sa main contre son cœur pour en comprimer les battements.

— Au secret! M. Adrien! répéta Clémence. Mais c'est trop absurde aussi! Pourquoi aurait-il assassiné Françoise! C'est un jeune homme très-doux. Il jouit d'une certaine aisance. D'ailleurs, il est sorti de chez nous à dix heures, dix heures et demie tout au plus.

Armelle avait peine à respirer.

— Et nous avons été là tout le temps, continua Mme Rabbe, Lion et moi, pendant qu'on faisait l'enquête dans la loge. Il n'était pas du tout question de M. Adrien. Ni M. le substitut, ni M. le commissaire de police n'ont prononcé son nom. Il était plus d'une heure quand mon mari et moi nous sommes rentrés nous coucher.

— Il était trois heures du matin, dit M. de Pontal, quand on s'est emparé d'Adrien, qui cherchait à s'esquiver...

— De chez nous? interrompit Clémence.

— De la maison, du moins, puisqu'on l'a saisi sous la porte cochère.

— Et qu'a-t-il dit?

— Il a dit qu'il était le meurtrier de Françoise Matifaz.

La tête charmante d'Armelle s'inclina sur sa poitrine.

Elle devinait avec une étonnante précision tout ce qui avait dû se passer. Elle se souvenait de ce bruit entendu au moment où M. Adrien l'avait quittée.

Elle le voyait, possédé par une seule pensée, la peur de la compromettre, elle, Armelle, — fuyant vers les combles de la maison, tâtonnant, perdu, trahi par ses yeux myopes et cherchant désespérément une cachette.

Puis elle le voyait encore, pris de fièvre à mesure que les heures passaient, craignant la venue du jour, choisissant avec sa maladresse accoutumée le plus mauvais moment pour opérer sa retraite.

Pauvre cher petit Adrien! quel cœur! Ah! Armelle l'aimait bien.

Chose singulière, Clémence, qui n'aimait personne, avait un peu les mêmes idées qu'Armelle. Sa curiosité, très-vivement piquée, montait aussi et redescendait les étages de la maison ; mais c'était pour trouver réponse à cette question qui résumait tout le problème :

— D'où M. Adrien pouvait-il sortir à trois heures du matin ?

Car de croire un seul instant M. Adrien coupable du meurtre de Françoise, c'était bon pour des gens qui font métier d'être clairvoyants, pour des argus officiels pourvus par l'étude et la pratique de cent taies bien partantes, qui bouchent hermétiquement leurs cinquante paires d'yeux; Clémence, si peu femme qu'elle fût, ne pouvait pas tomber dans ce panneau.

Non, elle avait le flair sur la vraie piste, éventant une histoire d'amour ou un roman de chevalerie.

Mais quelle était l'héroïne de cette histoire ?

L'hiver, tous les étages de la maison n° 13 étaient pleins. Il y avait de la marge. L'imagination pouvait nouer au moins quatre intrigues : une par étage.

Au mois d'août, les bains, les eaux, les Alpes, les Pyrénées et Asnières vidaient la maison comme une noix creuse.

Il n'y avait que deux héroïnes possibles : Clémence et rmelle.

Clémence avait parfois vu en songe des insolents qui lui prenaient le menton. C'est fou, les rêves. Mais, à la clarté du soleil, on avait toujours été convenable avec elle. Restait Armelle.

Eh bien, malgré l'aigre rancune que Mme Rabbe nourrissait contre la beauté victorieuse d'Armelle, contre sa grâce charmante, contre sa jeunesse qui allait s'épanouissant comme une fleur, la pensée que ce pût être Armelle ne lui vint pas tout de suite.

Mais, à force de chercher, Clémence, qui avait les yeux braqués silencieusement sur ce sphynx manieur d'aiguille, M. Hubert de Pontal, entrevit tout à coup la vérité. Elle regarda Armelle et vit deux grosses larmes qui roulaient avec lenteur sur sa joue.

Clémence, en découvrant cela, eut-elle de la douleur ou de la joie? Elle se leva d'un saut, et son fauteuil roula jusqu'au milieu de la chambre.

— Bête que je suis ! cria-t-elle en une sorte d'aboiement. C'est elle !... c'est toi ! ajouta-t-elle en marchant sur sa nièce, toujours immobile ; il n'y a que toi ! Voilà longtemps que je m'étais dit : Nous avons chez nous une fille qui tournera mal !

— Halte-là ! fit une voix tout près de son oreille.

Ce mot ne l'eût pas arrêtée, mais le geste se joignit à la parole.

Une main lui saisit le bras et le serra — juste assez.

Quand elle se retourna furieuse, ses yeux rencontrèrent le visage impassible de M. Hubert de Pontal qui la regardait fixement.

XVIII

PRÉLIMINAIRES DE LA GRANDE ENTREVUE

Je ne sais pas si c'est encore comme cela, mais du temps où la France pouvait être fière de son épée, il y avait beaucoup d'officiers qui faisaient de la tapisserie.

Ils la faisaient très-bien. Chez Sajou, les « pantoufles d'officier » avaient une réputation et se vendaient plus cher.

Je n'irai pas jusqu'à prétendre que ce soit le meilleur moyen d'apprendre cet art terrible, cette science de tuer de loin, qui est la gloire moderne ; mais enfin cela vaut mieux que d'étudier l'absinthe ou la choppe dans cet endroit mal odorant que toutes les villes de garnison redoutent sous le nom de *Café Militaire*.

Je prie en grâce MM. les officiers de ne pas se fâcher contre moi, écrivain de bonne foi, qui les respecte et qui les aime. Les Prussiens n'ont pas de Café Militaire. Si l'armée française veut prendre sa revanche dans l'avenir — l'armée française dont le passé fut si magnifiquement illustre — il lui faudra d'autres travaux et aussi d'autres plaisirs.

J'ai vu de près le Café Militaire. Aux heures navrantes où les nouvelles de nos défaites arrivaient et se suivaient pour nous battre le cœur comme un marteau de torture, j'ai regardé bien des fois avec une indicible tristesse les jeunes gens brillants et vaillants qui parlaient de dévorer les Prussiens...

Car ils parlaient de cela, les malheureux, toujours, toujours! Ces fenêtres enfumées rendaient une atmosphère de tabac, d'alcool et de vanteries. — Puis ils revenaient découragés, accusant le sort, les généraux, les soldats, racontant les crimes de l'intendance, les infamies des fournisseurs, disant qu'ils s'étaient écrasés contre des murs de fer et que la bravoure ne sert pas contre la mort invisible.

C'était vrai : les généraux manquaient, parmi les hommes à galons d'or; les soldats improvisés donnaient leur vie et ne la vendaient pas; l'administration, plus meurtrière que le canon, jouait son rôle ordinaire et lugubre; certains fournisseurs faisaient fortune en reculant les bornes de l'infamie : c'était vrai, les murs de fer marchaient à travers nos campagnes, et les obus pleuvaient du ciel...

Mais quels guerriers sont donc ces Prussiens !

Tout cela vient-il vraiment de ce qu'ils obéissent et ne discutent point ?

De ce qu'ils exercent leur corps plus que leur langue, de ce qu'ils étudient leurs armes, apprennent notre langue, cadastrent nos champs et arpentent nos routes, au lieu d'aller au Café Militaire ?

Une brodeuse à barbe est quelque chose de ridicule, j'en conviens ; mais Hercule s'assit un jour auprès d'un rouet, et pour se relever, il n'eut besoin que de jeter ses fuseaux.

Après comme avant, il était Hercule.

Samson, lui, ne se relève qu'aveugle et dégradé, car Dalila lui a versé ce qu'on vend au Café Militaire. Samson a laissé au fond de l'ivresse sa chevelure, c'est-à-dire la symbolique moisson de son cerveau : sa force, sa pensée, sa vertu !

Vous me direz que du temps de Samson il n'y avait pas de Café Militaire. Je n'y étais pas, mais cette Dalila devait tenir comptoir : cela se devine. On ne se représente jamais Dalila remplissant gratis la coupe empoisonnée.

Quoique brodeuse, M. Hubert de Pontal n'avait pas le regard de tout le monde, car Clémence Rabbe baissa les yeux devant lui.

Et ce n'était pas petite besogne que de faire baisser les yeux à Clémence Rabbe.

Elle jeta une œillade menaçante à Armelle, qui n'avait pas bougé, et tenait les yeux baissés sur ses mains croisées.

15

— Vous me faites mal, dit-elle, M. de Pontal. Laissez-moi !

Hubert lâcha prise aussitôt.

— Veuillez m'excuser, dit-il ; j'ai serré fort parce que vous alliez vite.

Clémence étouffait de colère. Elle demanda :

— Et de quel droit vous mettez-vous entre moi et cette demoiselle-là ?

— Je n'en sais trop rien, répliqua Hubert de Pontal.

Puis se reprenant :

— Ah ! si fait, dit-il, c'est tout simple. Je me suis mis entre elle et vous parce que Pontal et Mariaker sont cousins.

— Monsieur, prononça tout bas Armelle, vous ne m'avez pas demandé s'il me plaisait d'être défendue.

— Attrape ! dit Clémence.

— Non, parbleu ! répliqua Hubert, et cela m'est bien égal.

Il y avait une sorte de brutalité dans son accent, mais son regard qui rencontra celui d'Armelle était bon.

— Voilà ce qu'on gagne, reprit Mme Rabbe, à se mêler affaires de certaines personnes. Vous savez comment on appelle les bâtons qu'il ne faut pas toucher ?... Je vous pardonne, Hubert, à cause de votre *fiasco*. Je vous dis qu'elle en tient pour le petit. Voulez-vous parier avec moi qu'il sortait de chez elle ?

— Je n'ai jamais prétendu le contraire, répartit M. de Pontal, qui regardait toujours Armelle.

Mais, de nouveau celle-ci avait baissé les yeux.

— Et vous voulez m'empêcher de lui faire un peu de morale ? demanda Mme Rabbe avec une douceur tout confite en raillerie. Soyez tranquille, on n'allait pas la battre... ni même la renvoyer. Lion est son tuteur, et nous sommes condamnés à la garder.

M. de Pontal semblait maintenant réfléchir.

— J'ai eu tort, dit-il, après un silence.

— Vous en convenez?

— Oui, parce que vous allez rendre cette enfant très-malheureuse.

— Je vous conseille de la plaindre!

— Moi, je ne me plains pas, murmura encore Armelle.

— Mademoiselle Tartuffe! gronda Clémence en haussant les épaules. Mon pauvre Hubert, vous savez faire les ânes et les lions; mais sur les mœurs et coutumes des demoiselles, vous n'êtes pas fort; ah! mais non! voulez-vous causer raison une fois en votre vie? Cette histoire-là va toute seule : c'est de faire sortir de prison le petit étourneau et de le forcer à épouser sa princesse! Qui sait? s'il la croit riche, son beau dévouement n'est pas malin à expliquer. Et j'ai idée qu'il la croit riche.

— Voulez-vous me rendre un service, chère madame? demanda Hubert au lieu de répondre.

— C'est selon. Quel service?

— Je ne peux pas emmener Mlle de Mariaker dans sa chambre.

— Dame! interrompit Clémence, ce ne serait toujours pas la première fois qu'elle y recevrait quelqu'un, l'innocente!

— Mon Dieu! chère madame, qui aime bien châtie bien, dit Hubert sans la moindre intention sarcastique; vous êtes sa tante, après tout. Et, comme elle n'a plus de mère, vous la regardez comme votre fille. Je comprends votre irritation...

— C'est bien de la bonté de votre part! intercala Clémence.

— Mais, continua M. de Pontal, nous ne savons pas ce qui s'est passé. Je connais mon Adrien sur le bout du doigt, et je connais encore mieux Mlle Armelle...

— Ah bah! vraiment? fit Mme Rabbe en ricanant. Et de deux, alors?

Armelle elle-même releva sur M. du Pontal ses regards étonnés.

— Il se peut, poursuivit Hubert du ton le plus conciliant, que la fredaine soit tout entière du côté de maître Adrien...

— Qui aurait pénétré dans le sanctuaire à l'aide d'une fausse clé? suggéra Clémence. Aidez donc un peu votre avocat, mademoiselle.

Armelle resta silencieuse.

— Et d'ailleurs, conclut M. de Pontal en baissant la voix, pour moi qui n'ai pas de bon sens, certaines imprudences... des ignorances, plutôt... j'ai de la peine à exprimer une pensée...

— Je vais la broder pour vous, votre pensée, trancha Clémence, dont la voix était affilée comme un rasoir. Vous voulez dire qu'une effrontée de sa sorte vaut mieux que... que... vous êtes un malhonnête, M. de Pontal!

Hubert se mit a rire bonnement. Il ne protesta pas.

— Et où voulez-vous en venir? demanda Mme Rabbe, moins fâchée qu'on ne pouvait le supposer.

— Voici, répondit Hubert : ne pouvant pas être reçu

par Mlle de Mariaker chez elle, je n'ai pas davantage la possibilité de la recevoir chez moi...

— Ma parole ! fit Clémence, vous me divertissez!

— Et comme j'ai absolument besoin de lui parler en particulier...

— Vous m'engagez à tourner les talons, hein? Est-ce bien cela? Ne vous gênez pas !

Hubert s'inclina avec un respect plein de bonne humeur.

Mme Rabbe se tourna vers Armelle, qui avait l'air inquiet et plus triste

Si la physionomie de la jeune fille avait exprimé une joie ou un espoir, Clémence eût répondu tout différemment.

— Ma foi, dit-elle, ça devient très-curieux. J'aime voir marcher au plafond, moi, et vous êtes décidément un drôle d'original. Seulement, vous comprenez, je suis tutrice. Pour ces choses-là, il faut un prétexte, non pas la première baliverne venue, mais un prétexte sérieux et même solennel. Si vous me disiez : Je vous demande la main de votre nièce...

— Eh bien, chère madame, interrompit Hubert, imperturbable dans sa tranquillité, si vous voulez, nous choisirons ce prétexte-là : Je vous demande la main de Mlle Armelle.

Armelle ouvrit la bouche, mais le regard d'Hubert arrêta la parole sur ses lèvres.

— Comment! s'écria Clémence, vous ne plaisantez donc pas?

— Non, chère madame.

— Vous demandez sa main... après ce qui s'est passé!

15*

— Peut-être à cause de ce qui s'est passé.

Mme Rabbe fit la révérence.

— Chacun son goût, M. de Pontal. Vous poussez l'originalité très-loin.

Elle se retourna vers Armelle et demanda :

— La princesse consent-elle à l'entretien ?

Le regard d'Hubert était toujours sur Mlle de Maria-ker, qui hésita d'abord, puis répondit :

— Oui, ma tante, je consens. J'ai à parler moi-même à M. de Pontal.

— Comme ça se trouve ! s'écria Clémence aigrement. Il est vrai qu'il y a bien un petit obstacle : mon mari penchait pour M. Charles Hœfer, mais je doute que M. Hœfer, tout Prussien qu'il est, se montre d'aussi bonne composition que ce cher M. de Pontal. Les hommes d'aiguille ont des idées à eux... Et puis, ce M. Hœfer est un grossier personnage qui me parle le chapeau sur la tête. Dans toute la Prusse il n'y avait que mon Lion pour être un garçon comme il faut. Je l'ai pris, il n'en reste plus. Allons ! je me retire. Il y a longtemps que je ne me suis tant amusée. Causez, beaux fiancés : au moins le prétendu n'aura pas à dire qu'il a épousé chat en poche... Quand vous aurez fini, vous me rappellerez.

Elle gagna la porte, arrangeant les housses tout le long du chemin et donnant de temps en temps un coup d'époussette avec son mouchoir.

Hubert la reconduisit et referma la porte sur elle.

Quand il se retourna, il vit qu'Armelle s'était levée ; elle l'attendait debout.

— M. de Pontal, dit-elle, je vous ai deviné. Vous avez

voulu causer avec moi d'Adrien et me dire qu'il fallait
le sauver à tout prix. C'est beau ce qu'il a fait, et je
reconnais bien là son cœur. Quand on expie ainsi une
faute, on est plus grand qu'avant de l'avoir commise.
Laissez-moi d'abord vous raconter ce qui s'est passé entre lui et moi. Quand je suis rentrée dans ma chambre
hier soir...

— Vous les avez trouvés tous les deux, lui et son lorgnon, interrompit Hubert le plus simplement du monde.
Je n'ai pas besoin de la moindre explication : je vois
d'ici la scène. Je connais Adrien depuis le collége. C'est
un garçon plus sérieux qu'on ne pense, mais...

Il s'interrompit pour prendre la main d'Armelle et la
conduire à un fauteuil; après quoi, il prit lui-même un
siége.

— Mais, continua-t-il quand il fut assis, ce n'est pas
du tout pour causer de notre cher Adrien que j'ai solli-
cité l'honneur de m'entretenir avec vous.

XIX

L'ENTREVUE

Je voudrais bien savoir ce que mes lectrices pensent de cet Hubert de Pontal. J'ai peur que son talent comme enfileur d'aiguilles n'ait gâté considérablement l'impression publique à l'égard de ce caractère, d'ailleurs estimable.

Armelle était un peu contrariée et interdite aussi. La tournure que prenait la conversation, dès son début, la déroutait.

La franchise s'effraye toujours de l'inconnu. Armelle qui était la loyauté même, cherchait désormais avec un certain effroi le mot de l'énigme posée par la conduite d'Hubert.

Et comme le visage est le livre où se lisent les secrets
de la pensée, Armelle interrogeait les traits de M. de
Pontal, qui lui semblait, en vérité, transfiguré.

Dans les yeux d'Hubert, il y avait aujourd'hui une
bonté, une vivacité toute nouvelles. Je ne sais pas si on
pouvait appeler beauté le charme qui rayonnait autour
de sa physionomie forte et vivante, mais dont la vie et
la force sommeillaient aux heures ordinaires.

Tout cela se réveillait aujourd'hui.

C'était comme une révélation, et la surprise ajoutait
aux vagues frayeurs d'Armelle, qui s'irritait de voir,
ce matin, pour la première fois. un homme qu'elle cou-
doyait depuis si longtemps tous les jours.

Qu'y avait-il donc en lui qui ne fût pas d'hier?

Ces choses sont subtiles. En voici une encore plus difficile à exprimer.

En songeant de la sorte, Mlle de Mariaker se transfor-
mait aussi. Elle n'était plus la jeune fille d'hier, que nous
avons vue tranquille et brave jusqu'à sourire devant le
téméraire ami qu'elle aurait dû châtier, lui pardonnant
trop vite parce qu'elle se sentait immensément la plus
forte, et l'écrasant de cette mansuétude qui contenait, à
son insu, une si haute dose de protection, c'est-à-dire de
dédain.

Car les sentiments changent de nom selon le sexe et
selon l'âge de ceux qui les éprouvent ou qui les inspi-
rent. Le puissant protége le faible dans toute la vérité
du mot : c'est la nature. La maturité de l'âge protége
l'enfance et la décrépitude : c'est la loi.

Mais la loi est tournée en raillerie, la nature est ren-
versée sens dessus dessous quand il se trouve une Ève.

assez forte et un Adam assez faible pour que, étant donnée d'ailleurs l'égalité des castes et des âges, Adam se
laisse protéger par Eve.

Il y a là du comique, et le comique est la bonne humeur du mépris.

Cela est si fatalement exact que cette équation retour-
née peut vaincre le sérieux de la politique elle-même.
Souvenez-vous des gaietés qui se firent jour autour de
l'honorable posture du prince-époux de la reine Victoria.
C'était pourtant un homme de premier ordre, à ce qu'on
dit, et certes, il occupait un des emplois les mieux appointés qu'on puisse imaginer. Eh bien, cet homme sa-
vant, bon, brave, spirituel et fécond fut des années et
des années avant de conquérir à son illustre nom le
droit d'être prononcé sans rire.

Il avait une reine qui l'adorait, mais il n'était pas le
roi. Ce sont des unions estropiées, difformes, où la femme
est l'homme, où l'homme n'est rien du tout, excepté
derrière le mur de la vie privée, à travers lequel il est
malséant de regarder.

C'est laid pour l'homme, ce n'est pas beau pour la
femme. Les Anglais répondent que c'est constitutionnel,
utile et confortable. Ils sont chez eux...

Mais si vous saviez combien notre Armelle était plus
charmante en face de cet homme qu'elle ne protégeait
pas !

Et dont elle n'eût pas su dire en ce moment s'il allait
lui-même la protéger ou l'opprimer !

Elle était jeune fille, à cette heure, elle avait l'adorée
faiblesse de son sexe. Ce sphynx, Hubert de Pontal,
la regardait d'un air bon et froid, mais peut-être

qu'audedans de lui-même il s'agenouillait devant elle.

Il ne faut pas s'agenouiller. Ce sont des malades, celles qui aiment M. Adrien. Le médecin doit garder son prestige.

— Mademoiselle, dit Hubert, vous avez eu hier une entrevue avec votre ancienne bonne, Françoise Matifaz, bien peu d'instants avant sa mort?

Armelle ne s'attendait pas à cette question, qui réveilla en elle une douleur, mais qui soulagea une frayeur : elle craignait tout autre chose.

— Il est vrai, dit-elle. Hier soir, j'ai embrassé ma pauvre bonne, et j'étais bien loin de me douter que c'était pour la dernière fois.

Elle essuya une larme.

— Françoise Matifaz, reprit M. de Pontal, avait pour vous un attachement sincère et dont je lui savais gré.

Armelle ne manqua pas cette occasion d'*aiguiller* l'entretien.

— Adrien vous regarde comme son meilleur ami, répliqua-t-elle. Je crois que vous me portez de l'intérêt à cause de lui.

— A cause de lui? répéta Hubert avec un sourire qui ne plut pas à Armelle.

Puis, il ajouta :

— Nous parlerons de *notre* ami Adrien, si vous le voulez absolument, mais pas à présent. Permettez-moi de vous demander si Mme Matifaz vous a quelquefois entretenue de votre situation... J'entends de vos affaires.

— Jamais, avant hier au soir, répondit la jeune fille.

— Ah ! fit M. de Pontal. Hier au soir !

— Cela ne m'avait pas frappée, dit Armelle, mais maintenant...

— Maintenant?

— Je me souviens de sa tristesse. Elle ne se ressemblait plus à elle-même.

— Elle avait des pressentiments?

— Oui... elle parlait de mort.

— Et cela lui donnait frayeur pour vous?

— Oui... qui donc vous l'a dit?

— Personne ne me l'a dit, mademoiselle.

— Alors, comment savez-vous?.,.

— Je ne sais rien encore, je cherche.

— Que cherchez-vous?

— Je cherche le coupable dont ce pauvre Adrien tient la place en prison.

Armelle lui tendit la main.

— Vous voyez bien! dit-elle. Oh! vous êtes bon, je le sais.

Hubert serra très-sobrement la main qu'on lui donnait.

Ce n'était pas un amoureux expansif. Il demanda :

— Les craintes de Mme Matifaz n'avaient-elles pas irait à votre fortune?

— En effet, elle se tourmentait à cause de cela.

— Voulez-vous me dire le motif de ses craintes?

Armelle hésita.

— Je ne le puis, prononça-t-elle tout bas.

— Alors, je le sais, dit M. de Pontal.

— Elle se trompait! répartit vivement Armelle, et vous vous trompez!

— Il a toujours été assez bon pour vous, n'est-ce pas?

— Très-bon... vous parlez de mon oncle?

— Oui... vous n'avez à vous plaindre que de votre tante?

— Je ne me plains de personne.

— Dans le cas où vous auriez besoin d'un asile... nous n'en sommes pas là, comprenez-moi bien, mais il est utile de prévoir le pire... pourriez-vous compter sur la maison de votre marraine?

Armelle hésita encore, puis elle dit :

— Je suis sûre, monsieur de Pontal, que vous n'avez pas l'intention de me chagriner, mais vous me mettez à la torture.

— Mademoiselle, répliqua Hubert, je souffre, moi aussi. L'interrogatoire que je vous fais subir est peut-être plus pénible pour moi que pour vous. Vous y mettrez un terme quand vous voudrez, en refusant de me répondre.

— C'est ici la maison de la sœur de ma mère! s'écria la jeune fille, qui faisait des efforts pour retenir ses larmes. Je ne la quitterai jamais!

— Si, cependant, on vous chasse?

— Oh! monsieur de Pontal!

Ses mains, qui tremblaient, couvrirent son visage. Elle était miraculeusement belle à travers ce voile vivant et frémissant.

M. de Pontal recula son fauteuil. Il disait vrai : il souffrait.

Il y eut un silence après lequel Hubert demanda :

— Mademoiselle, quel est le chiffre de votre fortune?

Armelle releva sur lui ses beaux yeux où l'étonnement le disputait à la douleur.

16

— Ma pauvre bonne me l'a dit hier, répondit-elle :
j'ai quatre cent mille francs.

— Vous les aviez hier, mademoiselle.

— C'est vrai, fit-elle. Je n'avais pas songé à cela :
peut-être que je n'ai plus rien.

— Vos quatre cent mille francs, dit Hubert avec vivacité, étaient donc chez Mme Matifaz ?

Au lieu de répondre, Armelle qui était toute rêveuse,
murmura :

— Adrien ne savait pas... Et que lui importe l'argent?

Après avoir parlé ainsi, Mlle de Mariaker eut du rose
parmi sa pâleur.

Hubert, qui était très-grave depuis un instant, retrouva son sourire.

— Je vous répète, dit-il, que nous en viendrons à
causer d'Adrien. Pour le moment, c'est moi, moi seul,
qui m'intéresse à votre argent. Je vous ai demandé si
vos fonds étaient en dépôt chez Mme Matifaz. Ce serait
singulier, mais votre mère était une chère femme qui
n'entendait rien aux affaires.

— Ma bonne, répondit Armelle, n'avait pas l'argent,
elle n'avait que le reçu.

— Quel reçu ? Un tuteur ne donne pas de reçu.

— Le reçu de la personne à qui pauvre maman avait
confié ses quatre cent mille francs.

— Et sans doute vous allez refuser de me dire le nom
de cette personne?

— Je l'ignore. Ma bonne ne l'a pas prononcé devant
moi. Elle m'a dit seulement que la somme était en obligations de Lyon, portant intérêts, et que mon tuteur
« me devait tout de même des comptes. » Je vous répète

ses propres paroles. Elle se reprochait de n'avoir pas
déposé le reçu chez le notaire.

— Elle avait raison, dit M. de Pontal; elle est morte
de cela.

Il reprit, sans répondre à l'interrogation muette que
lui adressait le regard d'Armelle :

— M. Lion Rabbe vous a-t-il quelquefois parlé de
vos revenus?

— Jamais il ne m'a rien refusé.

— Il ne vous en a pas parlé? Mademoiselle, je vous
remercie.

Armelle mit sa main charmante sur le bras d'Hubert
et dit à voix basse :

— Je crois vous comprendre; mais vous vous trompez. Je vous jure que vous vous trompez. Mon oncle
Rabbe est un honnête homme!

M. de Pontal resta muet. Il la regardait. Nul peintre
n'aurait su rendre l'expression de ce groupe, où l'amour
n'était nulle part, mais qui respirait l'amour par je ne
sais quels pores invisibles.

Rien n'était bon, honnête et robuste comme le calme
sourire de ce Pontal.

Ce fut Armelle qui rompit le silence.

— Je ne peux pas vous dire, murmura-t-elle, comme
j'ai confiance en vous.

— Mille grâces, répondit Hubert gaiement; alors, je
n'ai qu'à me bien tenir : notre ami Adrien va s'étendre
tout de son long sur le tapis. Je le vois arriver.

— Ne vous moquez pas. C'est vrai, je veux vous parler d'Adrien.

— J'écoute. Quand vous aurez fini, je vous parlerai de moi.

Elle rougit légèrement.

— Vous tenez donc à railler toujours ? dit-elle.

— Parfois, répliqua-t-il, c'est une porte de derrière très-commode pour faire retraite, quand on s'est trop bravement avancé. Au tour d'Adrien ! j'écoute.

Elle joignit ses belles mains blanches et prononça d'un ton suppliant :

— Sauvez-le, je vous en prie !

— Sans perdre M. Rabbe ?

— Oh ! M. de Pontal, vous m'avez devinée !

— Ce que vous demandez est difficile, mademoiselle.

— Je vous en prie ! répéta Mlle de Mariaker.

— Vous croyez donc que je le puis ? demanda Hubert dont le regard l'enveloppait.

Elle baissa les yeux et répondit avec une conviction étrange :

— Je crois que vous pouvez tout !

Un souffle de grand orgueil passa sur le front de M. de Pontal, et une flamme s'alluma dans sa prunelle.

Cependant, il répéta :

— Tous deux à la fois, c'est difficile.

XX

FIN DE L'ENTREVUE

Armelle reprit, parlant dans ces cordes graves qui, chez certaines femmes, ont de si harmonieuses sonorités :

— Si vous ne voulez pas sauver Adrien, monsieur de Pontal, je vous préviens que je le sauverai moi-même.

— Comment le sauverez-vous, mademoiselle?

— En déclarant la vérité.

Hubert fronça le sourcil.

— Vous croyez l'aimer beaucoup? dit-il.

— J'en suis sûre ! répliqua la jeune fille avec énergie.

— Surtout depuis qu'il est malheureux?

16ª

— Malheureux par moi et pour moi.

Les sourcils d'Hubert avaient déjà repris leur place, formant un arc très-pur et très-finement tracé; mais il n'avait plus de sourire.

— Mademoiselle, dit-il, ce serait vous compromettre d'une manière fâcheuse, et ce serait mentir deux fois; mentir au monde, car vous lui avoueriez une faute que vous n'avez point commise, — mentir à la justice, car vous savez bien que si un enfant étourdi s'est introduit follement dans votre chambre, il en a repassé aussitôt le seuil chassé par votre honneur indigné.

En parlant ainsi, Hubert avait les yeux fixés sur Armelle, et son regard interrogeait avidement.

Ce fut au tour d'Armelle de sourire.

— Mais non, dit-elle, vous vous trompez. Je l'ai renvoyé, c'est vrai, mais je n'étais pas indignée.

— Alors, dit M. de Pontal, vous le méprisez donc bien!

Ce mot frappa Mlle de Mariaker comme un choc.

Elle se redressa en colère.

Une parole vint aux lèvres d'Hubert; mais au lieu de la prononcer, il s'inclina, puis il reprit :

— Et pourtant, vous ne ferez pas ce que vous dites, mademoiselle.

— Qui donc m'en empêchera, s'il vous plaît?

— Moi, répondit très-froidement M. de Pontal.

Leurs regards se heurtèrent. Sur le doux visage d'Armelle, il y avait des éclairs de fierté. Et cependant, au lieu d'un défi, ce fut cette humble question qui tomba de ses lèvres :

— Pourquoi?

— Parce que je ne le veux pas.

Armelle essaya de rire.

— Et je ne le veux pas, poursuivit Hubert, parce que la chambre à coucher de celle qui sera Mme de Pontal est à moi dans le passé comme dans l'avenir.

— Jamais! jamais, balbutia Armelle avec trouble, je ne serai Mme de Pontal!

Hubert s'était levé. Armelle lui dit avec reproche :

— Je vous croyais l'ami d'Adrien.

— Mademoiselle, répondit Hubert, après un instant d'hésitation, je ne sais pas comment font ceux qui ont beaucoup de choses à cacher. Moi, je n'ai qu'un secret, je le crois honorable, et il gâte absolument la posture que je prends auprès de vous ; cependant, je suis obligé de marcher avec cette gêne, car je ne puis renoncer ni à mon secret ni à vous. Adrien et moi, nous vivons ensemble; peut-être mon secret est-il là-dedans pour quelque chose. Ce serait vous voler que de vous vendre mon intervention en faveur d'Adrien. Je lui sers de balustrade depuis le collége. Je ferai ici le nécessaire pour moi, pour lui, mais non point pour vous. Pour vous, voilà ce que je ferai, et vous me devrez beaucoup de reconnaissance; pour vous, j'épargnerai, autant que la chose sera honnête et possible, l'homme dont Adrien tient la place en prison.

— Parlez-vous de mon oncle Rabbe? demanda Mlle de Mariaker.

— Je parle de l'assassin de Françoise Matifaz.

Armelle eût un frisson, mais elle prononça distinctement ces mots :

— Je crois, je suis sûre qu'il ne peut être assassin.

Hubert n'avait point repris son siége. Il semblait distrait. Son regard s'attachait sur Armelle, qu'il semblait
ne plus voir.

— Si ce n'est pour vous, dit-il, ce sera donc pour moi
que j'épargnerai M. Rabbe. Je ne veux pas voir sur les
bancs de la cour d'assises l'oncle par alliance de Mme de
Pontal.

Armelle répéta, mais sans colère, et son affirmation
n'en était que plus nette :

— Je vous ai dit : jamais : pourquoi ne me croyez-
vous pas?

— Parce que vous vous trompez, mademoiselle.

Armelle reprit avec plus de calme et en même temps
plus de fermeté :

— M. de Pontal, je vous ai confessé mon attachement
pour Adrien. Dès lors, je puis parler de votre prétention
à ma main sans trouble ni fausse honte. J'ai peine à
croire au sérieux de cette recherche. Pourquoi cache-
rais-je à mon meilleur ami, car je persiste à vous regarder comme tel, ma curiosité qui grandit de minute en
minute? Je vous en prie, expliquez-moi votre conduite : Vous me demandez en mariage aujourd'hui, et
vous ne m'aimiez pas hier, monsieur de Pontal !

— Je ne sais, répondit Hubert; cette explication, pro-
voquée par vous, va me servir à m'examiner moi-
même. Mademoiselle, je vous remercie.

— En vérité, je ne pense pas qu'il y ait de quoi ! Mais
vous avez dit le mot : Faisons ensemble votre examen
de conscience. D'abord, vous êtes la loyauté même, et
vous trahissez votre ami...

— C'est mon secret, ceci, interrompit Hubert. Je nie

purement et simplement. Vous ne pourrez comprendre que plus tard ce côté de la question.

— Vous vous déclarez à l'improviste, au moment même où, — comment dirai-je? non pas une tache assurément, mais enfin un doute éclabousse la blanche robe de la jeune fille dont vous voulez faire votre fiancée.

— J'ai déjà répondu à cela : c'est votre danger même qui m'a déterminé.

— J'ai mon chevalier, monsieur !... Certes, vous ne me recherchez pas à cause de ma fortune : elle était médiocre hier, elle est peut-être réduite à néant aujourd'hui. D'ailleurs, je sais que vous êtes très-riche et que vous professez à l'endroit de l'argent le plus magnifique mépris...

— C'est un tort, interrompit Hubert; on peut haïr l'argent, mais non pas le mépriser, car il tue.

— Ce n'est donc ni l'amour, ni l'argent, poursuivit Armelle; serait-ce de la compassion, M. de Pontal?

Le sang colorait ses joues et ses prunelles brillaient. Sa beauté jeune et hardie éclatait comme un rayon.

Un instant Hubert la contempla sans vouloir ni pouvoir répondre.

Puis, d'une voix changée, il dit :

— Allez-vous m'écouter, si je parle, mademoiselle de Mariaker?

— Oui, répondit Armelle. Parlez, je vous en prie ardemment. Je vous ai refusé, je le devais : ma décision est irrévocable, elle me donne le droit de vous exprimer tout ce qu'il y a d'estime, d'affection et de reconnais-

sance derrière la nécessité où je suis de repousser le
grand honneur que vous me faites.

Hubert soupira et pensa :

— C'est un diamant volé que je reprends.

— Voyons, dit-il tout haut, passons l'examen de ma
conscience. Je dirai la vérité vraie : comprenne qui
pourra ! J'ai connu Adrien tout enfant, mais je ne l'ai
bien vu qu'à mon retour de Prusse. C'est à Berlin que
j'ai trouvé la clé de mon ami Adrien, car il est mon ami,
je n'ai pas d'autre ami que lui. Vous savez, je vis seul ;
Adrien est ma compagnie, une espèce de neveu. J'ai
passé ma jeunesse à le mener paître comme un agneau
myope exposé à tomber dans tous les fossés qui bordent
la route. Sans moi, il aurait été vingt fois croqué par le
loup. J'ai pensé longtemps que je serais oncle de profes-
sion : l'oncle de ses petits.

Quand je l'ai vu amoureux de vous, cela m'a inquiété
juste autant que si une jolie mouche eût volé autour de
votre beauté, la prenant pour une fleur.

Vous allez me dire : « vous vous occupiez donc déjà
de moi ? » Mais, certes, oui, mademoiselle. « Vous m'aimiez donc ? »

Voilà ! j'étais sincère tout à l'heure en vous disant ou
à peu près : je n'en sais rien.

Si l'amour est la chose que j'ai vue dans les théâtres
et lue dans les livres, non, je ne vous aimais pas.

Si l'amour est ce que j'ai éprouvé auprès de plusieurs
femmes, ou ce que vous ressentez vous-même auprès de
notre Adrien, non encore, je ne vous aime pas comme
cela. J'en suis sûr...

Il s'arrêta. Il forçait sa figure à exprimer une bonhomie joyeuse, mais quelque chose tremblait tout au fond de lui.

Armelle écoutait comme elle l'avait promis. Tout ce qu'elle avait de force était dépensé à dissimuler sa profonde émotion.

Hubert reprit :

— C'est la vérité vraie, et pourtant, il est vrai aussi que vous avez occupé ma pensée, toute ma pensée, dès le premier jour où je vous ai vue. Je vous trouvais délicieusement jolie ; mais ce n'est pas cela, il y en a tant d'autres ! Non ! ce n'est pas cela.

Ah ! non ! vraiment ! je vais m'expliquer et vous allez comprendre.

Ce fut un sourire que vous eûtes dans les yeux, et que j'entrevis à travers une larme, quand je vous parlai de votre mère.

Vous dites, et je m'en souviendrai toujours : « Pauvre maman ! » Toute autre l'aurait dit, — mais non pas comme vous.

Aussi, je ne devins pas amoureux de vous. C'est Adrien qui est amoureux de vous. Moi, je me tins tout uniment à écouter mon cœur. Dans mon cœur, ah ! tout au fond, il y avait une voix qui me disait, mais si bas que je fuyais le reste de l'univers pour l'entendre : « Toi, il n'est pas d'autre femme pour toi. Tu garderas en toi son image, toute seule, comme un trésor. Cette larme, ce sourire, ce mot d'enfant, *pauvre maman*, c'est Armelle de Mariaker. Tu es son frère, son père, son mari, il n'importe... tu es sa *maman*, puisque l'autre est chez Dieu et que rien ne sait aimer comme une mère. Si elle n'est pas à toi, résigne-toi ; mais toi, tu es à elle !

Armelle avait baissé ses paupières pour que son âme ne pût jaillir de ses yeux.

Quand il se tut, elle laissa aller sa tête, qui lentement fléchit entre ses mains.

Un souffle tumultueux soulevait sa poitrine. Qu'allait-elle répondre?

Hubert attendait. Il vit deux larmes qui roulaient sur les joues pâlies de la jeune fille. Qu'allait-elle répondre?

Puis il vit les larmes s'arrêter : deux perles, et le sein qui battait plus doucement.

Qu'allait-elle répondre? Bientôt le sein cessa de battre.

Hubert s'agenouilla. Armelle était évanouie.

Elle s'éveilla la main dans les mains d'Hubert. Elle le repoussa doucement et dit :

— J'ai fait un rêve tout plein de bonheur et de souffrance. Adrien s'est dévoué pour moi : je l'aime. Je ne puis être qu'à lui.

Hubert de Pontal se remit debout. Il avait déjà reconquis son fier sourire.

— Chacun de nous a exprimé sa volonté, mademoiselle, dit-il ; ma confession n'a pas été inutile. Nous savons, vous et moi, comme je vous aime. Je vais, selon vos ordres, travailler pour notre Adrien, et je vais, pour le bien de votre avenir, sauvegarder M. Lion Rabbe.

Il prit sa main, qu'elle ne lui tendait pas, et la secoua rondement, comme celle d'un camarade

Puis il sortit, le pas franc et la tête haute.

XXI

M. RABBE COMMENCE A GRANDIR

Les yeux d'Armelle ne suivirent point Hubert de Pontal pendant qu'il gagnait la porte. Son regard se clouait à ses pieds. Elle restait comme brisée sous cette émotion, la plus grande qu'elle eût éprouvée en toute sa vie.

Que lui eût dit son rêve, si elle avait eu le temps de songer?

Mais Clémence Rabbe était bien trop pressée de savoir pour donner du loisir aux méditations de sa nièce.

Deux minutes après le départ d'Hubert, Clémence entra par la porte de sa chambre à coucher, derrière la-

17

quelle elle avait écouté fidèlement tout le temps de l'entrevue, sans rien entendre.

— Eh bien! ma petite, dit-elle, j'espère que je ne
vous ai pas gênés? Moi, d'abord, quand une demoiselle
a fait une glissade du genre de celle... enfin, je m'entends! mon opinion est qu'il ne faut plus l'astreindre
aux convenances qui sont la loi des autres demoiselles,
tu saisis?... des demoiselles qui se conduisent comme
il faut se conduire. J'étais en colère tout à l'heure, mais
sois tranquille, en réfléchissant, j'ai pris la résolution
de te parler avec douceur.

Mme Rabbe prononça ce discours d'une voix veloutée
et griffue comme la patte d'un chat.

Il y avait, derrière la cheminée, un trou secret qui
recélait un simple torchon (sic).

Ce torchon, mille excuses je vous offre pour un si vulgaire détail, servait à effacer les traces des pieds que les
visiteurs laissaient sur le parquet-mosaïque.

Clémence pouvait avoir ses défauts, mais elle les ra-
chetait par cette tendresse sans bornes qu'elle avait vouée
à « ses affaires. »

Elle essuya la place où M. de Pontal avait mis ses
pieds en entrant; puis, revenant près d'Armelle :

— C'est fini, reprit-elle, tu n'as pas besoin de bouder
avec moi. D'autres te diraient vous et t'apppeleraient
mademoiselle. Je ne suis pas comme ça. On en a vu
bien d'autres que toi... et puisque tu as trouvé un imbécile pour endosser ta... ton ignorance, enfin, comme il
dit, eh bien! vogue la galère! Au bout du compte, la
crotte ne paraît plus quand on a passé le torchon.

Elle reporta dans le trou son vieux linge qui lui avait

servi deux fois : d'abord à nettoyer le parquet, ensuite à colorer sa pensée.

Armelle était restée immobile et silencieuse. Clémence se mit à vérifier ses housses.

— Est-ce que tu ne vas pas me faire l'amitié de me répondre? demanda-t-elle.

Dans l'accent aigu de cette question, la grifle sortait du velours.

Mlle de Mariaker tourna vers Clémence son regard charmant, tout imprégné de tristesse :

— Vous ne m'avez pas interrogée, ma tante, dit-elle.

— Est-ce vrai? Alors, c'est moi qui suis dans mon tort. J'ai beaucoup de choses à te demander. Tu diras la vérité, si tu veux. Au point où tu en es, ça n'a plus qu'une importance très-relative ; mais moi, dame ! j'ai mon devoir. Y a-t-il longtemps que tu donnais des rendez-vous à ton petit bonhomme ?

— Je n'ai jamais donné de rendez-vous à personne, ma tante, répondit Armelle doucement.

— J'entends bien. Moi, je ne peux pas m'empêcher d'appeler un chat un chat, c'est plus fort que moi. Eh bien, puisque le mot ne te va pas : Y a-t-il longtemps que tu reçois M. Adrien dans ta chambre sans lui donner de rendez-vous?

— Je n'ai jamais reçu M. Adrien dans ma chambre, ma tante.

— Bah! Tu as pourtant avoué tantôt...

— M. Adrien est entré dans ma chambre à mon insu.

— J'entends bien. Jamais vous n'ouvrez la porte, mes

chéries, seulement vous vous arrangez de façon à ce qu'on entre. Veux-tu me dire pourquoi aucun M. Adrien n'est jamais entré chez moi?

Elles font de ces questions téméraires. Il y en a qui s'attirent de franches réponses. Il va sans dire qu'Armelle resta muette.

— A la bonne heure! fit Clémence. Nous savons bien comment les portes s'ouvrent et se ferment. C'est avec une clé. Et il faut qu'on la tourne. Tirons une barre puisque ce sujet-là n'est pas de ton goût. Moi, tout ce que j'en dis, c'est dans ton intérêt, car enfin, si ce nigaud de Bretagne n'était pas venu te tendre la perche... Et voilà une chose que je suis bien obligée de te demander, ma petite : est-ce sérieux, toute cette machine-là? Il faut l'avoir vu pour le croire; tu sais? moi, je ne m'étais pas du tout aperçue de l'intrigue. Quand on est assez heureux pour avoir eu une jeunesse sans reproche... Ne crains aucune allusion de ma part : la barre est tirée. J'en connais qui te picotteraient toute la journée à coups d'épingle, ce n'est pas mon caractère. Tu as eu un malheur, personne n'y peut rien. Ah! si, à force de te gronder, on pouvait te rendre ce que tu as perdu, à la bonne heure. Ah! mais non! ça ne revient pas. Où en étais-je? à ce brave Hubert. Je disais que je le croyais uniquement occupé de son lion et de son âne. Et en fait de coups de pied, chez nous, je ne l'en ai jamais vu donner qu'à toi. Mais, enfin, chacun fait sa cour à sa manière. A Quimper-Corentin, d'où vient Hubert, ils se tapent dans le dos au lieu de s'embrasser. T'a-t-il fait sa demande clairement et formellement?

— Oui, ma tante.

— Et qu'est-ce que tu as répondu?

— J'ai répondu que je ne pouvais pas accepter son offre.

Clémence leva ses deux mains tendues vers le ciel.

Notez qu'elle n'éprouvait ni chagrin ni surprise. Elle s'attendait à ce dénouement, qu'elle eût favorisé, si elle l'avait pu.

Elles vivent de plaies, elles soupent de bosses : une seule chose au monde les met au pain sec, c'est le bonheur d'autrui.

Mais il faut que leur joie gronde et vitupère tout aussi méchamment que leur chagrin.

— J'ai mal entendu, s'écria Clémence, tu n'as pas fait cela! Tu n'étouffes pas d'intelligence, certes; ta pauvre mère était tout comme; mais enfin, tu n'es pas assez bouchée pour avoir refusé quarante mille livres de rentes qui te tombaient toutes rôties dans le bec! et au moment où tu venais de faire la culbute, encore! Et j'ai vu des gens du Morbihan qui disaient soixante mille au lieu de quarante! Et M. Rabbe ne parle jamais de ta fortune; mais je suis à peu près sûre que tu n'as pas le sou. Il n'y avait rien à l'inventaire de feu ma sœur. Mariaker, Mériadec, Kervatefairelanlaire, c'est gueux comme des rats, ces sabots-là! Tu avais mis la main sur le seul breton à son aise dans toute la Bretague. Avec ça qu'il ne dépense rien que sa soie, son drap et son aiguille. C'est monstrueux ce qu'il doit mettre de côté ous les ans, et tu lui as dit non, toi, toi! toi! idiote!!!

Elle s'était montée en parlant. L'éloquence est une ivresse. Elle avait marché sur Armelle, qui restait plus froide qu'un marbre, et je ne sais comment, quand elle

17*

prononça cette dernière douceur : *idiote,* elle avait son poing d'un gris jaunâtre juste sous le nez de sa nièce.

La porte s'ouvrit, juste à ce moment aussi, et M. Rabbe parut au seuil du grand salon.

Nous avons dit que ce galant homme avait beaucoup changé depuis vingt-quatre heures, et nous avons vu Mlle Honor tout particulièrement frappée de ce changement, qui semblait rehausser M. Rabbe à un cran au-dessus de sa taille ordinaire.

Ainsi arrive-t-il quelquefois dans la vie des événements qui vous grandissent ou vous rapetissent tout à coup.

Les ouvreuses de théâtre prétendent qu'après une chute « carabinée, » l'auteur « égayé » perd de trois à quatre centimètres.

Au contraire, quand M. X... eut le foudroyant bonheur d'être élu député, après quarante ans de candidature active, mais superflue, il lui poussa des bottes à talon en une seule nuit.

Mais c'est de l'autre côté du détroit surtout que ces changements à vue sont féériques. J'ai vu de mes yeux un pauvre diable de cadet, perdu de dettes, rasé sur le *turf,* coupé dans le *ring,* pendu en effigie depuis dix ans au gibet de la Bourse, taré au jeu, brûlé chez son tailleur et noirboulé au club des *scoundrels,* je l'ai vu, dis-je, franchir en une seule minute l'abîme qui sépare l'indigence foulée aux pieds de la fortune adorée à genoux.

La mort de son frère aîné avait fait de ce misérable un PAIR D'ANGLETERRE ! ! ! !

Cela produit peu d'effet sur vous, malgré les quatre

points d'exclamation. Personne, en France, ne sait bien ce que c'est qu'un lord. Vous écoutez les articles des journaux qui vous parlent de la *libre* Angleterre, mais qui ne vous disent jamais que là-bas, au dix-neuvième siècle, un lord, le premier venu, depuis Sa Grâce, milord duc jusqu'à milord baron, Sa Seigneurie participe, de par la constitution, les lois et les mœurs, à la nature même de Dieu tout-puissant.

Rien en France, ni chez les riches, ni chez les nobles, ne peut donner une idée même affaiblie de la grande seigneurie d'un pair d'Angleterre. Et calculez, car la montagne ne vaut qu'en raison de la vallée, ce que ces hauteurs prodigieuses supposent de platitudes ! ces richesses de misères ! ces puissances d'esclavages !

Pour en revenir à mon cadet, devenu aîné, le lendemain de son apothéose, il fallut élargir ses gilets. Son pantalon ne cachait plus ses chevilles, — et ce fut ainsi qu'il marcha, le long des libres trottoirs de Londres, sur la tête de cent mille badauds qui avaient vilipendé sa misère et qui se prosternaient devant sa fortune.

Et ceci n'est pas du tout une digression : en une nuit, Lion Rabbe avait gonflé comme un lord tout neuf.

Clémence, à la vue de son mari transfiguré, resta dans le même étonnement que M{}^{lle} Honor et dit comme elle :

— Lion, qu'est-ce que tu as donc aujourd'hui ?

M. Rabbe répliqua avec une douceur sévère :

— Ma chère amie, je ne veux plus de ces manières-là. Que veut dire ce geste malséant, et ce mot emprunté à un vocabulaire qui n'est pas, qui ne peut être le nôtre ?

Clémence retira le poing qu'elle avait mis sous le nez d'Armelle.

— Quoi donc! fit-elle, malgré la bonne envie qu'elle avait de se révolter : parce que je l'ai appelée idiote? D'une tante à sa nièce... Et puis, tu ne sais pas ce qu'elle a fait!

— Ma chère amie, dit M. Rabbe, dont le front s'ennoblissait à mesure qu'il parlait, je n'ai pas besoin de savoir ce qu'elle a fait. Etes-vous, oui ou non, une personne bien élevée?

— Par exemple! s'écria Clémence, attraper des duretés parce que mademoiselle accorde des tête-à-tête à des jeunes gens, la nuit, dans sa chambre!...

Elle n'acheva pas. M. Rabbe avait levé le doigt.

Ce fut le véritable *nutus* de Jupiter, père des dieux et roi des hommes : ce petit geste qui faisait trembler l'Olympe !

Clémence se tut, mais en frémissant. Elle pensait :

— Mais qu'a-t-il donc! Ce n'est plus lui. On dirait que l'empereur l'a nommé roi !

Jusqu'alors M. Rabbe était resté près du seuil. Aussitôt qu'il eut imposé silence à Mme Rabbe, il traversa toute la largeur du salon pour se rapprocher d'Armelle.

Il marchait avec une lenteur majestueuse, mais qui n'était pas sans grâce. Il n'aurait jamais su marcher ainsi la semaine passée.

Armelle avait la tête haute, mais les yeux baissés. Elle ne parlait ni ne bougeait.

M. Rabbe s'arrêta devant elle. Il s'inclina noblement et déposa un baiser sur son front.

Clémence sentit très-bien que ce baiser était une ex-

cuse à l'adresse d'Armelle et un châtiment qu'on lui in-
fligeait, à elle, Mme Rabbe.

Mais rétive comme elle l'était de naissance et d'acquit,
elle ne songeait même pas à ruer.

Ce Rabbe avait décidément le manitou dans sa poche.
Il se tourna vers sa femme et dit au milieu d'un silence
religieux :

— Ma chère amie, je suis le tuteur de cette enfant.
J'espère qu'elle gardera un bon souvenir de notre maison quand les circonstances l'en auront éloignée. Vous
êtes bonne, j'aime à vous rendre cette justice, votre
cœur est parfait, mais il y a en vous une brusquerie qui
trahit la bienveillance de votre nature. Ne m'interrompez point, je vous prie. Je n'ai pas voulu dire que vous
manquez de distinction; au contraire, vous avez, quand
vous le voulez, un ton exquis; mais... voilà, ma chère
amie, à l'avenir, il faudra le vouloir toujours.

— Quand je parle à des gens de bonne compagnie...
commença Clémence.

Ici, un mouvement du doigt de Jupiter.

— Bon ! bon ! fit-elle, c'est elle qui a raison et c'est
moi qui ai tort !

— Ma chère amie, reprit M. Lion Rabbe, il ne s'agit
pas de cela. Nous appartenons à une classe de la société
qui, en fait de savoir-vivre, a ses lois, son code. N'y
contrevenons jamais, même dans nos discussions de famille. Telle est la règle de conduite que je vous recommande à l'avenir.

— Jusqu'à présent... voulut dire Clémence.

— Permettez, je n'ai pas fini. Des événements se pré-
parent. D'autres sont accomplis déjà. Nous allons vrai-

semblablement franchir un degré de l'échelle sociale. Il se peut que nous ayons bientôt une fortune considérable, ma chère amie.

Clémence et Armelle relevèrent la tête en même temps : Clémence, consolée et frappant déjà dans ses mains ; Armelle, étonnée, et glissant vers son tuteur un regard soupçonneux.

Elle se souvenait des craintes vagues exprimées par Françoise Matifaz.

Elle se souvenait de l'accusation d'Hubert, qui l'avait forcée à répéter trois fois : Mon oncle Rabbe est un honnête homme.

XXII

EN GRANDISSANT, LION RABBE FLEURIT

Jamais Clémence n'avait admiré si ardemment son Lion Rabbe; ce n'est pas qu'elle fut étonnée de son « avancement. » Si vous l'eussiez un peu pressée, elle vous aurait avoué que, depuis vingt ans, elle le voyait au pinacle dans tous ses rêves.

C'était peut-être sa seule vertu : elle aimait son mari passionnément.

— Alors, dit-elle, on ne va plus se tutoyer, c'est peuple. Nous sommes trop haut placés, maintenant.

— D'autres changements plus importants vont avoir

lieu, reprit M. Rabbe, à qui les mots choisis venaient
avec une facilité rare, et dont l'accent se faisait mélo-
dieux comme celui des princes allemands de la banque
française. Vous veillerez à votre style, ma chère amie.
Je n'aime pas ce « c'est peuple. »

— Le fait est, dit Clémence, que ça m'a parti...

— On doit dire : ça m'est échappé. Ayant appris par
principes la langue de ma patrie d'adoption, je la parle
plus purement que beaucoup de Parisiens. Laissons cela.
Il existe dans le monde des affaires une hiérarchie tout
aussi logiquement constituée que celle qui échelonne
les grades du monde officiel...

— C'est égal, murmura Clémence ; hier, tu ne t'ex-
pliquais pas si gentiment ; on dirait un langage en cravate blanche !

— Pas mal ! fit M. Rabbe : j'admets cette plaisanterie
fine et de bon goût. Elle touche juste. Le langage d'un
homme doit être en proportion de son rang. Cela fait
partie de la tenue. Quand vous m'avez interrompu, ma
chère amie, j'allais dire que toute hiérarchie s'affirme
par la représentation. Un secrétaire général n'est pas
logé comme un simple chef de bureau.

— Il me semble, dit Clémence, en jetant un regard
inquiet sur ses housses, que nous avons déjà dépensé
assez d'argent.

— Mobilier de campagne, ma chère amie. Cela con-
venait ici.

— Songeriez-vous à quitter notre maison ! s'écria
Clémence, dont les yeux inquiets caressaient le parquet
mosaïque. Pas de folies, Lion !

— Ma chère amie, prononça M. Rabbe d'un ton véritablement auguste, vous n'avez aucune idée, même approximative, de votre position nouvelle.

Armelle, qui avait écouté en silence et très-attentivement, ferma ses paupières à demi. Il y avait en elle deux courants de pensées. Les paroles dites par M. Rabbe allaient toutes dans le sens du soupçon récemment éveillé; mais la manière dont il les disait étonnait ce soupçon et l'éludait.

Il nous est naturel à tous de regarder certains ridicules, paisibles et petits, la pédanterie entre autres, comme incompatibles avec la fièvre désordonnée qui doit accompagner le crime.

La cravate blanche, nouée avec soin autour du style ou autour du cou, est un des meilleurs moyens de cacher les mains rouges. Il est bon, néanmoins, d'y ajouter des gants.

M. Rabbe avait-il les mains rouges? Il poursuivit en conduisant sa femme à un fauteuil, dans lequel il la fit asseoir :

— Dans l'établissement d'une haute fortune commerciale, ma chère amie, il y a une période d'incubation qui peut durer des mois et même des années. Les calculs, les efforts luttent contre les circonstances et les concurrences. Aucun résultat ne se montre. Le diplomate d'affaires le plus fin ne pourrait dire lui-même à son meilleur ami, à sa femme, par exemple : Je suis vainqueur ou je suis vaincu. C'est la bataille. Mais il arrive un jour, quand le lutteur s'est montré courageux et surtout patient, un jour où la ligne ennemie faiblit sur un point. Comprenez cela. Je suppose, bien entendu, le combattant intelligent. Il masse aus-

18

sitôt toutes ses ressources et les lance sur le point faible
qui cède. Et la digue de la mauvaise fortune est rom-
pue. et tout passe... Voilà ce que le vulgaire exprime
par cette locution proverbiale : un bonheur ne vient jamais seul.

— C'est « un malheur » que dit le proverbe, murmura
Clémence.

— Bonheur, malheur, ma chère amie, c'est tout un :
ce sont les deux faces d'une seule et même question. J'ai
dit bonheur, parce que la bataille est gagnée.

M. Rabbe s'était assis auprès de Clémence, subjuguée
par ce préambule merveilleux.

— Est-ce assez joli! dit-elle en jouant avec la rosette
toute neuve qui brillait à la boutonnière de son Lion.
Et si tu savais comme cela te va !

— Les femmes font attention à ces bagatelles, répliqua M. Rabbe du haut de sa majesté. Moi, j'apprécie
cela comme un signe de victoire, et aussi comme objet
de toilette : toujours la tenue.

— Tu es fort, fort, fort ! murmura Mme Rabbe, dont
les yeux s'illuminaient.

Elle ajouta en un soupir, mais pour son mari seulement.

— Lion, vous ne m'aimez plus !

Ces transitions hardies appartiennent exclusivement
aux dames.

M. Rabbe lui caressa la nuque paternellement.

— Chère folle ! dit-il.

Clémence expliqua sa transition ainsi :

— C'est que, fit-elle, si la fortune nous vient... mon
gendre le marquis s'est conduit avec moi comme un ma-

nant... Je n'ai pas l'âge de Sara, sais-tu? Suppose le
nez que ferait ce monsieur, s'il me rencontrait au parc
avec une nourrice!

M. Rabbe accueillit cette ouverture avec une douce
gaieté qui excluait tout enthousiasme. Il savait comment rompre les chiens.

— J'ai traité avec le tapissier, dit-il négligeamment.
Nous en serons quittes pour soixante mille francs de
meubles.

— Soixante mille francs!

Ces mots s'étranglèrent dans la gorge de Clémence,
dont les joues devinrent noires. Toute sa physionomie
exprimait une véritable horreur.

Armelle prêta de nouveau l'oreille, sans savoir que
M. Rabbe parlait autant pour elle que pour sa femme.

Il ajouta :

— Ce que nous avons ici pourra servir dans les coins,
là-bas.

— Mais... mais... dit Clémence éperdue, tu as donc
loué les Tuileries?

— Pas tout à fait, répondit M. Rabbe. Je t'assure que
le mobilier sera des plus simples en raison du local.

— Combien de loyer?

— Trente mille francs.

— Dix mille de plus que le rapport de notre maison
tout entière.

— Nous n'avons plus de maison, dit Rabbe du bout
des lèvres.

— Ah! fit Clémence, qui joignit ses mains grises. Tu
as vendu l'immeuble!

— Le quartier n'était pas sûr, ma chère amie.

Je ne saurais pas caractériser l'inflexion que prît la voix de M. Rabbe pour prononcer ces mots, mais un petit frisson aigu courut par tout le corps d'Armelle.

Clémence s'était affaissée sous le poids d'une émotion véritablement écrasante. Elle se redressa la face couverte d'une pâleur tragique.

— J'ai vu mourir ma pauvre mère, balbutia-t-elle, j'ai perdu papa... Mais, oh! ma maison, ma maison! Je ne veux pas que tu prennes ma maison! Elle est à moi comme à toi! Les parquets, le gaz, l'eau de Seine! Ecoute! tu es fou! Tu dois être fou! Et peut-être ruiné! car on ne vend pas sa maison quand on n'est pas ruiné! As-tu joué? je veux le savoir. Tu n'avais pas le droit de jeter ton argent aux coquines, puisque tu as ta femme! Tu es un malheureux! J'en mourrai! Tu es un assassin!

Même devant ce dernier mot, qui fit tressaillir Armelle, M. Rabbe ne perdit point la sérénité de son sourire.

Et comme Mlle de Mariaker, par décence, se glissait vers la porte, il la retint du geste et dit :

— Vous la connaissez bien, chère enfant, ce sont ses nerfs. Le cœur n'y est pour rien, heureusement. Dans cinq minutes, ma bonne, mon excellente compagne rougira de sa conduite, qui n'est pas celle d'une personne occupant une position comme la sienne. Cela lui servira de leçon une fois pour toutes. Elle comprendra qu'il lui faut mettre de côté certaines manières qui ne sont plus du tout de mise chez un homme de ma sorte, comme il lui faudra renoncer aux housses, au plumeau et généralement à toutes les économies de bouts de chandelle.

Table ouverte, réceptions, nombreuse domesticité, beaux chevaux, voitures élégantes... Avec cela, que diable ! il faut se tenir ! Et je connais Mme Lion Rabbe : c'est une femme du monde. Elle est née femme du monde ! Elle sera la distinction même dès qu'elle le voudra.

Il prit la main de Clémence, qui s'essuya les yeux et se mit à sourire. Le mot voiture est une magie, même pour les dames qui mettent leur parapluie dans un étui.

M. Lion Rabbe reprit en tapotant la main de Clémence, mais en s'adressant toujours à Armelle :

— Vous êtes la cause de cette explication, mon enfant, et je ne vous le reproche pas. J'ai tenu à ce que la compagne de ma vie connût les devoirs qui lui sont imposés par son entrée dans une autre caste. Je savais votre histoire avec le jeune Adrien. Je ne l'approuve pas, mais elle peut et doit bien finir, — par un mariage, auquel je sacrifie mes vues personnelles. Allez, votre tante vous respectera désormais, non-seulement à cause de sa propre position, mais encore pour la vôtre, car vous êtes riche aussi.

— Ah ! bah ! fit Clémence.

M. Rabbe la regarda d'un air sévère.

— Je vous ai dit cent fois, ma chère amie, prononça-t-il en piquant chacun de ses mots, que votre nièce avait quatre cent mille francs déposés chez moi. Ne l'oubliez plus.

Clémence se tut. Armelle, que M. Rabbe avait reconduite jusqu'à la porte, prit congé toute pensive.

En traversant le grand salon, elle se disait :

— Je savais bien que M. de Pontal se trompait. Mon oncle Rabbe est un honnête homme.

Certes, il venait d'en donner une preuve convaincante et qui faisait tomber tous ces extravagants soupçons, relatifs au meurtre de Françoise Matifaz.

Pourquoi précisément à ce sujet, Armelle avait-elle un poids sur le cœur?

Dans le petit salon, il faut bien que nous le disions, puisque c'est de l'histoire, M. Rabbe, resté seul avec Clémence, lui avait permis de s'asseoir sur ses genoux, et lui disait :

— Un jour tu connaîtras le secret de ton époux; mais auparavant, il faut que tu sois initiée à certaines théories spéculatives qui seront demain la loi du monde. Les frontières qui séparent les peuples vont être supprimées. Ces deux mots : Allemagne et univers deviendront synonymes...

— Tout ça, interrompit Clémence, ne me dit pas pourquoi tu prends trente mille francs de loyer.

Lion Rabbe la regarda de haut, mais avec bienveillance.

— Une femme intelligente comme toi, dit-il, ne doit pas se noyer dans de pareils crachats... le mot est vulgaire, mais expressif... Voyons! suppose que ta dépense de table soit réglée à 300 francs par jour...

Clémence frémit; M. Rabbe continua :

— Qu'est-ce que ça te fait, si chaque dîner te rapporte mille écus?

Clémence resta rêveuse.

En quittant la maison Rabbe, Hubert avait passé devant la loge du concierge, toute pleine de voisins et de voisines, bavardant sur l'assassinat.

Il ne put passer assez vite, cependant, pour ne pas entendre le nom de M. Adrien, qui était la base même de tous les cancans.

Virgile Matifaz avait dit ce qu'il fallait pour souiller la mémoire de sa femme morte. De cela il espérait évidemment un bénéfice ; mais il est certain aussi que ce pâle gredin buvait l'infamie par choix et par soif.

Il y a, j'en suis persuadé, de très-nobles cœurs en Prusse comme partout ; mais la collection des hôtes que la Prusse entretenait chez nous avant la guerre renfermait de hideux échantillons.

Virgile Matifaz, assis sur un coffre au milieu de son auditoire, et adossé au lit funèbre, déshonorait la morte en pleurant.

Hubert descendit le boulevard de Messine. Son pas était vif, mais son regard méditait et calculait.

Il prit une voiture à la station du boulevard Haussmann et dit au cocher :

— A la préfecture de police. Bon pourboire.

Le cocher partit au galop.

XXIII

UNE BRODERIE ET UNE LÉGENDE

Il faut enfin que nous causions un peu, le lecteur et moi, au sujet de ce brave et beau garçon, M. Hubert de Pontal. C'est à peine si nous le connaissons, et nous n'avons pourtant aucun intérêt à faire mystère de sa vie.

C'était un gars du Morbihan. Il avait étudié la broderie dans un grand vieux manoir de la paroisse de Plouharnel, qui regardait du haut d'un mont mélancolique les pierres de Carnac, d'un côté, de l'autre la mer triste et cette plage de Quiberon où trois messieurs de Pontal, son grandpère et ses deux grands-oncles (l'aîné avait vingt-quatre ans) étaient morts en disant : Dieu et le roi !

Son père, au contraire, avait longtemps vécu, et s'était quelque peu écarté de cette droite voie du dévouement absolu; route stupide, disent les uns, noble route disent les autres : En tout cas, route si droite qu'on y peut marcher avec un bandeau sur les yeux.

M. le marquis de Pontal, qui signait Pontal tout court, comme font les vrais marquis, avait servi la Restauration sous les drapeaux, puis, après avoir refusé le serment au roi Louis-Philippe, il avait soutenu, dans une certaine mesure, le gouvernement de ce même roi, en sa qualité de député.

De même pour la république de 1848.

De même aussi pour le gouvernement de Napoléon III.

Il se peut que cela vous inspire de la répugnance. Moi, je ne sais rien de plus respectable que la conduite d'un homme n'attendant rien de la patrie — et servant la patrie, toujours, partout, quelle que soit la raison sociale qui la représente et la mène.

M. de Pontal était un de ces hommes politiques que les gouvernements n'aiment pas parce que les gouvernements n'aiment jamais ceux qui leur parlent franc, mais que l'opposition déteste parce que l'opposition déteste toujours ceux qui donnent des conseils dévoués aux gouvernements.

Infatuation aveugle d'un côté, de l'autre égoïsme féroce; à droite, volonté enragée de garder la place sans la remplir; à gauche, appétit de loup, sauvage désir de prendre la place qu'on ne saura pas tenir, tel est le résumé navrant de notre histoire politique.

Cherchez tant que vous voudrez, vous n'y trouverez

ni un homme, ni une chose qui ne soit pas cela, quand
même vous allumeriez la lanterne de Diogène!

Il faut donc qu'un homme de bonne foi, comme l'é-
tait M. de Pontal, épuise le temps et sa force à manœu-
vrer entre deux écueils éternels, l'inertie du pouvoir et la
fièvre canine de ces avocats, de ces professeurs, jésuites-
païens, philosophes sans ouvrage, pamphlétaires alcoolisés, poètes mordus par l'hydrophobie, avidités, obscu-
rités, fétidités, immense horde qui a faim de pouvoir,
de bruit, de vengeance — ou simplement de viande —
et qui aiguise ses dents de chacal dix ans avant la
curée!

Ah! c'est un métier difficile, comme dit la chanson.

Chose bien plus étonnante encore, c'est un métier
inutile.

M. le marquis de Pontal était convaincu de cela si profondément qu'il dit à son fils Hubert, quand celui-ci
sortit du lycée :

— Je te donne à choisir entre toutes les professions,
excepté une : je te défends d'être un homme politique.

On songe tout de suite à l'éternelle histoire du fruit
défendu... Eh bien, non. Hubert aurait peut-être re-
gretté une pomme, mais la politique ne le tentait
pas.

Son père mourut au bout d'un an. Ses derniers mots
furent ainsi :

— J'ai fait de mon mieux et je n'ai rien fait. Parler
est le contraire d'agir. Agis bien, parle peu. Que ma
bénédiction reste avec toi; moi, je te quitte.

Et voici comment Hubert se fit brodeur, en même
temps que liseur acharné et chasseur infatigable :

Il avait une charmante vieille mère, infirme et bien souffreteuse, qui, cela va sans dire, l'adorait. Femme d'un militaire, devenu député, Mme de Pontal avait mené une existence un peu isolée, quoiqu'il y eût encore à Nantes et à Rennes, ces deux capitales bretonnes, des gens pour se souvenir de son esprit et de sa beauté.

Ces loisirs forcés avaient produit un chef-d'œuvre. Du haut en bas, grâce à son aiguille, le grand salon du manoir avait un manteau d'admirables broderies : travaux de patience et d'art, dignes de parer un palais.

Pour créer ces vastes tableaux dont la série représentait la légende du vieux roi Grallon et de sa fille la princesse Aheul, dont la trahison submergea la ville d'Is (elle vit encore sous la mer, et les navires qui passent dans la baie d'Audierne peuvent bien voir, quand ils ont les yeux de la foi et que la tempête fait trêve, une ville immense, trois fois grande comme Paris, montrant, à travers le voile de l'eau, ses hautes tours carrées, ses dômes d'or et la dentelle orgueilleuse de ses clochers à jour,) pour créer, dis-je, ces splendides tableaux, Mme de Pontal avait employé tout simplement le pauvre procédé des *passeuses* d'Auray, qui mettent des cœurs saignants, des anges et des saintes vierges aux vestes des bons gars pour les jours de Pardon.

Le fond était du drap, mais si bien couvert par le miracle de l'aiguille qu'on ne l'apercevait nulle part. Et les points étaient si menus, si menus, que les figures ressortaient avec cette vigueur que, d'ordinaire, le pinceau seul peut donner à la toile, surtout la figure du grand saint Corentin venant, inutile comme tous les prophètes, annoncer le malheur prochain au roi Grallon, incrédule et sourd comme tous les rois.

Le grand saint Corentin était sur son âne, selon la vérité de la légende, et sa barbe d'argent éclairait la noire nuit du désastre.

Mais la connaissez-vous, la légende? Elle se raconte le soir de la Toussaint, dans toutes les chaumines des trois évêchés où la langue des Gaëls, nos pères, est encore pieusement parlée.

Vous vous moquez volontiers de cet idiome illustre, mais déchu, qui s'appelle le bas-breton. N'oubliez pas, cependant, que ceux qui s'en servent vinrent de bien loin, au secours de Paris assiégé par l'ennemi allemand, et qu'ils remportèrent, vêtus de bure, parmi tant de galonnés, le prix de vaillance dans cette abominable guerre.

Je vais vous dire la légende en peu de mots. Ecoutez-la comme un symbole. Elle parle de votre récente histoire : de ces guerriers qui tuent de loin, tout bardés de lâche perfidie et qui, ne sachant vaincre avec l'épée, mettent en arrêt la lance d'or...

Ils ne savent pas au juste, ceux qui écoutent sous le manteau profond de la cheminée, en quel temps cela se passa.

Mais ils savent que cela se passa, il y a longtemps, longtemps, quand l'évêché de Quimper était encore le centre du monde...

« ... Il y avait donc une ville qui s'appelait la ville d'Is, et qui était la première de l'univers, la plus puissante et la plus riche. Comme la terre était trop petite pour elle, ses palais avaient conquis leur base sur la mer et la blancheur de leurs marbres se miraient dans l'azur sans fond de l'Océan.

« Une chose témoigne de cela : c'est le nom de Paris, qui fut fait du nom de la ville d'Is et d'un mot latin qui veut dire : *pas tout à fait.* Par-Is, semblable à Is. Mais ce n'était pas vrai. Les Gaulois se vantaient. Is n'avait pas sa pareille en l'univers.

« Sous le soleil, il n'y avait qu'une cité reine, et c'était la ville d'Is, à cheval sur la terre et sur la mer.

« Le bon roi de Bretagne, Grallon, avait bientôt cent ans. A mesure que le regard s'en allait de ses yeux, beaucoup de méchants venaient à sa cour parce qu'il ne pouvait plus les distinguer des bonnes gens. Et ces coquins complotaient entre eux, se disant :

« Il y a un moyen de partager les trésors de Breta-
« gne, c'est d'appeler l'Anglais qui pillera. Avec lui,
« nous pillerons. »

« L'Anglais ne demandait pas mieux : il vint, non pas en armes d'abord, mais en voisin et ami, disant :
« Nous sommes pauvres, chez nous, dans le pays de
« Galles, et nous sommes vos serviteurs, puisque beau-
« coup parmi nous parlent votre langage. Laissez-nous
« profiter des miettes quand vous secouez, ô Bretons ri-
« ches ! la nappe de vos festins... »

« Ainsi parlait l'Anglais, continue la légende ; et comment un peuple peut-il être à la fois pauvre et riche ? Tous ces misérables, dès qu'il s'agissait de corrompre et de séduire, avaient leurs poches gonflées d'or.

« Le bon Grallon n'y voyait goutte. Il allait sur ses cent ans, et il était roi.

« La fille du roi Grallon s'appelait Hahès, selon ceux

19

de Vannes. Aheul suivant les gens de Saint-Pol et de Tréguier. Il n'importe.

« Le confesseur du roi Grallon avait nom Corentin, évêque de Quimper.

« Aheul était belle comme la nuit étoilée.

« Corentin était le plus grand saint de notre calendrier. Il allait sur un âne, parce que ses pieds, fatigués à force de marcher dans le sentier rocheux qui mène au paradis, ne pouvaient plus le porter. Quand il arrivait de Quimper, il bénissait la ville d'Is du haut de la montagne, et les naseaux de son âne aspiraient l'air.

« C'était pour sentir si aucune odeur de malheur ne montait, car l'âne de saint Corentin avait reçu ce don-là. De qui? Devinez! C'était de Dieu.

« Voilà donc qu'un soir, la veille de la Toussaint, le saint et son âne entrèrent dans la ville d'Is, entre deux haies de chrétiens qui faisaient le signe de la croix. Le saint descendit de son âne à la porte du palais, qui avait un péristyle de marbre rouge entouré d'une balustrade de porphyre, d'où l'on pouvait, quand on mangeait des cerises, jeter les noyaux dans la pleine mer. Il monta chez le roi et lui dit :

« — Au nom du Père, du Fils et du Saint-Esprit, ta fille Aheul est en marché de se damner, mon seigneur roi, et toi, tu vas perdre ta couronne. Ta fille aime un prince gallois qui lui a montré un collier de perles comme jamais femme folle n'en vit dans ses rêves. Chasse l'ennemi et mets ta fille en prison.

« Le roi Grallon entra dans une grande colère et répondit :

« — Si l'ennemi était dans ma ville, je l'aurais vu;

car je suis renommé pour la clairvoyance de mes yeux. Ma fille Aheul est au-dessus de tes calomnies. Corentin, faux prêtre, je te chasse !

« Le saint remonta sur son âne et s'en alla.

« C'était bien vrai, pourtant, vous allez voir. L'Anglais n'envoyait pas seulement de pauvres gens pour faire métier d'espionner et de trahir, il envoyait aussi des gentilshommes et même des princes qui trahissaient et qui espionnaient.

« Le prince gallois avait en effet montré à la belle Aheul un collier de perles comme on n'en vit jamais. Et des diamants aussi, et des rubis, et des saphirs, bleus comme le ciel.

« Et par cette nuit noire, une flotte venant du pays de Galles avait pu s'approcher de la côte bretonne sans être aperçue.

« Or, il faut vous dire que le terrain conquis sur la mer, pour bâtir la ville d'Is, était protégé par des digues puissantes, et qu'il y avait une porte de fer à ces digues, pour que l'eau de la rivière pût s'écouler par la grève à marée basse.

« Le bon roi Grallon ne se couchait jamais sans mettre sous son oreiller la clé de la porte de fer, qui était forgée en or. Il dormait ainsi sur le salut de sa capitale.

« Dans la partie orientale du palais, il y avait une chambre mieux ornée que la chapelle de notre chère sainte Anne, mère de la mère du Sauveur. Ce n'étaient que gazes d'or et bouquets de fleurs en pierres précieuses. Aheul, la belle, était là, couchée sur un lit d'ivoire qui ressemblait à un autel.

« Et le prince gallois s'agenouillait à son chevet. En

parlant d'amour, il tenait dans ses mains une corbeille de nacre qui contenait toutes ses perles, tous ses dia-mants et tous ses saphirs.

« La princesse passait ses mains blanches dans les longs cheveux bouclés du perfide, et disait :

« — Mais pourquoi, cher prince, voulez-vous la clé de la porte de fer?

« — Pour tendre mes filets, bien-aimée de mon cœur, répondait le Gallois, et pour prendre tous les poissons de la rivière. Voyez comme ces perles ont un doux re-flet, comme ces diamants brillent, comme ces rubis ont des regards de feu ! Tout cela est à vous, et mon cœur et ma main, si vous avez pitié de mon innocente envie.

« Aheul sauta hors de son lit, et, marchant pieds nus le long des corridors, elle gagna la chambre à coucher de son père. Le bon roi Grallon dormait, plein d'hydro-mel. Il rêvait que ses vaisseaux avaient porté sur les côtes de l'Angleterre cent mille soldats qui saccageaient la ville de Londres.

« Aheul prit la clé d'or sous son traversin sans le ré-veiller.

« Et le Gallois eût entre ses mains la vie de tout un peuple.

« O mes enfants ! ô Bretons ! les vieux, les jeunes, les faibles, les forts ! les pères et les fils ! les époux et les femmes ! Ainsi périt la ville d'Is, la cité sainte et reine.

« Dieu frappa le roi aveugle et la folle princesse. Mais que maudit soit, ô Bretons ! aujourd'hui et demain, jusqu'à la fin des Temps, et pendant toute l'Eternité, l'Ennemi lâche qui tue sans offrir sa poitrine à la mort!

« Maudit soit l'Ennemi honteux! Maudit soit l'En-

nemi perfide ! Ecrasez-le, noyez-le, brûlez-le, fût-il à
l'abri du crucifix, sous le toit sacré d'une église ! Et dan-
sez du sabot sur sa chair morte écrasée, noyée, brûlée,
Bretons, fils des victimes ! Que votre cœur soit la porte
de fer ! Refermez votre cœur sur la haine de l'Ennemi,
pour que jamais, jamais, JAMAIS ! la haine de l'Ennemi
ne s'en puisse échapper !

« Car vous pensez quelle nuit ce fut !

« La mer entra ; c'était grand'marée, et la tempête
poussait de l'ouest furieusement, la mer entra par la
porte large ouverte. La mer monta d'étage en étage et
roula enfin par-dessus les toits de la ville décédée.

« L'ennemi regardait cela du haut de ses grands vaisseaux ; ses archers bordaient la digue. Tous les malheureux qui essayèrent de se sauver à la nage furent tués
— de loin.

« Au sommet du mont, quelque chose de blanc
brillait aux rayons de la lune. C'était la barbe de saint
Corentin, priant pour les trépassés.

« Et l'on dit que le prince gallois, promenant sa bar-
que au-dessus de l'aile orientale du palais, vit passer un
blanc cadavre au fil de l'eau ; une jeune fille qui avait
au cou un collier de perles, des diamants dans les cheveux, aux bras des émeraudes, des rubis et des saphirs.

« — C'est ma belle fiancée ! dit-il en riant.

« Puis ayant repris sur le corps d'Aheul, ses pierres
précieuses et ses perles, il poussa du pied le cadavre dans
les flots... »

Il y avait dans cette légende de quoi tapisser toutes
les chambres d'un manoir. Mais combien de milliards
de fois fallait-il passer la soie dans la trame du drap

19*

pour habiller seulement les hautes murailles du salon !
Il restait un petit coin qui n'était pas achevé quand les
doigts de Mme de Pontal, raidis par l'âge, devinrent im-
propres à cette subtile besogne.

Elle y renonça en soupirant et en disant :

— Si j'avais une fille !...

Voilà pourquoi ce grand garçon d'Hubert apprit à
broder.

Les yeux de Mme de Pontal ne valaient pas beaucoup
mieux que ses doigts. Elle aimait passionnément la lec-
ture. Hubert quittait parfois son aiguille pour prendre
un livre et lire tout haut.

La vieille dame disait en le regardant :

— J'ai eu mon bonheur sur mes derniers jours.

Un soir d'hiver, en 1866, le libraire avait envoyé un
volume traduit de l'allemand et tout nouveau, puisque
l'original avait été publié à Vienne, après la bataille de
Sadowa.

Ce n'était qu'un roman, mais il racontait une curieuse
histoire : l'histoire de l'espionnage prussien en Autriche,
avant la guerre.

L'auteur viennois avait dépeint d'une manière saisis-
sante le double malheur de sa patrie, d'abord empoisonnée par l'abus de l'hospitalité et ensuite assassinée de
loin, au moyen d'armes inconnues qui mettaient tout
l'avantage d'un côté, tout le danger de l'autre :

— C'est la légende de la ville d'Is, fit observer Mme de
Pontal à la fin du livre.

— C'est la légende de la guerre, répliqua Hubert, de
toutes les guerres. Il n'y a rien ici-bas de plus couard,
de plus vil, de plus scélérat que la guerre

— Ah ! par exemple ! s'écria la vieille dame, dans l'ancien temps, les chevaliers...

— Les chevaliers, interrompit Hubert, s'habillaient d'acier et perçaient de leurs lances les gens qui n'avaient que leurs épées.

— Dame ! fit la bonne mère, quand on peut se garer...

— C'est précisément cela ; les Prussiens ne font pas autre chose. Ils comprennent la guerre telle qu'elle est : lâche et sûre. Ils se garent.

Quelques semaines après cet entretien, Mme de Pontál s'éteignit dans les bras de son fils. Aussitôt après lui avoir rendu les derniers devoirs, Hubert songea à faire son tour d'Europe.

Et chose assez singulière, malgré la rigueur de la saison, il se dirigea vers le nord, commençant son voyage par le royaume de Prusse.

XXIV

HUBERT DÉCOUVRE LA PRUSSE

Nous nous serions exprimé très-maladroitement si quelqu'un pouvait prendre Hubert de Pontal pour un garçon à idée fixe, ou pis encore, pour un de ces bonshommes qui se donnent à eux-mêmes des « missions, » comme on dit dans les livres.

Loin de là, Hubert était un esprit réfléchi, c'est vrai, mais singulièrement insouciant et acceptant, sous réserve d'un certain scepticisme, les courants d'idées qui passionnent les opinions ou les sentiments.

Tout devait lui venir dans la vie comme à vous, je suppose, comme à moi, j'en suis sûr, par ce canal vulgaire et fantasque qui s'appelle le hasard.

Ceci soit dit pour ne pas mettre le mot Providence à toute sauce.

Hubert n'allait pas du tout à Berlin dans le but naïf ou sublime de redresser des torts nationaux. Il ne s'était pas dit en partant : « Je surprendrai le secret du tour de cartes qui met trop souvent l'atout dans la main des Prussiens. » Non : il était venu pour voir et pour savoir, en curieux, en philosophe, si le mot ne parait pas trop ambitieux.

Il regarda sans télescope ni loupe.

Mais comme il avait des yeux excellents, il vit et fut frappé.

Il fut frappé du caractère uniforme de ce peuple triste, lourd, presque sauvage par un bout, dépassant par l'autre les excès les plus rebutants de la civilisation, — mais grave, se prenant au sérieux, ce qui est une force incalculée, sachant souffrir malgré son brutal appétit de bien-être, et capable d'obéir, même à ce qu'il déteste.

Il fut frappé du double sentiment que transpiraient en quelque sorte tous les cuirs de cet immense troupeau, mené au sabre et au fouet par une tyrannie placée au-dessus de la discussion : le désir très-sincère de la paix, la croyance à la guerre inévitable.

Il fut frappé des préparatifs patents qui se faisaient en vue de la guerre, non pas seulement chez le roi, qui est l'Etat tout entier, malgré le mensonge des institutions parlementaires, mais chez les particuliers même les plus humbles.

Il fut frappé de la rancune profonde et non dissimulée, rancune que le temps semblait avoir aigrie au lieu de l'effacer, et que chaque Prussien gardait dans un coin de soi contre la France

Hubert était de Bretagne. En 1866, la Bretagne dé-testait bien un peu les Anglais, par habitude et peut-être en souvenir de la ville d'Is, si méchamment inon-dée ; mais personne ne s'y souvenait des Prussiens.

Notez que nous rions de nos ennemis, nous autres Français : cela désarme, dit le proverbe.

Les Prussiens ne savent pas rire.

Hubert fut frappé de cela. Pour lui, manifestement, ce peuple se préparait ainsi depuis cinquante-cinq ans, sans hâte, mais sans trêve.

Et ce peuple était convaincu que la France se prépa-rait aussi de son côté.

La voix de ce peuple s'enfle et frémit pour prononcer le grand mot : *Vaterland*.

Chez nous, on continue de rire, même en pronon-çant le mot Patrie !

Hubert fut frappé encore d'un autre symptôme : l'é-migration.

On dit : « C'est l'esprit allemand. » Certes, Molière a dit aussi que l'opium fait dormir parce qu'il porte au sommeil.

L'émigration, c'est la fatalité géographique. L'Alle-magne est le point exact où se concentra l'invasion bar-bare, et par conséquent le point d'où elle s'élancera de nouveau sur le monde.

Les émigrants sont des impatients à qui manquent le temps et les moyens d'attendre l'invasion.

Ce n'est pas le bonheur qui fait les aventuriers ou les conquérants, c'est le malheur sous toutes les formes : la faim, le froid, l'esclavage. Les populations qui souffrent sont toujours prêtes à s'élancer hors de chez elles. Partout ailleurs, en effet, elles sont certaines de rencontrer plus de bien-être et plus de liberté.

Hubert fut frappé enfin de ce fait que, sur la masse énorme des émigrés prussiens, un bon tiers se dirigeait vers la France. A ce compte, et sans autre calcul, l'hospitalité française devait nourrir des millions de Prussiens.

C'est une noble chose que l'hospitalité; elle a été célébrée par presque autant de poètes que l'affection de l'Arabe pour son coursier.

Hubert ne put s'empêcher cependant de songer au romancier de Vienne et à la façon dont cet auteur racontait le payement infligé par la reconnaissance des Prussiens à l'hospitalité autrichienne.

Tous ces émigrants allaient-ils chez nous dans le seul but de gagner leur vie?

Et n'y avait-il point, parmi eux, quelque maraud ou quelque gentilhomme capable de crocheter, à l'heure de la tempête, la serrure de la porte de fer?

Hubert de Pontal ne se creusa pas la tête à ce sujet. Quand il fut las de choucroûte, il revint par Cologne pour admirer la belle cathédrale, et par Aix-la-Chapelle pour contempler le tombeau de Charlemagne; puis, comme le printemps verdissait, il poussa vers les Vosges, tout content à l'idée de rentrer dans le grand paysage français.

Aux environs de Belfort, où il avait établi son quartier général de touriste, une espèce d'aventure lui arriva.

Un soir qu'il revenait de la montagne, il entendit de loin un coup de feu dont l'écho roula dans les gorges. Il regardait justement, aux derniers rayons du jour, les profils de la forteresse, et il lui sembla qu'un léger flocon de fumée montait au-dessus du rempart.

Quand il passa le long du glacis, une ronde rentrait.

— Allez au large, bourgeois! lui dit le caporal. Des fois, les factionnaires font des bêtises. On vient de tirer, après les trois : Qui vive! Heureusement que nous n'avons trouvé ni homme ni sang.

Hubert s'éloigna et pensa non sans orgueil :

— Voilà l'armée française : humaine du haut en bas!

Il avait vu, sous Mayence, une sentinelle prussienne *décrocher* un curieux qui flânait, après l'heure, le long des fossés, et qui se trouva être le second violon du théâtre, les poches bourrées de doubles croches. Le soldat qui avait tiré eut un thaler pour sa peine.

Hubert franchit un talus pour obéir au conseil du caporal. Il y avait derrière le talus une masse qui s'agita dans les maigres broussailles.

Et une voix faible dit :

— J'ai mon compte, c'est bien fait. Chrétien, secourez-moi, quoique je ne le mérite guère.

L'instant d'après, Hubert soutenait dans ses bras un jeune homme blessé qui luttait contre la mort.

— Elle a nom Jeanne Halloz, prononça-t-il avec beaucoup de peine, elle demeure au village de Danjoutin. Vous avez l'air bon, vous irez bien jusque-là et vous lui direz que j'ai eu ma fin faite pour elle.

Hubert lui mit le goulot de sa gourde dans la bouche. Le blessé, un peu ranimé, reprit :

— Voilà l'histoire. Nous nous aimions nous deux, Jeanne et moi. Le père Halloz voulait un gendre de mille francs, et je n'avais rien ; alors j'ai écouté ceux qui travaillent pour le gouvernement.

— Eh bien! fit Hubert, est-ce défendu, dans ce pays-ci, de travailler pour le gouvernement?

— J'entends l'autre gouvernement, répondit le blessé : le gouvernement qui paye, et j'ai promis, pour avoir les mille francs, de chaîner le contre-bord du glacis de bout en bout, côté nord et est. C'était de l'ouvrage. Je commençais ce soir ma onzième nuit.

Hubert comprenait et ne parlait plus.

— Ah ! continua le blessé, c'est bien fait. Je souhaite que tous ceux qui touchent à l'argent allemand aient le même compte que moi. Il y en a de l'argent! et des Allemands! Ici, ailleurs, partout! Ils se vantent d'avoir à Berlin le plan de toute la France, champ par champ, sillon par sillon. Ils sont dans les familles, ils sont dans les bureaux : celui qui m'a perdu commande à trois cents ouvriers de l'Etat et porte la croix d'honneur. Quand il a bu, il dit que nous serons Prussiens ici avant cinq ans. Il nous méprise en nous payant. Moi, il m'a appelé coquin, disant comme ça : « La différence c'est que, chez nous, on ne trouverait pas un Allemand pour trahir l'Allemagne! »

Le blessé mourut. Hubert alla chercher le caporal, qui avertit son lieutenant.

Le lieutenant dit, pendant qu'on portait le mort au corps-de-garde :

— S'en donnent-ils du mal, ces bêtas de Prussiens!

Hubert pensait en regagnant son gîte :

— C'est un grand peuple que celui dont on peut dire,

20

même en exagérant un peu : « On ne trouverait pas un Allemand pour trahir l'Allemagne! »

Hubert courut le monde pendant un an. Soit hasard, soit que les Allemands fussent en effet un peu partout, il rencontra beaucoup d'Allemands sur sa route, et cela le fit souvenir, chose qu'il n'avait point remarquée autrefois, que, même au fond de la Bretagne, les Allemands grouillaient. Il se rappela M. Fuchs, le sardinier d'Etel, M. Goetz, le maître de forges de la Trinité, M. Bock, l'armateur de Quiberon; son cordonnier, à Auray, s'appelait M. Schwartzchild, comme un banquier, et l'officier de santé du hameau de Pontal avait nom docteur Spiegelmeyer.

Quand Hubert, las de voyager, vint prendre ses quartiers d'hiver à Paris, l'année 1867 commençait : grande année qui mit dans l'enceinte de notre Champ-de-Mars l'Europe tout entière et un raccourci de l'univers, année glorieuse qui vit, dans le tas des souverains visiteurs, le roi Guillaume de Prusse et son précepteur, M. le comte de Bismark à Paris.

Nous ne pourrions plus dire tout à fait qu'Hubert de Pontal fût alors un garçon dépourvu de préoccupation. L'idée fixe avait déjà mordu son insouciance, et plus d'une fois il avait souri amèrement, au fond de sa rêverie solitaire, en songeant à l'inutile sagesse de cette barbe blanche, le grand saint Corentin, venant dire au Grallon de Bretagne : « Au nom du Père, du Fils et du Saint-Esprit, mon seigneur roi, tu es en marché de perdre ta couronne.... »

Non-seulement Hubert voyait le travail du prince gallois, en quête de la clé d'or, mais il lui semblait que la porte de fer elle-même était d'avance mal fermée et laissait sourdre par mille fissures le flot menaçant de l'inondation.

De plus, le sentiment parisien, aussitôt qu'Hubert l'interrogea, se hâta de répéter l'intelligente réponse du lieutenant de Belfort :

— Ils nous amusent, ces bêtas de Prussiens ! se donnent-ils assez de mal !

Car tout le monde les voyait. Ils travaillaient à découvert, et dans nos rues de Paris, où les sentinelles ne tirent pas après avoir crié trois fois : qui vive ! C'était une véritable orgie de noms prussiens sur nos enseignes.

Notre *Almanach des Adresses* baragouinait si indécemment qu'on l'eût dit imprimé en Silésie.

Je ne sais pas pourquoi on oublie si volontiers M. Adrien. En faisant la biographie d'Hubert, j'ai omis de dire qu'il avait connu et protégé, au collége de Nantes, un beau petit blondin plus jeune que lui, et si doux que les souris du réfectoire venaient manger son gâteau dans sa main.

Hubert le retrouva à Paris, propret, musqué, mauvais sujet avec mesure, don Juan plein d'économie, chevaleresque, mais supérieurement informé quant aux dots des princesses, timide, naïf, blanc, rose, myope, étourdi comme un hanneton, plaçant tous les mois une ronde petite somme supérieure à ses appointements du ministère.

Vous avez peut-être envie de connaître enfin son nom,

à ce cher garçon. Si nous ne l'avons pas encore écrit, ce n'était pas pour vous en faire mystère.

Il s'appelait le baron Adrien Von Berghem.

Quoi! lui aussi! La Prusse fournit donc des « monsieur Adrien » ?

Hélas! oui, et ceux de Prusse ne sont pas les moins aimables. Mais, en vérité, grâce pour celui-là! Il n'avait pas d'accent.

Seulement, malgré les appointements du ministère (le clairvoyant Hubert ne savait peut-être pas tout), M. Adrien cachait au fond de son armoire, sous son linge parfumé à la violette, son brevet de lieutenant-inspecteur des Éclaireurs Secrets.

Joli grade pour son âge, et qui lui permettait de blâmer dans ses rapports les mœurs du sergent Matifaz

XXV

CONVERSATION AVEC UN HOMME D'ÉTAT

Hubert resta d'abord comme ébahi par ce feu d'artifice allemand qui assourdissait et illuminait Paris. Berlin lui-même ne s'était pas montré à ses yeux si effrontément tudesque. Rossini vivait encore, mais c'était pour et contre Wagner qu'on se battait à outrance sous le péristyle de la bourse musicale. Tout le monde était Allemand, même aux Italiens. Les noms des compositeurs comme les noms des artistes finissaient uniformément en olf, en ick ou en bach ; on eût dit que personne en France ne s'appelait plus ni Martin, ni Bernard, ni Lavocat.

A la vraie Bourse, à la Bourse de l'argent, c'était bien

20*

autre chose. Les juifs portugais, eux-mêmes, se fanaient :
Mirès déclinait, Pereire agonisait. Plus rien que les ri-
mes en child, en uld, en irtz, en ürtz, en uhrer et en
ormspire.

Et ainsi partout.

Le boulevard entier disait : *Ponchur, mon ger, gom-
ment fus bordez-fus?*

Et les méridionaux eux-mêmes, désertant les bonnes
choses d'Arles qui donnent tant de montant à l'haleine
d'Hébé, se mettaient à répandre des odeurs de choux ai-
gres et de saucisses fumées.

Quand Hubert alla faire sa première visite à sa cousine Armelle, apportant mein herr Adrien sous son bras,
il trouva mein herr Matifaz à la porte et mein herr Hœfer dans le salon de mein herr Lion Rabbe.

Feu M. le marquis de Pontal avait laissé des souve-
nirs dans le monde officiel et dans le monde parlemen-
taire. Hubert n'aurait eu qu'à se laisser faire pour être
un homme du monde très-recherché. Son goût n'allait
pas de ce côté. Il se donna à lui-même le soin de regarder Paris comme il avait regardé Berlin. C'était tout un
travail.

A Berlin, la chose allait de soi. Hubert y cherchait et
y trouvait l'Allemagne. A Paris, Hubert chercha la
France sans l'y trouver.

On peut parler de ce carnaval. Paris l'a expié noblement et cruellement, par la gloire comme par le malheur.

Il y avait à la surface de l'océan parisien un vent de
débauche imbécile et effrénée. La gaieté était folle avec
un arrière-goût sinistre. Dans l'art dramatique, cela se

traduisait par des excès de bêtises tellement prodigieux que la postérité refusera d'y croire.

A cette bêtise beaucoup d'esprit était mêlé, cela va sans dire, puisque nous sommes à Paris; mais le poison moral n'en était que plus actif. Des compositeurs de talent, atteints d'une aliénation mentale naturelle ou volontaire, enveloppaient dans une harmonie cochinchinoise des vers qui semblaient jaillis par les égoûts de Bicêtre ou de Charenton.

Cela s'appelait tantôt des féeries, tantôt des opérettes, et Dieu me garde d'insulter à aucune forme de l'art! Il y eut parmi ces folies des libertinages de poètes. Quelques-unes sont presque illustres.

Mais on en sortait navré, — navré surtout du plaisir malade que la foule éprouvait à boire cette écoeurante ivresse.

Ils ne voulaient plus admirer, ni s'émouvoir, ni croire. Ils niaient le beau avec un enthousiasme de bossus en goguette. Ils prenaient la Vénus de Milo, ils lui mettaient des bras difformes, un faux-nez, une casquette de loutre, et ils la poussaient à l'avant-scène en hurlant : Oh! hé! Balochard, voici le sublime antique !

Et la salle hurlait aussi, petits crevés, czars en vacances, coquines endiamantées, Roberts-Macaires ayant fini leur journée, escargots sympathiques commençant la leur, poches à guinées et mains à poches, la salle entière vagissait d'allégresse sur le cadavre d'Homère assassiné.

Bien plus qu'assassiné, pendu, — puis décroché, — puis trainé dans la boue.

Il y avait trente théâtres à Paris, dont vingt-cinq gagnaient leur vie à danser cette carmagnole.

Sur ma parole, j'ai peur de radoter comme ces bonnes gens qui voient Voltaire au fond de toutes les infamies; mais je veux pourtant dire l'idée qui, plus d'une
fois m'est venue — en ce temps-là — et qui me revient.

Souvent je me suis dit : Si cette obcène formule n'a
pas été inventée par un fou, promis à la camisole de
force, elle doit venir de quelque lugubre Allemand,
transformé, par je ne sais quelle naturalisation, en pître
français, et, du coup, devenu épileptique.

Les uns prétendent que nous sommes guéris, ou peu
s'en faut, de cette honte; les autres affirment que nous
n'en guérirons jamais.

Hubert regardait ces mascarades de la pensée avec
tristesse. En lui naissait la manie que j'ai frayeur de gagner. Il voyait le Prussien dans tout.

Il voyait le Prussien dans le malaise général que ce
délire de surface recouvrait comme la casaque de clin-
quant cache la chemise en lambeaux de Paillasse.

Il voyait le Prussien, surtout dans la sourde fermen-
tation du travail manuel, qui s'agitait, criant misère, au
milieu d'une prospérité apparente incomparable.

Les grèves, qui ont duré jusqu'à la guerre, commençaient.

Et dans ces immenses galeries du Champ-de-Mars, où
Paris conviait à la paix tous les peuples, un allemand
apportait les statuts ébauchés de l'INTERNATIONALE.

L'histoire rétrospective d'Hubert de Pontal va finir
ici. Elle n'a plus qu'une page.

Un des derniers jours de l'exposition, Hubert se n-re

dit au Champ-de-Mars et vit une grande foule autour du
monstrueux canon Krupp, que la Prusse nous avait envoyé comme échantillon de son artillerie d'acier.

On ne pouvait pas approcher du canon. Il avait le
succès de la *Vénus aux Carottes.* Tout le monde riait à
l'entour, et un officier d'artillerie, tapant amicalement
sur la croupe d'acier du *Léviathan,* disait au milieu de
l'hilarité générale :

— En débitant cet objet adroitement, on en tirerait
cent mille douzaines de rasoirs...

— Tiens vous voilà ! Pourquoi ne venez-vous jamais
me voir, Pontal?

Ceci fut dit par un vieil homme, habillé en jeune
premier de théâtre, un peu moins serré cependant dans
sa jaquette que M. Virgile Matifaz, mais également
orné d'une cravate azurée que maintenait une épingle
de sporting-gentleman.

De loin, il avait l'air d'un « gandin » de 1855. De
près, c'était une momie.

— Monsieur le duc, répondit Hubert, je crains toujours d'être importun; mais j'avoue que je comptais me
présenter à votre hôtel. J'ai une communication à vous
faire.

— Ah bah! communiquez, mon très-cher, communiquez!

M. le duc passa son bras sous celui d'Hubert, et
ajouta :

— Tout le monde me regarde ici, vous allez me servir de contenance.

C'était un homme d'État, nous ne voulons pas vous
le cacher plus longtemps, illustre par sa poigne et par

son ménage. Néanmoins, il faisait erreur : personne **ne** le regardait.

— Quoique vous soyez éloigné du pouvoir, selon les apparences, commença Hubert, la France et l'Europe savent que votre crédit...

— Vous vous exprimez très-bien, mon bon, interrompit M. le duc. Pourquoi ne vous faites-vous pas député?... Allez !

— Ce que je vais avoir l'honneur de vous dire... continua Hubert.

— Je le sais par cœur et l'empereur aussi.

Hubert resta décontenancé.

— Mais, allez donc! fit l'ancien ministre en saluant de la main une jolie dame, un peu démissionnaire comme lui, mais qui avait un chien de toute beauté.

Il frétillait, figurez-vous, cet homme d'État, comme s'il avait eu des épingles sous son gilet de flanelle.

Hubert prit son courage à poignées, et très-modestement, après avoir eu bien soin de déclarer qu'il n'avait point la prétention d'apppendre quoi que ce fût à un personnage placé de façon à tout savoir, il exposa en termes concis et précis le résultat de ses observations.

— Entre la révolution qui monte et l'ennemi qui grandit, la France goguette, dit-il en finissant. Je ne suis rien qu'un patriote passionné, mais je ne puis m'empêcher de songer à ce lion de la fable, devenu si âgé et si malade, qu'il suffit pour l'achever du coup de pied d'un âne.

M. le duc avait bâillé plus d'une fois, nous devons lui

rendre cette justice, et salué une grande quantité de chiens, bercés dans les bras d'un égal nombre de dames.

— Vous pourriez faire un journaliste, dit-il avec bonté. Le trait de la fin est réussi, quoique faux. C'est précisément le talent de l'articlier. Voulez-vous que je vous mène aux *Débats?*... Votre père aussi était un homme d'esprit, mais naïf! Il croyait, dur comme fer, que *tout ça était arrivé*...

Nous prévenons amicalement le lecteur que M. le duc avait des mots d'artiste.

— Il ne manque pas de gens au château, continua-t-il, pour parler comme vous ; le vieux Mocquart ne sait plus que cette chanson-là. La Prusse! la Révolution! Je parie que vous avez pris la peine d'aller à Berlin? Tous ceux qui en reviennent répètent le même *cliché*.

— Si tous ceux qui reviennent de Berlin disent la même chose... voulut observer Hubert.

— *Des blagues!* fit M. le duc avec une agréable miliarité. Les Prussiens se font des réclames à eux-mêmes et les naïfs leur donnent de la publicité. La puissance de la Prusse! l'unité allemande! fadaise!... Bonjour! bonjour! je songe à votre affaire.

Ces derniers mots étaient adressés à un pâle cavalier d'apparence poitrinaire, qui passait au bras d'une adorable femme.

— Savez-vous qui c'est? demanda M. le duc. Quant on parle de loup... c'est de G..., l'ambassadeur de Prusse, un charmant garçon dévoué jusqu'aux ongles. Ah! ah! l'unité allemande! et les bénéfices de Sadowa! Essayez de faire l'exercice avec le gros canon qui

est là-bas, et vous verrez ce que valent les atouts du
roi Guillaume! Et savez-vous de quelle affaire je lui
parle? Ce pauvre de G... est bien dans ses petits
souliers! L'affaire met Berlin aux cent coups! Voyez-
moi ça!

M. le duc tira de sa poche le sixième numéro d'un
journal qui portait pour titre la *Situation*.

— Connaissez-vous? demanda-t-il. Non. C'est étonnant, car ça fait un tapage d'enfer. Ah! ah! le *Vaterland!* L'unité! La patrie allemande! On arrange bien
toutes ces *balançoires* là-dedans... et savez-vous par qui
c'est fait? Par le roi de Bavière, par le roi de Hanovre,
par le roi de Saxe et autres fractions de l'Unité qui ont
pour caissiers les banquiers de Francfort! Et allez
donc!

Il fourra la *Situation* dans la poche d'Hubert, et reprit :

— Voilà pour la question prussienne, mon bon. Ètes-
vous fixé? J'ajoute seulement que leurs canons d'acier
éclatent comme des obus et que nos chassepots portent
à quatre cents mètres plus loin que leurs seringues à aiguille. En outre, ils n'ont pas le sou.

— Alors, s'écria Hubert, comment payent-ils cette
nuée d'espions?

— Aussi nombreux que les sauterelles d'Égypte, hein?
coupa M. le duc en éclatant de rire. *On la connaît, celle-
là!* Autour de chacune de nos forteresses, il y a cent
mille hommes appointés pour lever des plans! Depuis le
temps qu'ils lèvent toujours les mêmes plans, le roi Guillaume doit en avoir des doubles plein ses granges! Tant

mieux! Alors il sait que nos forteresses sont imprenables. Et puis, que prouvent les espions? La peur... et puis, il n'y a pas d'espions : les trois quarts de vos Prussiens sont de Strasbourg; c'est le nom qui trompe. Il faudrait donc renvoyer Fould et Oppenheim? Il faudrait ramener Haussmann à la frontière entre deux gendarmes? Et Rouher lui-même... Il est du Cantal, mais son nom rime un peu avec Schneider, que j'oubliais... Allons! allons! passons à la révolution, car ça m'amuse de vous battre ainsi à plate-couture!

Ici, M. le duc salua deux étoiles en habit noir qui formaient le centre de deux groupes dans le transept.

— Nigra, murmura-t-il, et Metternich, deux gaillards qui se mettraient dans le feu pour nous! Et c'est la même chose aux ambassades d'Angleterre, de Russie, de Turquie, etc. Si la Prusse bougeait, nous prendrions l'Europe par la peau des reins et nous la lui lancerions à la tête... Aux rouges, maintenant! Mon cher garçon, vous savez que je suis un libéral. Plonplon et moi nous n'entrons pas du tout, mais du tout, dans les chaussettes des chambellans. M. de Bismark est bien capable de solder les grèves et d'offrir de petits cadeaux à l'émeute; il a du talent, je ne dis pas non, mais après? Si je trouve, moi, que les grévistes ont raison? Les patrons pleurent toujours, ils m'ennuient. Connaissez-vous Pinard? C'est pour vous dire que vous n'en savez pas plus long sur l'émeute que sur les Prussiens. Il peut être bon que l'émeute se montre. Quand on voudra l'émeute, on prendra Pinard. Et quand on aura assez de l'émeute, on rependra Pinard au porte-manteau.

La France est un instrument dont il faut savoir jouer. Nous avons une marge énorme : Mesurez l'abîme qui sépare Rouher d'Olivier : quarante ans de voyage! Et après Olivier, il y a Picard. Ne riez pas, c'est une fourchette. Et après Picard, il y a Jules Favre. Ne haussez pas les épaules, il est bien élevé et il va à la messe. Et après Jules Favre... Mais pour aller jusque-là, c'est cent ans. Nous serons morts, et ces messieurs aussi, et les Prussiens, et les émeutiers. Bonsoir, cher, ne soyez donc pas si rare. A votre place, j'essaierais de la diplomatie...

M. le duc accosta une dame qui avait deux chiens, et continua de frétiller entre eux trois.

Ce fut le soir de ce jour qu'Hubert de Pontal commença à broder son lion et son âne.

XXVI

LE CACHOT DE M. ADRIEN

Nous avions laissé notre histoire au moment où Hubert montait en voiture à la suite de son entrevue avec Armelle de Mariaker, et ordonnait à son cocher de le conduire à la préfecture de police.

Le lecteur a pu remarquer que dans les pages consacrées au passé d'Hubert de Pontal, il n'a jamais été question d'Armelle. Nous en avons agi ainsi à dessein et pour rester dans l'exacte vérité.

Un grand, un puissant amour s'était glissé dans le cœur d'Hubert à son insu, et pendant qu'il se croyait exclusivement occupé d'autre chose. Cet amour, dans le passé, était muet. Nous avons entendu sa première parole.

Dans l'antichambre de M. le préfet, il y avait des visiteurs qui attendaient. Hubert fit passer son nom et fut introduit aussitôt chez le chef de la police, qui, à l'exemple de M. le duc, l'accueillit par cette question affectueuse :

— Pourquoi ne vous voit-on jamais?

Pendant qu'Hubert était dans le cabinet, deux agents du service de sûreté y furent mandés, l'inspecteur Ruault et l'inspecteur Leroy-Louban, qui passaient tous deux pour des retors de première force.

Hubert les emmena dans un bureau voisin, et employa un bon quart d'heure à leur donner des instructions. Les noms de Virgile Malifaz et de Tourterol furent plus d'une fois prononcés.

Hubert, avant de congédier Ruault et Leroy-Louban, leur donna rendez-vous à une heure de là, au coin du boulevard Haussmann et de la rue du Faubourg-Saint-Honoré.

Puis il traversa les cours intérieures de la préfecture et gagna l'escalier de la Conciergerie.

Il se faisait tard déjà. M. Adrien était assis sur sa couchette et regardait mélancoliquement le jour baisser à travers les barreaux de sa cage.

Pauvre petit M. Adrien! ces longues heures de solitude avaient un peu abattu l'enthousiasme de sa chevalerie; non pas qu'il regrettât son généreux dévouement, mais il aurait bien mieux aimé être chez lui.

Et qu'allait-on dire au ministère?

M. Adrien espérait qu'on dirait :

— Voilà où mène cette vie de don Juan!

Ah! celui-là n'était pas un Prussien bien farouche! Si vous voulez, nous allons conter à fond sa petite histoire en deux mots.

En 1815, lors de l'invasion, les Prussiens avaient poussé jusqu'en Bretagne, où ils se conduisirent très-bien, peu rassurés qu'ils étaient, si loin du gros de l'armée.

On s'en souvient encore un peu dans la ville de Redon, où les vieilles gens racontent qu'il y eut une garnison mi-partie russe, mi-partie prussienne. Ils ajoutent que les Russes crachaient quand ils voyaient passer un Prussien.

Dans le contingent prussien se trouvait un lieutenant blanc et rose, aussi rose et aussi blanc que M. Adrien lui-même, et qui s'appelait le baron von Berghem : il avait seize ans. Il se battit en duel avec un Russe qui l'avait appelé *Jung-frau,* et reçut un grand coup d'épée à travers la poitrine. Quand le contingent s'en alla, le baron était encore étendu sur son lit entre la vie et la mort.

Le lit de M. le baron était à l'hôtel de Kerkarabosq, où il y avait une jeune demoiselle Adrienne, bien gentille, ma foi! et tendre comme de la mie de pain. Je ne donne pas l'anecdote comme incroyable à force d'originalité : M. le baron et Mlle Adrienne s'étant plu réciproquement, on fit leurs noces en l'année 1818.

Mais notre Adrien ne vint au monde qu'en 1844, après vingt-six ans de stérilité. Sa mère et son père en moururent.

21.

Il fut élevé au collége de Nantes; puis ses parents prussiens le réclamèrent et obtinrent pour lui le grade de lieutenant, mais avec ordre de résider en France.

A Paris, il était aussi parfaitement Français que Prussien à Berlin. Pour arrondir un peu sa solde de lieutenant, il accepta au ministère de l'intérieur l'important emploi d'attaché auxiliaire au bureau de la taille des plumes. Ce pourquoi on lui donna 1,800 fr. par an et la confiance du gouvernement.

Nous espérons que l'étymologie de M. Adrien expliquera son caractère. Du Prussien il avait la gaucherie, des Français le tempérament galant et la vanité.

Nous avons préconisé les croisements de race ci-dessus, mais il ne faut pas que les croisés attendent vingt-six ans pour produire.

Je pense qu'il devait à la vétusté de ses bons parents, plus encore qu'à son origine tudesque, l'esprit d'économie et la mignonne avarice qui se cachaient si drôlement sous ses prétentions au titre de petit libertin.

M. Adrien, tout en regardant le coin de mur verdâtre qui bouchait la vue à trois pas de sa lucarne, songeait à ses amours.

Une chose l'étonnait et l'humiliait un peu. Il était bien sûr d'être au secret le plus rigoureux, et pourtant son geôlier n'avait point fait difficulté de lui procurer encre, plumes et papier.

Est-ce que, même en prison, ils allaient le traiter en homme sans conséquence?

Il y avait quatre lettres rangées sur son traversin.

A côté des quatre lettres, un joli carnet à contredanses était ouvert à une page pleine de noms et de chiffres.

Le premier nom était Armelle, le premier chiffre 400,000 fr., avec cette mention : « Obligations de Lyon. »

Virgile Matifaz ne se trompait pas : M. Adrien avait causé avec la pauvre Françoise !

Soyez tranquilles, les chevaliers prussiens savent où ils mettent le pied.

La première des quatre lettres était adressée à l'ambassade de Prusse.

La seconde, la troisième et la quatrième à Mlle Laurentine, à Mlle Clémentine et à Mme la vicomtesse.

Les noms de famille vous importent peu.

D'abord Mlle Laurentine n'en avait pas. C'était l'amour qui danse, qui chante et qui rit, l'ombre des bois, la friture, la jeunesse, et au bout des doigts le noir que produit l'aiguille. Ce pauvre Adrien l'aimait bien. Il lui avait donné une fois un bâton de réglisse.

Quant à Mlle Clémentine, il est des nécessités de position.

Le sous-chef de M. Adrien était « en famille, » comme on dit au bureau. Adrien portait des bonbons, quand la vicomtesse en donnait, quelquefois même une petite loge de pourtour. Et Clémentine, un peu pâlote, un peu sentant le renfermé, avait de si doux yeux noirs sous sa chevelure d'ébène ! Les petits blonds adorent cela.

M. Adrien aimait bien sa Clémentine. Mais elle n'avait que trente-cinq mille marqués sur le carnet.

La vicomtesse? à tout page ne faut-il pas une châtelaine? Il était si timide! Elle avait promis de le former. Tenez, elle n'était pas toute jeune, mais elle s'habillait chez Wurtz, et tout ce qu'elle portait sentait bon. M. Adrien montait quelquefois dans sa voiture, si belle, dont les panneaux écussonnés brillaient; le vent emportait les boucles de ses cheveux (et elle en avait pour une somme importante) jusqu'à la joue d'Adrien, qui l'aimait bien, et qui n'y perdait pas.

Mais alors, et Armelle?

Il l'aimait bien, bien, bien! Dans ce petit homme, il y avait tout uniment un très-grand cœur.

La porte de la cellule s'ouvrit et M. Adrien eut à peine le temps de cacher le carnet aux dots. Hubert de Pontal entra, les deux mains tendues.

— Ah! s'écria M. Adrien, merci! Tu ne m'abandonnes pas, toi!

Mais il ajouta :

— Je ne suis donc pas au secret du tout, puisqu'on vient me voir?

— Si fait, répondit Hubert, tu es au secret, et même ton affaire n'est pas bonne, à cause de ce maraud de Matifaz, qui t'accuse d'avoir fait la cour à sa femme.

— Tu ne crois pas cela, Hubert! s'écria le prisonnier, qui bondit sur ses pieds. Je suis déjà bien assez malheureux!

Hubert l'embrassa en disant :

— Nous te tirerons de là, mon pauvre garçon.

— Sans compromettre Armelle, n'est-ce pas?

— Quant à cela, je te le promets! prononça M. de Pontal d'un ton grave.

M. Adrien le regarda. Hubert reprit par forme d'explication :

— Puisqu'elle est ta femme.

— C'est pourtant vrai ! Elle est presque ma femme.

— Il n'y a pas de *presque*; M. et Mme Rabbe savent tout.

— Voilà donc ma jeunesse finie ! soupira M. Adrien.

— Et bien finie ! appuya Hubert de ce même ton tranchant qui avait étonné tout à l'heure M. Adrien.

Hubert prit la chaise unique qui meublait la cellule du prisonnier; mais, avant de s'y asseoir, il avisa les quatre lettres étalées sur le traversin.

— Ah! ah! fit-il, ta correspondance? Je vais m'en charger, si tu veux.

— C'est que... balbutia Adrien.

Hubert avait déjà les quatre lettres à la main. Il mit celle de l'ambassade dans sa poche.

— Je la porterai moi-même aujourd'hui, dit-il.

Et il déchira tranquillement les trois autres.

— Ah çà!... s'écria M. Adrien, qui devint rouge comme un coquelicot.

— Tu es marié, prononça gravement M. de Pontal.

— Mais, marié...

— A ma cousine !

Il y eut un silence. M. Adrien n'était pas content.

— Qu'as-tu donc? demanda Hubert. **Tu l'aimes, je suppose?**

— Comme jamais femme ne fut aimée! répondit M. Adrien d'un ton emphatique, sous lequel perçait un peu de froideur.

— Tu comprends ma position, n'est-ce pas? reprit Hubert. Les Rabbe ne sont rien pour moi. Je me regarde comme son seul parent. Et puis, si elle n'avait pas eu cette inclination pour toi, je crois que je l'aurais épousée.

— Vraiment! tu crois?

— Mon Dieu! oui, un peu comme Booz épousa Ruth.

— Oui... Booz était riche...

— Et Ruth pauvre.

— Est-ce que M{^{lle}} de Mariaker?...

— Qu'est-ce que cela te fait? interrompit Hubert.

— Cela me fait plaisir, répondit M. Adrien noblement.

Hubert lui secoua la main.

— Tu es un brave garçon, dit-il; mais tu comprends, nous avons vécu ensemble, je te connais. Les Anglais appellent cela *flirter*. Avec toi, les choses ne vont jamais bien loin, mais il en faut si peu pour rendre une jeune femme malheureuse!

M. Adrien rougit encore. C'était cette même colère désolée qui l'avait pris dans la chambre d'Armelle quand il s'était aperçu que la jeune fille n'avait pas peur de lui. Evidemment il avait une violente tentation de protester contre cette phrase : « Avec toi, les choses ne vont jamais n loin. »

Mais M. de Pontal ne lui en laissa pas le temps.

— Ainsi, donc, reprit-il, plus de Laurentine, plus de Clémentine, plus de vicomtesse; je suis là, je veillerai. Tu es marié. Regarde-moi comme ton beau-père et marche droit!

— Ma jeunesse est finie, répéta M. Adrien d'un ton mélancolique; bien finie!

Hubert se leva.

— Tu sais, dit-il, je n'ai pas d'inquiétude. Tu feras le meilleur mari de l'univers. Cette aventure-là va te mettre du plomb dans la tête, et je te vois d'ici, réglé comme une pendule, partant le matin avec ton parapluie pour aller à ton bureau, et avec ton parapluie rentrant le soir au sein de ton petit ménage.

La figure de M. Adrien exprimait une sorte d'horreur.

Hubert l'embrassa encore.

— Maintenant, reprit-il, je vais travailler pour toi. Je sais ton affaire sur le bout du doigt. Qu'est-ce qu'il faut dire à ton Armelle?

— Que je l'aime de toutes les puissances de mon âme, répondit M. Adrien avec accablement.

— Tout va bien. Bonsoir. Je reviendrai demain.

Hubert se retira. M. Adrien, resté seul, fourra ses dix doigts dans ses cheveux blonds et laboura sa tête à tour de bras. Quand il fut bien ébouriffé par ce manége, l'expression de sa physionomie devint tragique.

Il reprit son carnet et le rouvrit à la page des dots.

— 400,000 francs! dit-il. Le capitaine Rabbe est

un affreux coquin. Si le reçu est parti, il ne donnera rien.
.. . Le plus beau chiffre de la liste, après la dot d'Armelle,
appartenait à une demoiselle Magarethe, de Berlin.

— Gretchen! soupira Adrien, chère Gretchen! elle
m'attend! Et là-bas, c'est la patrie allemande... Ah!
mazette! mazette! Bureau, ménage, parapluie!... Voilà
ce que j'appelle une bête d'aventure!

Les inspecteurs Ruault et Leroy-Louban attendaient
fidèlement au coin du boulevard Haussmann et du faubourg Saint-Honoré. La brune venait.

Quand Hubert les accosta, Ruault dit :

— J'ai vu les deux agents qui étaient à l'enquête. Pas
forts. J'ai engagé Barré.

— Le Barrabas, dit à son tour Leroy-Louban, s'appelle Chardet, le père Chardet. Il demeure ici tout près,
rue de Monceau. Il a découché pendant huit jours. C'est
un alcoolisé. Malgré son nom français, il a l'accent allemand très-fort.

Hubert traversa le boulevard et prit la rue de Monceau; les deux inspecteurs le suivirent.

— Bonsoir, Madame Eustache, dit Leroy-Louban, en
mettant sa tête à la porte de la loge. Le monsieur de ce
pauvre père Chardet est venu ce matin?

— Le monsieur! répéta la concierge. Ah! oui, oui,
c'est lui qui vous aura dit mon nom. Eh bien! moi, je
ne sais pas le sien... Vous êtes trois, rien que pour le
père Chardet? Il en a des connaissances! Je parie qu'il
y a un médecin parmi vous.

— Juste, Madame Eustache! répondit Leroy-Louban.

La bonne femme prit un air embarrassé.

— Le monsieur de ce matin est un bon monsieur, dit-elle. Ce n'est pas que j'aie oublié sa commission, mais si vous saviez comme on est bousculée dans ces maisons de malheureux! Je n'ai pas eu un moment, quoi! Il m'avait dit de lui porter un potage et un blanc. Tout ça mijotte encore sur le fourneau. Est-ce que vous allez monter?

— Certainement, ma bonne madame Eustache.

— Ce n'est pas pour manquer au respect que je vous dois, mais si j'osais vous prier de lui donner son dîner... Voilà la soupe et voilà le rôti.

Elle mit une assiette couverte dans les mains de Leroy-Louban, une écuelle dans celle de Ruault, puis elle ajouta en apportant un vieux chandelier à Hubert :

— Et le médecin tiendra la lanterne! Vous me direz en redescendant s'il a besoin de quelque chose.

Hubert et ses deux compagnons étaient déjà dans l'escalier. Pendant qu'ils gravissaient la première volée, Mme Eustache leur donnait d'en bas de minutieuses explications pour trouver la porte du père Chardet.

Leroy-Louban, qui marchait le premier, reconnut la porte, toute en haut de la maison, et frappa. Il n'eût point de réponse.

— C'est votre souper, papa, dit-il.

Et il frappa de nouveau.

Point de réponse encore.

— Ouvrez, ordonna Hubert.

Leroy-Louban pesa sur le loquet. La porte s'ouvrit, donnant passage à une insupportable odeur de misère et d'eau-de-vie.

Les deux inspecteurs entrèrent, puis Hubert, et dès

22

que la lumière, tenue par ce dernier, éclaira le grabat, Ruault dit :

— Il est mort.

Leroy-Louban s'approcha. C'était vrai. Le père Chardet avait dû passer de vie à trépas dans une effrayante convulsion, car la bouteille apportée par Lion Rabbe restait encore dans sa main droite crispée. Le goulot en était brisé, — et les morceaux de verre, collés à la bouche du mort par la liqueur visqueuse et le sang, témoignaient que le goulot avait été broyé par les dents du buveur.

Par terre, il y avait un litre vide.

L'eau-de-vie répandue sur le lit exhalait d'atroces odeurs.

Les deux inspecteurs se regardèrent.

— Tiens, tiens, tiens ! fit Leroy-Louban.

— Ah ! mais oui, répartit Ruault : c'est arrivé à point ! Mazette ! Elle a l'air curieuse, cette combinaison-là !

En repassant devant la loge, Hubert de Pontal rendit le chandelier et dit :

— Il n'a plus besoin de rien.

Leroy-Louban remit le blanc de poulet et Ruault le potage. Madame Eustache fit le signe de la croix.

— Une personne qui s'intéressait à ce pauvre malheureux, ajouta Hubert, donnerait volontiers quelque chose pour avoir une relique de lui : son carrick et son chapeau.

— Ça ne coûterait pas cher à l'hôtel Bullion, répondit Madame Eustache, on vous les gardera.

Et ce fut tout.

Ce même soir, vers neuf heures, dans le petit salon
Rabbe, tout le monde était à son poste : M. Charles
Hœfer au piano, M. de Pontal à sa broderie.

Clémence et Armelle ne faisaient rien.

Entre Armelle et Hubert, aucune parole n'avait été
échangée, pas même un regard.

M. Rabbe se promenait de long en large, les mains
croisées derrière le dos. Il racontait une bonne fortune
vraiment surprenante qui venait de lui tomber du ciel.
C'était, et il le faisait remarquer, la quatrième depuis la
veille, en comptant sa décoration.

— Vous allez juger de l'état où était l'affaire, disait-
il en s'adressant spécialement à M. de Pontal. J'avais
330 actions de fondation. Me trouvant gêné l'année
dernière, je voulais en faire de l'argent à tout prix. On
m'en offrit mille écus en bloc ! Autant valait les garder,
hein ? Ce soir, je les vois reparaître en Bourse de Berlin... Tenez plutôt, voici la *Gazette de la Croix*, voyez :
Houillères de Crombach, 670 fr.

— Ma foi, oui, dit Hubert, qui jeta les yeux sur le
journal. J'ai l'addition difficile, mais ça doit faire une
bien jolie somme.

— Deux cent vingt mille cent francs ! s'écria Clémence, qui avait fait le calcul sur un bout de papier.

Hubert enfila une aiguille de soie.

— Il faut jeter votre anneau dans la mer, cher monsieur Rabbe, dit-il gaiement, ou bien ce vieux farceur de
Destin vous jouera quelque tour pendable !

XXVII

LA VOITURE DE DEUIL

Le lendemain, vers deux heures de l'après-midi, par un magnifique soleil, le convoi de la pauvre Françoise Matifaz se dirigeait de l'église Saint-Philippe-du-Roule au cimetière Montmartre. C'était un bel enterrement et digne de la chaise à appuie-coudes que Françoise laissait en héritage à la fabrique. Armelle de Mariaker s'était chargée de tous les frais, malgré les sages représentations de Clémence Rabbe.

Les journaux avaient parlé. A la grande mortification de Virgile, la « cause célèbre » faisait son chemin sous ce titre humiliant : L'*affaire de la belle portière*. Le pu-

blic en savait déjà aussi long que M. Chabert, le substitut, ou que M. Courand, le commissaire de police. Il y
avait deux camps : les partisans de la culpabilité du petit jeune homme myope, M. Adrien, et ceux qui tenaient pour le Barrabas des mansardes, Maquin, rentier.

La marmotte, le carrick et les chaussons de lisière faisaient fureur.

On parlait du musée Matifaz, ce qui consolait bien
un peu le conservateur. Il était déjà venu des Anglais.

Les trois journaux les plus civilisés de Paris promet-
taient, pour le lendemain, les portraits en pied du bahut
à deux étages, de la potiche cassée et du cric malais. Il
ne faut pas nier la mission de la presse.

A la sortie de l'église, il y avait beaucoup de monde.
Virgile dit à Tourterol, qui l'accompagnait fidèlement
dans cette douloureuse circonstance :

— Avec un peu de publicité, on aurait refusé du
monde !

Et c'était l'exacte vérité. Paris, ce gigantesque bébé,
peut envoyer cent mille badauds aux spectacles de cette
sorte, quand il est convenablement averti.

Le convoi se mit en marche, escorté de trois voitures
de deuil. Dans la première étaient M. Matifaz, en grande
tenue, et M. le marquis de Tourterol, vêtu de neuf
de la tête aux pieds. La toilette le relevait considérablement. Il aurait pu passer pour un employé des Pompes
funèbres.

Dans la seconde voiture, Armelle de Mariaker suivait,
avec sa femme de chambre Berthaud.

22*

M. et Mme Rabbe avaient fait une **apparition à** l'église. Clémence détestait la vieille religion à cause des quêtes, mais elle n'aimait pas non plus (quoiqu'elle eût bien la figure et la tournure d'une révendicante), la nouvelle foi conférencière, à cause des cotisations.

Quant à M. Rabbe, deux propriétaires du quartier échangèrent, à son sujet, ces observations caractéristiques :

— Il est tout changé. On dit qu'il met en vente.

— Ces histoires-là sont ennuyeuses. Moi, j'ai eu mon couvreur. Tous les couvreurs qui se cassent les reins laissent la même veuve et les mêmes sept enfants.

— C'est réglé. Irez-vous voir ?

— J'ai été. Bien bâti, style bête, parquets mosaïque jusqu'à la cave. Des Allemands !

— Comment est-ce fait chez eux ?

— Des housses.

Dans la troisième voiture, Hubert de Pontal était monté après avoir salué gravement Mlle de Mariaker. Il avait avec lui deux messieurs en habit noir.

Derrière venaient, à pied, les gens du voisinage en assez bon nombre et quelques curieux. Les dames-concierges de la maison de droite et de la maison de gauche se croyaient obligées de pleurer ; voici pourquoi :

— C'est le quartier, disaient-elles à tour de rôle. Ça aurait pu nous arriver tout aussi bien comme à elle !

Au dernier rang marchait Thomas Chuche, tout seul.

— Là ! fit M. de Tourterol en s'asseyant dans un coin

du fiacre funèbre avec un soupir de bien être. On va pouvoir en brûler un petit, personne ne verra.

— Pas pour le moment, dit M. Matifaz, qui refusa le cigare qu'on lui offrait. Tu peux ricaner. Ça me fait quelque chose de penser qu'on va la mettre dans le trou. Une femme si dodue! Finis ton histoire. Est-ce que 'est cle patron qui t'a fait cadeau de cette pelure?

Il éprouva en connaisseur le drap de la redingote de Tourterol.

— Ah! mais oui, c'est lui! s'écria ce dernier, et il m'en fera d'autres, des cadeaux! Te souviens-tu? la nuit d'avant-hier, je te prédisais que j'allais changer de peau par suite d'une grande affaire. Je ne l'avais pas encore, mais je la flairais. Maintenant, je la possède...

— Et tu m'avais promis le partage, interrompit Matifaz, parce que je suis le veuf de la personne dont le malheur est l'occasion de la première idée de la possibilité...

— Ne fais pas de phrases, petit! Le Prussien peut avoir des capacités, mais il ne vaut rien pour l'éloquence. Tu es le veuf, tu ne seras pas le bœuf.

Matifaz eut un bon rire.

— Ah! l'esprit français! dit-il. On t'écoute, satané farceur.

— En propre, continua Tourterol, l'affaire, appartient à Thomas Chuche; mais outre que ma position présente exige de la tenue, je vais rompre le fil coupable qui m'attache à sa femme. Thomas Chuche n'est pas à la hauteur de mes combinaisons.

— Un propre-à-rien d'honnête homme! gronda Virgile indigné.

— Juste ! et qui n'en a pas honte ! Tu sais, ces idiots-là ont une chance de rat ! L'affaire lui est tombée deux fois sur la tête, si fort et si dur qu'il a failli en être assommé... Où en étais-je ?

— Tu en étais à ce que tu t'es présenté au bureau de M. Lion Rabbe, rue Taitbout, et que tu avais parlé à M. Hœfer...

— Encore un Prussien ! Dans un autre pays, il y aurait encore là une affaire qui serait de dénoncer tout votre mic-mac allemand. Mais chez nous, bernique ! Le gouvernement est si fort, si fort, qu'il joue aux boules à-z-yeux bandés. Ça le regarde... Et t'avais-je dit pourquoi j'allais chez le Lion Rabbe ?

— Non, pas encore.

— Ça va t'amuser. La fameuse nuit, un peu avant que nous revenions des Acacias, Thomas Chuche rentrait avec son coup du soir sous le bonnet. Quand il a son coup, il prend toutes les portes pour la sienne. Il essayait donc de rentrer dans la maison n° 13, juste au moment où l'assassin sortait de faire la fin de ta femme.

— Et il l'a vu ? s'écria Matifaz.

— Pas tout à fait, mais il l'a senti, car l'assassin lui a passé sur le corps après l'avoir étendu les quatre fers en l'air d'un coup de poing monstre. Voilà la chance !

— S'il ne l'a pas vu... commença Virgile.

— Attends donc ! que dis-tu de ça, toi ? D'un particulier qu'on rencontre nez à nez le lendemain du coup de poing, et qui se trouble à votre vue, et qui vous met deux louis dans la main, en vous disant : je m'intéresse à vous tout plein, mon bon monsieur Thomas Chuche.

venez me voir. Ma sympathie me suggère la pensée de vous faire un sort à l'abri du besoin...

— Bah ! fit Virgile, qui se rapprocha involontairement. Et ce bêta de Chuche n'a pas deviné ?

— Non, répondit M. de Tourterol, Thomas Chuche n'a pas deviné, mais attends donc. Je suis son bon ange à cet homme-là. Il me consulte en tout et pour tout. J'ai pincé d'abord les deux louis et je lui ai dit : « Thomas ! tu cours à ta perte. Puisque tu étais là-bas à l'heure du crime, tremble ! tu peux passer pour en être l'auteur !... »

M. Matifaz ne se souvenait pas d'avoir jamais entendu une si joyeuse histoire.

Le convoi montait lentement la rue de Clichy, — mais qui donc songeait au convoi ?

— Voilà pourquoi, reprit Tourterol, j'ai été au bureau de M. Rabbe.

Virgile resta bouche béante à le regarder.

— Ça t'étonne ? Le Lion Rabbe me reçut du haut de sa grandeur. J'avais encore ma vieille redingote. Il me dit : « Qu'est-ce que vous voulez, vous ? » Je mis les deux louis sur la table et je répliquai tranquillement : « Je suis l'ami de M. Chuche, et je vous remets cet argent auquel il n'a pas droit. »

M. Rabbe baissa les yeux et sa joue devint blême. Il me sembla que, depuis la veille, il avait plus de poils gris dans ses cheveux blonds.

Et sur son front chauve, la sueur poussait. Ça prenait, par endroits, une teinte plombée. Il me demanda pourtant, d'un ton de plus en plus rogue :

— Pourquoi n'aurait-il pas droit à de l'argent que je lui ai donné par charité?

— Parce que, répondis-je, il ne vous a pas reconnu, l'autre nuit, à la porte de la loge.

Un cercle se creusa sous ses yeux. J'ajoutai bien doucement :

— S'il vous avait reconnu, ce ne serait pas qurante francs que vous lui devriez pour l'avoir assommé comme un bétail à l'abattoir, vous concevez, mon capitaine?

A ce dernier mot, il me regarda fixement.

— Vous n'êtes pourtant pas allemand, me dit-il.

— Non, répondis-je, la France est ma patrie; mais j'ai travaillotté à la grève des cochers dans l'escouade du sergent Matifaz. L'Allemagne m'a déjà des obligations pas mal.

Le char funèbre s'arrêtait à la porte du cimetière Montmatre : ceux qui étaient dans les voitures descendirent. Virgile, accablé par la douleur, s'appuya au bras de M. Tourterel.

— Continue, vieux, dit-il, c'est rudement amusant!

— Essuie voir un peu tes yeux, conseilla Tourterol, la demoisselle te regarde. Elle ferait un joli brin d'amoureuse au théâtre des Batignolles, au moins, cette gamine-là!

Virgile se bouchonna la figure avec son mouchoir, et Armelle lui envoya un signe de tête compatissant.

Virgile lui rendit un salut humblement reconnaissant et dit :

— Toi, mademoiselle, sois tranquille! on va faire un sort à ton petit mouchard de lieutenant!

— M. Hœfer est aussi lieutenant, n'est-ce pas? demanda Tourterol.

— Oui, d'artillerie.

— N'essayez pas de m'en passer! votre régiment s'appelle les *Eclaireurs Secrets*.

— Est-ce qu'on s'en cache?... Mais, voyons, continue. De penser que c'est mon propriétaire qui a travaillé chez moi, ça me met des picotements jusqu'au bout des ongles. Tu ne te trompes pas, au moins?

— Tu vas voir.

— Mais pourquoi diable aurait-il fait un coup pareil?

— Voilà justement ce que M. Hubert de Pontal cherche à deviner, répondit M. Tourterol, qui avait échangé un furtif sourire avec les deux messieurs en habit noir, compagnons d'Hubert dans la troisième voiture de deuil.

Il baissa la voix pour ajouter :

— Peut-être qu'il y avait quelque chose de bon dans le portefeuille de toile grise. En tout cas, le Pontal et ses deux hirondelles sont ici pour nous couper notre affaire sous le pied. Je connais bien les deux oiseaux, c'est M. Ruault et M. Leroy-Louban.

— Comment! comment! fit Virgile, qui leur lança une œillade de côté, ils n'ont pourtant pas l'air!

— Est-ce que j'ai l'air, moi?... demanda M. le marquis avec fierté.

Le cortége allait son chemin le long du boulevard
mélancolique, où débouchent les cent rues bordées de
tombeaux.

M. le marquis reprit :

— Qu'est-ce qui n'était pas à la noce, ma vieille?
C'était ton propriétaire. Je ne dis pas qu'il avait été content de se rencontrer avec Chuche, puisqu'il lui avait
donné les quarante francs. Ça prouvait sa peur, et ça
prouvait aussi que sa tète déménageait, car la chose faisait naturellement naître des soupçons, même chez une
infirme de capacité comme le pauvre Thomas. Mais de
me voir tout à coup, moi, à la place de Chuche, c'est
comme si, au lieu d'un petit plâtras de rien, il vous tombait une maison tout entière sur la tète.

Il n'a pourtant pas mis les pouces tout de suite.

— Puisque vous avez été mêlé à ces histoires-là, m'a-
t-il dit, vous devez savoir que j'ai le bras long quand
je veux?

J'ai répondu :

— Je sais ça et d'autres choses. Il n'y en a pas beaucoup, à mon âge, pour avoir plus d'éducation que moi.
Faut que vous ayez la bonté, capitaine...

— Rayez ce mot! qu'il m'a ordonné d'impératif.

— Ça m'est égal, ai-je fait, pour peu qu'il vous incommode. Faut donc que vous ayez l'obligeance,
M. Lion Rabbe (pas capitaine), de bien regarder l'amateur ici présent. Il est né autrefois sous des lambris dorés, dans l'hôtel nobiliaire de son ancienne famille,
dont il a perdu tout le patrimoine par l'abus des plaisirs. Les orages de sa jeunesse sont calmés. Il se refonde
une carrière par ses talents. Et regardez-le bien! Tel

que vous le voyez, il a tant de cordes à son arc qu'on dirait une guitare tout monté...

— Ah! fit Virgile, si j'avais seulement le quart de ta facilité!

— Ton propriétaire, reprit M. Tourterol, a fait ce que je lui conseillais : il m'a contemplé de la tête aux pieds. La toilette n'y fait rien, tu sais, dans ces cas-là. C'est l'homme qui perce sous la guenille. Il a sonné, M. Hœfer a montré son nez. Le patron lui a dit tout net et tout sec : « Je n'y suis pour personne, pas même pour le roi! »

— Quel roi? demanda Virgile.

— C'est pour plaisanter et donner plus de force à l'exactitude. Il n'a pas dit le roi. Il a dit n'importe qui, sénateur ou chef de bureau. Et quand M. Hœfer a eu ramassé le bout de son nez, il m'a fait poliment :

— Mon cher monsieur de Tourterol, je suppose que vous avez l'avantage d'appartenir à l'administration?

J'ai répondu :

— Pas si bête! Je n'appartiens à rien qu'au bénéfice de mon avenir. Mais sans loger rue de Jérusalem, c'est vrai que j'en connais les détours et corridors. Quand un homme s'est mis dans l'embarras, je peux, à mon choix, le démolir ou lui être agréable, selon qu'il sait se comporter à mon égard.

— Prends garde! interrompit ici Virgile Martifaz en arrêtant Tourterol, qui allait butter contre un *entourage*. La voici arrivée chez elle.

Les porteurs avaient pris le cercueil.

Virgile se couvrit le visage et poussa de véritable
sanglots.

— Voilà Chuche qui vient te consoler, dit Tourterol
en le poussant du coude. Attention !

Thomas Chuche s'approchait en effet. Il prit la main
de Virgile et la serra fortement.

— C'est bien, jeune homme, dit-il. Je ne vous croyais
pas si bon cœur. Ça me remue de voir votre chagrin.
J'avais de l'affection pour Mme Matifaz en tout bien tout
honneur. Soyez tranquille, on vous la vengera.

Virgile écoutait cela les yeux baissés.

— Ce n'est pas le moment de bavarder ! gronda Tourterol, qui repoussa Thomas Chuche rudement. Silence
devant cette fosse ouverte !

En même temps il jeta à la ronde un regard inquiet.

Personne n'était assez près pour avoir entendu Thomas Chuche, excepté un eul des assistants.

C'était M. Hubert de ontal, qui se tenait à trois
pas de là, immobile, les yeux fixés sur Armelle de Mariaker.

XXVIII

OU IL N'EST POINT PARLÉ DE LA MORTE

Thomas Chuche s'excusa doucement et s'éloigna sans répondre, tout confus de s'être attiré une réprimande pareille. On entourait la fosse où les câbles descendaient déjà le cercueil.

Les commères de la rue des Trois-Maisons se disaient en regardant le pauvre Virgile Matifaz :

— Il fait pitié, ce malheureux homme-là ! comme il aimait sa dame !

— Il allait pourtant tous les soirs aux Acacias...

— La jeunesse ! mais dans le fond, c'était un joli ménage.

— Tiens! le voilà qui prend la bêche. Il est blanc comme son linge! un beau garçon tout de même!

— Et ses mains tremblent! il ne va pas pouvoir! Ah! oui, qu'il est beau garçon!

Virgile avait pris une pose théâtrale. Ce n'était pas un fort comédien, mais ce public est indulgent et se contente de la moindre chose.

On ne paye pas. Quand Virgile ramassa un peu de terre au fond de la pelle, la concierge de droite et la concierge de gauche eurent envie d'applaudir.

Il prononça d'une voix entrecoupée :

— Adieu, ma compagne! adieu, mon épouse! adieu, Françoise, la vie est un désert pour moi après que tu n'y es plus dedans!

Tout le monde fondit en larmes. Tourterol saisit le malheureux veuf à bras le corps et l'éloigna de cette tombe, comme s'il eût craint de le voir s'y précipiter.

Virgile, pressé ainsi sur le cœur de son ami, lui demanda :

— Et dans toute cette histoire de M. Rabbe, qu'est-ce qu'il y aura pour moi?

— Patience! répliqua M. Tourterol, tu ne sais même pas encore les avantages qu'il me fait à moi-même. On va finir de te narrer l'anecdote... Mais tu sais, nous avons de la concurrence, maintenant. Le Pontal a entendu.

— Quoi donc!

— Il a entendu cet imbécile de Thomas Chuche.

— Qu'est-ce que ça lui fait?

— Je n'en sais rien encore; mais pour qu'il se promène en plein jour avec deux inspecteurs de police...

— C'est vrai, s'écria Virgile ; mais où sont donc ces deux messieurs ?...

— Joue du mouchoir ! on nous regarde.

La foule commençait à s'écouler lentement.

M. de Pontal s'approcha d'Armelle et lui offrit son bras avec respect pour regagner la voiture de deuil.

Ils marchèrent tous les deux en silence, au milieu de la foule qui maintenant bavardait, causant du meurtre, de l'instruction commencée, du cas de M. Adrien, de la disparition inexplicable de Maquin, rentier, etc.

L'attitude de Virgile Matifaz était l'objet de l'approbation générale.

Il allait un peu à l'écart, courbé en deux et pesant sur le bras du fidèle Tourterol, et il disait :

— Hier soir, à la seconde, Mlle Plumet a été un peu balancée. Avant de m'enchaîner, je veux voir comment tournera notre opération. Vas-y, j'écoute.

— J'en étais, répliqua M. Tourterol, à ce que je fis comprendre adroitement au patron que, sans avoir aucun fil à la patte, je voltigeais dans les meilleurs termes avec la préfecture. Ça a produit son effet et M. Rabbe m'a demandé de but en blanc :

— Mon cher monsieur Tourterol, qu'est-ce que je pourrais bien faire pour me concilier votre estime et votre amitié ?

— Il t'a dit cela, lui qui est si fier !

— Il a même ajouté : « Je serais flatté que vous m'accordiez l'éternelle sympathie d'un homme bien né pour qui j'éprouve la considération la plus distinguée. »

— Quand il veut, fit observer Virgile, c'est certain qu'il sait aussi dorer son langage.

— Sauf l'accent, dont vous ne pouvez jamais vous défaire, observa monsieur le marquis. C'est la marque indélébile de l'Allemand. J'ai répondu à M. Rabbe qu'il était bien honnête, et que j'étais venu précisément pour causer d'une situation avantageuse et solide à perpétuité dont nous avions besoin, moi et toi.

— Tu as parlé de moi, vrai? demanda Virgile.

— Puisque tu es le veuf! répondit Tourterol. Tout pivote autour de toi, rapport à ta dame et à sa catastrophe. Alors, le patron m'a offert un cigare...

— Un cigare! lui qui est si fier!

— Tu l'as déjà dit. Il ne t'en aurait peut-être pas fait la politesse, à toi, vu ton rang de concierge...

— Conservateur!

— C'est pareil, et vu aussi que tu es son esclave par les liens de la société secrète des Prussiens, employés à creuser une mine sous le gouvernement de la France; mais moi, je suis libre et son égal, sinon son supérieur, par les hasards de la naissance. Il sent ça. Il m'a dit : « Puisque vous en avez déjà goûté, mon cher monsieur de Tourterol, peut-être que vous ne répugneriez pas à entrer dans nos rangs avec des appointements fixes. Votre patrie qui vous laisse aller en guenilles n'a pas droit à votre amour filial. »

J'ai répondu :

— Plutôt périr au milieu des tourments que de la trahir! Seulement je suis ennemi de la liste civile et des candidatures officielles. Par mes ancêtres, j'appartiens à la féodalité; par mes études, j'ai les rêves de Jean-Jacques Rousseau, de Raspail et de Lafayette! L'empire et ses cent-gardes ne me sont de rien. Je leur préfère le prince de Joinville ou la liberté. Qu'est-ce qu'on paye chez vous?

M. Rabbe me regardait de l'air de dire : « Voilà un jeune homme qui n'a pas son élocution dans sa poche ! » Il a rapproché de moi son fauteuil pour se déboutonner en grand avec moi.

— Prêtez-moi, qu'il m'a dit, une oreille attentive. L'Allemagne a les mêmes idées que vous. Tout ce qu'elle en fait, c'est pour procurer au peuple français, selon qu'il en aura le goût, soit le roi de son choix. soit l'indépendance générale. Pour ça, on emploie l'élément de la fraternité dans les restaurants et crêmeries. Ça s'appelle l'Internationale, à cause que le projet supprime les gendarmes et frontières. Tous les professeurs en sont, les officiers de santé, des tas d'avocats, et nous avons les photographes ! sans se douter tous et un chacan qu'ils sont des marionnettes dont mes bureaux réunissent les ficelles dans leurs mains. En conséquence, le truc est de fonder des brasseries avec billards et consommations de première qualité à bon compte. Ça serait-il compatible à votre amour-propre d'en tenir une avec votre ami Matifaz pour premier garçon?

— Hum ! fit Matifaz, moi, garçon?

— Ton serment t'y oblige, prononça gravement Tourterol, et ton capitaine a le droit de te communiquer la schlague comme Prussien. Il n'y avait donc rien d'inconvenant pour ce qui te regarde; mais sois tranquille, ma dignité propre était en jeu. J'ai répondu textuellement : Il ne faudrait pas, monsieur Rabbe, profiter de ma gêne momentanée, pour me proposer de conditions révoltantes par leur médiocrité. La politique m'irait assez dans les salons fréquentés par la classe aisée; mais servir de robinet pour rafraîchir la crapule, canaille et petit peuple, on vous dit flûte! C'est des choses, M. Rabbe, qu'on peut offrir à une personne qui connaîtrait de vous une crasse insignifiante telle que grattage de registre de commerce, ou imitation d'une signature au bas d'un billet. Mais quand la personne sait une anecdote dans laquelle vous avez poussé l'inconséquence jusqu'à jouer d'un instrument des colonies, dont la lame est large comme une guillotine...

Ici, le marquis de Tourterol s'arrêta brusquement pour dire à Virgile, qui riait de tout son cœur :

— Tiens-toi donc, animal, on nous regarde !

Virgile reprit aussitôt un air lugubre et s'excusa, disant :

— C'est l'idée du patron écoutant des machines pareilles. Je me la figure, sa mine ! C'est vrai que le cric malais avait une rude lame. Je l'avais eu à bien bon compte.

Ils arrivaient à la grille du cimetière, qui avait déjà donné passage à une partie de l'assistance.

A cent pas derrière eux marchaient M. de Pontal et Armelle, que Berthaud accompagnait à respectueuse distance.

Aucune parole, jusqu'à ce moment, n'avait été échangée entre M. de Pontal et Armelle.

Arrivé si près de l'endroit où ils devaient se séparer,. Hubert gardait encore le silence. Ce fut Mlle de Mariaker qui le rompit.

— Vous m'aviez promis, dit-elle, d'employer votre influence en faveur d'Adrien.

— J'ai rempli ma promesse, répondit Hubert.

— Avez-vous de l'espoir?

— J'ai la presque certitude que l'affaire ne tournera pas mal pour notre ami.

Mlle de Mariaker éleva vers lui un regard de reconnaissance.

Mais elle baissa les yeux aussitôt parce qu'elle vit une nuance d'ironie dans le grave sourire qui était autour des lèvres de M. de Pontal.

— Ne vous a-t-il rien dit pour moi? demanda-t-elle.

— Si fait. Il compte demander votre main aussitôt qu'il sera libre.

Armelle rougit.

— Il m'aime! murmura-t-elle.

Hubert ne répondit point, et même il supprima le sarcasme muet de son sourire.

A sa manière, c'était aussi un chevalier, quoiqu'il ne ressemblât point à ce petit Galaor qui tenait registre de dots et qui frétillait pour toute jupe comme un raccourci de don Juan.

Pas un mot ne fut dit de la conversation caractéristique qui avait eu lieu entre Pontal et M. Adrien; aucune mention ne fut faite des trois lettres déchirées.

Pontal aurait eu pudeur d'exhiber en guise d'arguments Mlle Laurentine, Mlle Clémentine et même Mme la vicomtesse.

Il aimait seul; Armelle avait hautement repoussé sa recherche. Je ne saurais pas vous expliquer pourquoi il restait calme auprès d'Armelle très-émue.

— Monsieur de Pontal, dit-elle après un silence et

comme ils franchissaient la grille du cimetière, je dois vous faire part d'une circonstance qui changera du tout au tout l'opinion que vous avez de mon tuteur.

Hubert dressa vivement l'oreille.

— J'évitais ce sujet d'entretien, mademoiselle, répliqua-t-il, pour vous, non point pour moi.

— Vos soupçons, poursuivit Armelle étaient positivement erronés, et j'en suis bien heureuse.

Hubert s'inclina.

— Jugez vous-même, continua Mlle de Mariaker, qui avait peine à assurer sa voix : Hier au soir, devant ma tante, il a déclaré le dépôt dont vous et moi nous nous entretenions la veille.

— Et qui monte?

— A plus de quatre cent mille francs, selon lui.

Hubert s'inclina pour la seconde fois.

Et comme Thomas Chuche passait en ce moment près de lui, pensif et seul, selon sa coutume, Hubert l'appela par son nom.

— Ne vous éloignez pas, mon ami, lui dit-il, je souhaiterais vous parler.

Thomas Chuche ôta son chapeau et resta tout interdit à la même place.

— Que pensez-vous de cela, monsieur? demanda Armelle.

— Je pense, répondit Hubert, que M. Lion Rabbe se sent attaqué et qu'il se défend.

— Persisteriez-vous à l'accuser?

— Je suis un entêté, mademoiselle. J'ai, comme vous, du sang de Bretagne plein les veines. Je persiste dans toutes mes idées.

— Même dans l'autre? murmura-t-elle en se forçant à sourire.

— Celle-là, ce n'est pas une idée : c'est moi et c'est vous ; c'est notre destin. N'en parlons jamais pour que je garde le droit de vous voir tous les jours et d'être là, comme un meuble, dans un coin du salon où vous êtes... un meuble qui a des yeux, pourtant, et qui fait senti-nelle autour de vous.

Les sourcils délicats de la jeune fille se froncèrent.

— Si je ne voulais pas, pourtant, être surveillée ?... dit-elle.

— Vous pourriez me chasser, et je crois que vous n'en aurez pas le temps. M. Lion Rabbe prendra les devants... Mais la coutume, pour les sentinelles, est de faire fac-tion au dehors.

Armelle dégagea son bras, qu'elle sentait trembler sous celui de son étrange compagnon.

La voiture était du reste à deux pas.

— Je vous remercie, monsieur de Pontal, dit-elle en forme de congé.

Hubert allait s'éloigner; elle le retint d'un regard singulier où il y avait à la fois un grand trouble et beaucoup de hardiesse.

— Je ne vous comprends pas toujours, dit-elle en baissant la voix, mais j'ai en votre amitié une confiance absolue. Moi aussi, je suis votre amie, quoique vous m'ayez blessée en découvrant et en raillant ce que j'ai dans le cœur.

Pontal répondit :

— Mes espoirs sont à moi.

— Ecoutez, fit-elle, vous ne me connaissez pas. Je me dois à lui, quand même je vous aimerais !

Ses grands yeux brillaient d'une volonté indomptable.

Dans le regard d'Hubert il y avait une joie profonde et de l'effroi.

Quand Armelle fut en voiture, Hubert rejoignit Thomas Chuche et lui demanda :

- Reconnaîtriez-vous les vêtements de l'homme qui vous a frappé en sortant de chez Françoise Matifaz, la nuit du meurtre ?

— Qui vous a dit ?... commença Thomas.

— Répondez ! Il se peut que vous soyez accusé vous-même.

— Vous n'êtes pas le premier à me le dire... Eh bien, oui ! je reconnaîtrais les vêtements... et l'homme, s'il était dessous.

XXIX

L'OR QUI BRULE

Il y avait des gens qui stationnaient par groupes dans l'avenue du cimetière et sur le boulevard, causant de l'enterrement qui venait d'avoir lieu et regrettant de n'avoir pas été prévenus à temps.

Ceux qui avaient vu consolaient les retardataires en disant :

— Ça n'avait rien de drôle, excepté le mari, qui pleurait comme un dégel; vous savez, ces Allemands aiment leurs femmes...

Virgile Matifaz et M. Tourterol avaient tourné à droite en sortant de l'avenue, et gagnaient la place de

Clichy. Ils laissaient l'enterrement à cent lieues par derrière. Virgile regardait les dames et M. le marquis leur
lançait des mots aimables en passant.

— Je n'aurais jamais cru, dit Virgile, que la perte
d'une épouse pouvait vous affecter à ce point-là. Payes-
tu un mazagran ?

— J'en paye deux, répondit Tourterol, qui frappa sur
son gousset exceptionnellement sonore... Qu'est-ce qu'il
y a pour votre service ?

Cette dernière question s'adressait à une femme encore jolie, mais déplorablement fagotée, qui l'abordait
en souriant.

— Comme te voilà reluisant ! dit-elle en le regardant
de la tête aux pieds. Est-ce que tu vas à la noce, mon
petit marquis ?

M. Tourterol recula d'un pas. Son visage, que la toilette ne faisait pas beaucoup plus beau, exprimait une
austère sévérité.

— Mme Chuche, répliqua-t-il, vous abrégez l'existence
de votre mari par vos cascades coupables. Je n'appartiens
pas à la même caste populaire que M. Chuche, mais j'en
suis le protecteur, et je vous avais déjà priée de ne pas
me faire rougir en public par les familiarités d'une personne dont les mœurs sont intempestives !

— Tes moyens te permettent donc de m'humilier !
voulut dire Thérèse Chuche en se forçant à sourire.

Mais les larmes lui vinrent aux yeux.

— La première fois que vous avez frappé à la porte
de chez nous, balbutia-t-elle, le pauvre Thomas était
heureux, et moi, j'étais une femme honnête.

— L'amour, prononça doctoralement M. Tourterol,

est inséparable de l'estime. Je ne vous connais plus, dans l'intérêt de l'homme que vous faites mourir de chagrin. Si vous me tutoyez encore, j'appellerai un sergent de ville!

Il tourna le dos. La malheureuse femme resta comme foudroyée. A travers ses larmes, elle le regardait s'éloigner et pensait :

— C'est donc fini! Et c'est lui qui me reproche d'avoir trompé le pauvre Thomas! Ah! je sens bien que je l'aimerai toujours... C'est un vilain singe, et vieux, et canaille! Mais il a l'usage du grand monde et il méprise si bien le peuple!

La dureté de M. le marquis envers cette pauvre femme inspirait à Virgile une sincère admiration.

— On gagne toujours à te fréquenter, dit-il. Voici maintenant que je sais comment on tortille une liaison dangereuse... Est-ce que c'est fini, l'histoire Rabbe? Tu n'as pas encore spécifié la dent que tu lui as arrachée.

— Ah! mais non, ce n'est pas fini! répliqua M. de Tourterol, qui prit place à une table en plein air, sur le boulevard Monceaux. Garçon, un américain à paille, trois parfums! Et corsé!... Malgré ma facilité naturelle, je ne sais pas si je saurai te rendre toute l'importance du restant de l'entrevue. C'est certain que les Allemands sont tous toqués dans le fond, malgré leur flegme. M. Rabbe a divagué pas mal, quand une fois la chose de se voir percé à jour lui a monté au cerveau comme un délire... C'est que c'est le mot : un vrai délire de malade qui bat la campagne... et en même temps froid comme glace. Enfin, tu comprendras si tu peux. Moi qui connais tous les mystères de la nature humaine, ça m'intéresse sans m'étonner.

Ils piquèrent tous deux en même temps leurs pailles dans les verres que le garçon venait d'apporter.

Virgile fit la grimace.

Mais M. le marquis lui ayant dit que ce breuvage était à la mode parmi ces messieurs du boulevard Italien, Matifaz le trouva fort agréable.

Il y a beaucoup de haine contre le linge fin, mais aussi que d'amour ! quelle tendresse aveugle ! quelle admiration obstinée !

Même sous la Commune, le troupeau des pauvres diables, atteints de male-rage, obéissait pieusement à une douzaine de chacals mieux peignés, qui n'étaient, au demeurant, que la sanglante caricature de « ces messieurs. »

Il était bien couvert et ne buvait jamais de vin bleu, ce gourmet sinistre qui, blasé sur la chair de prêtre, de soldat et de magistrat, ouvrit la poitrine de Chaudey, pour goûter au cœur d'un républicain.

— Nous disions donc, poursuivit Tourterol, que je risquai une allusion délicate à l'instrument qui, dans les mains de M. Rabbe, fit la fin de ton ancienne épouse légitime. Je crus qu'il allait me sauter dessus. Le rouge lui monta plein les yeux, pendant que sa joue restait blême, et je vis que ses mains se crispaient. Je connais ça : les tempéraments qui rougissent en dedans tapent sans crier gare. Et M. Rabbe, maintenant qu'il a tué une fois, ne donnera pas une pipe de tabac de son second meurtre. Tu verras ça.

Je pris mon air caressant et je lui dis :

— J'ai passé en flânant chez le commissaire, et je lui ai conté que j'allais toucher une broche à votre caisse. Il est le fils d'un serviteur de mes aïeux.

Il a senti la parade et m'a réparti poliment :

— Monsieur de Tourterol, il ne faut pas vous écouter deux heures par jour pendant trois mois pour voir que vous avez de l'éducation et des moyens. Mettez la menace dans le coin. J'ai l'irritabilité des personnes sédentaires, et ça finirait par me faire sortir de ma douceur. Je vous prie de chiffrer vos prétentions, et si vous êtes raisonnable, j'ai le pressentiment que nous allons nous entendre.

Mais je n'eus pas le temps seulement de lui dire si je souhaitais cent écus ou une douzaine de billets de mille, car tout d'un coup le voilà parti, mais parti comme une chaudière qui éclaterait à dix degrés au-dessous de zéro. C'était drôle de voir sa figure, qui se décomposait en restant froidasse.

— Sacré nom de nom ! qu'il fit en allemand. Gredin de sort ! malheur d'accident ! *Mein gott* et *tarteifle* ! et tonnerre de Berlin ! Si j'avais seulement attendu jusqu'au lever de l'aurore, tout était paré ! l'infortunée dame vivrait encore, et je n'aurais pas le moindre embarras au sujet d'une étourderie qui va me gâter mon crédit ! Pas de chance au domino ! Mes lettres étaient en route, les lettres qui m'apportaient ma fortune ! Je n'avais pas besoin de commettre cette maladresse-là. Pas besoin, pas besoin ! J'ai peur que ça fasse du tort à ma patrie !

Il se mit à secouer sa tête si fort que les mèches de ses cheveux remontèrent sur son crâne tout chauve, et répéta en se dandinant comme Martin, j entends l ours :

— Pas besoin, comprenez-vous! Racaille de hasard!
Pas besoin, pas besoin, pas besoin! C'est comme qui dirait si j'avais tout vendu au plus bas pour mon plaisir
sans nécessité, à la Bourse, une heure avant la hausse!

— Vois-tu interrompit ici Tourterol, ça ne m'étonne
pas qu'il ait étendu Thomas Chuche. Il donna sur sa table
un polisson de coup de poing qui fit sauter l'encre hors
de l'écritoire, et le bois craqua.

Ça le calma un petit peu. Il se mit à marcher de long
en large devant la cheminée. Mais je ne sonnais pas le
mot. Il m'amusait. Je calculais ce que j'allais lui extir-
per.

Tout en marchant, il se mit à pleurer, je dis pleurer,
comme un veau, et à mesure qu'il pleurait, son nez de-
venait écarlate entre ses deux joues blafardes. Et il sup-
putait tout doucement des cent mille et deux cent mille
thalers, florins ou sequins, tant et si bien que je finis
par comprendre qu'il avait reçu tout ça d'Allemagne ou
d'ailleurs depuis son mauvais procédé avec Mme Miti-
faz.

Est-ce du guignon, ça, hein?

— Oui, répondit Virgile, qui écoutait avec un frisson
sous la peau. C'est du guignon, le bonheur qui vous fait
la nique, l'argent qui arrive trop tard. Chez nous, il y a
une ballade...

— La ballade! s'écria Tourterol, il parlait justement
de la ballade! Vous êtes tous toqués, mais figés; voilà
la chose drôle!

Et Tourterol se mit à déclamer avec une emphase tein-
tée de moquerie :

Il brûle, il brûle,
L'or qui vient trop tard,
Qui vient — après le sang
Il brûle, il brûle...

Est-ce ça, eh ! petit ?

Virgile, au lieu de répondre, continua à voix basse :

Un jour pour une pièce d'or,
Pour un sac d'or une année,
Le sang a signé le pacte.
Et l'or vient, vient, vient,
A bassins, à fleuves, à pleines mers !
N'essayez pas de l'arrêter,
Il est fatal et brûle la vie.
Un jour, un an, un siècle,
Une pièce, un sac, un tas !
C'est le bonheur du maudit
brûle, il brûle..

— Voilà ! interrompit Tourterol, c'est bête et fatigant. Moi, j'aime mieux les morceaux choisis de nos poètes nationaux : *Bu qui s'avance* ou même le *Domino noir*. Parole sacrée, M. Rabbe a récité tout ce grimoire-là en faisant les cent pas. Et il disait : « Rien ne venait avant, tout vient depuis... Alors, c'est bien certain que c'est la morte qui m'envoie ces cadeaux-là... pour me brûler ma pauvre vie par les deux bouts comme une chandelle... car l'or brûle, il brûle... Et les morts vont vite ! »

Les dents de Virgile Matifaz, en claquant, rendirent un petit bruit sec. M. Tourterol se mit à rire.

— On est heureux, dit-il, de se trouver, par ces étu-

des et sa nationalité, au-dessus   de pareilles faiblesses.
Les morts sont bien morts, ils ne vont ni lentement ni
vite.

Nous allons prendre un demi-rhum dans un demi-
curaço, pour faire passer l'américain... Garçon!

Je recontinue : Quand M. Rabbe eut bien récité sa
poésie en se promenant, il vint à moi d'un pas qui chancelait. Je ne suis pas superstitieux, mais c'est sûr qu'il
a des présages sur la peau, cet homme-là, — et pendant
que je le regardais, il me semblait que je voyais ses
cheveux blonds grisonner un à un. Parole!

Il me fixa d'un air fier et me dit, — pas en si bons
termes que je le fais, mais enfin comme il put :

— Mon cher monsieur de Tourterol, voilà les conséquences d'une vie toujours pure. Je me suis mis trop
tard à rôtir le balai, si bien que, n'en ayant pas l'habitude, les jeunes personnes m'ont plumé. Et m'étant convenu depuis quelque temps avec une artiste à roulades...
daignez m'épargner le reste! Un Français dans ma position aurait attendu tranquillement, car j'avais de l'argent dans ma caisse : je suis capitaine-payeur et même
quelque chose de mieux dans les hauts grades.

Mais j'ai eu peur d'écorner les petits fonds de l'Éclai-
rage Secret. Nous autres, nous ne savons pas voler la
patrie. Pas plus que nous ne savons la trahir !

Ah! ma patrie! ma patrie! Si ma gaucherie allait lui
faire du tort!...

— Ma parole, interrompit ici M. de Tourterol, il m'en
faisait de la peine, et à chaque hélas ! j'ajoutais cinq
louis à l'addition que je comptais lui présenter.

Mais il n'avait pas fini; il continua d'un air abattu :

— Mon cher M. de Tourterol, je ne parle pas ainsi pour me vanter : je sais que je suis un criminel, et qui pis est, je sais que vous tenez mon sort entre vos mains; mais je le répète, parce que c'est la vérité, nous avons deux consciences : une pour nous-mêmes, et celle-là, je l'ai ébréchée; une pour l'Allemagne, et celle-là, je puis y reposer mon regard avec orgueil!

— Bravo! fit Matifaz, nous sommes tous comme , ., dès qu'il s'agit du Rhin allemand : A bas la France! vive la patrie! Cet américain à paille me reste sur l'estomac comme un plomb.

— Ton enthousiasme, lui fit observer Tourterol sans colère, te fait oublier ma nationalité; mais je n'y oppose que le mépris d'un penseur, depuis longtemps patriote des deux mondes, sous l'œil de la philosophie! Je repoursuis :

Voilà donc que M. Lion Rabbe, qui, depuis un petit instant, me parlait avec noblesse et d'un ton d'Ambigu-Comique, s'est pris subitement les joues entre les deux mains, comme pour un grand mal de dents, et s'est écrié :

— Je n'avais pas besoin, mon ami, je n'avais pas besoin, voilà le taquinant! J'y vois la main du diable! Il me guettait! Il me poussait!... et maintenant, il me tient et s'amuse avec moi comme un minet qui elote une souris. C'est dégoûtant! Il m'a empaqueté dans une veine qui m'agace, parce que je sais d'où elle me tombe! Ça brûle! ça brûle! Une pièce d'or pour un jour, un sac pour une année. Je connais le tarif, nom de nom du *mein Gott!* Ça me consume par les pieds et par la tête. Il m'en vient, il m'en vient, ah! il m'en vient trop aussi!

ça n'est pas naturel! Je gagne ici, et je gagne là, et encore ailleurs, enfin partout! Malheur! malheur! à la porte, l'argent! je n'en veux plus! merci!

Et il regeignait en se promenant. Vrai comme je le dis, je le voyais vieillir un brin de minute en minute. — Mais tout ce qu'il me contait de son guignon d'or ne me donnait pas envie de le lâcher, dis-donc? C'est ça qui est un pigeon, mazette!

— Pour ça, répliqua Matitaz, il faut profiter de lui avant que son destin l'emporte... car son destin l'emportera.

— Je me moque de son destin, mais je lui ai dit : « Avec tout ça, monsieur Rabbe, nous ne convenons pas de nos petites affaires, nous deux. »

Il a rabattu ses mèches à droite et à gauche et repris son flegme en deux temps.

— Nous n'avons pas d'affaires ensemble, mon cher monsieur de Tourterol, qu'il m'a dit avec la douceur d'un petit lapin blanc. Ça ne s'appelle pas des affaires, puisque vous êtes le maître ici. Prenez, demandez, commandez, et moi trop heureux de vous satisfaire.

— Méfiance! murmura Matifaz.

— Attends donc! ce n'était pas sa dernière grimace. Il s'est rassis à son bureau tout brusquement pour prendre des poignées de louis et des bottes de billets. Il me faisait les yeux en coulisse et continuait :

— Jamais un jeune homme ne m'a plu comme vous m'allez, savez-vous? Et qu'est-ce que ça va être quand vous aurez été chez mon tailleur?... Allons, parlons raison, qu'il a encore interrompu en me couvrant d'un regard froid et coupant comme un rasoir. Est-ce que

vous croyez que je vais me laisser marcher dessus comme
un moutard?

— Il est donc fou, à la fin! dit Matifaz.

— Tu vas voir... Je vous paierai (c'est toujours lui
qui parle) quand je voudrai et comme je voudrai. L'Allemand est un géant. Essayez-voir de nous faire du chagrin! Essayez, je vous en défie!.

Il a mis son doigt au bout de son nez comme si les
mouches le démangeaient.

— Mon cher monsieur de Tourterol, a-t-il repris, en
clignant de l'œil, il faut bien que vous nous serviez à
quelque chose, que diable! C'est vrai, l'or me mange,
mais il me donne à manger aussi. Avant que le san-
glier soit abattu, savez-vous combien de chiens il peut
découdre? Je veux me défendre. Je me défendrai. Vous
m'aiderez et vous serez appointé comme un roi, par moi
et l'Allemagne!

— A la bonne heure! s'écria Virgile, qui rapprocha
sa chaise. Voilà le nœud!

Tourterol demanda du feu pour allumer son petit bordeaux.

— A dater de demain, dit-il, nous ne brûlerons plus
que des quarante-centimes... Quand j'ai été assis tout
contre lui, M. Ra' .e a baissé les yeux et pris un filet de
voix pour me demander : M. de Tourterol, est-ce que
vous aviez jamais vu une blessure si large et si profonde?
Eh bien? c'est à peine si j'ai appuyé. Cela s'est fait tout
seul. Le démon a aidé à la force du coup, j'en suis certain. La preuve, c'est qu'il verse l'or pour se moquer de
moi et me forcer à dire comme un misérable nigaud :
Je n'avais pas besoin... Voilà ce dont je voulais vous en-

tretenir, monsieur et cher collègue, car vous êtes banquier, ou négociant, ou commissionnaire : le choix vous reste. Je fais les fonds de votre établissement. Ne m'interrompez pas. Le capital est de quinze millions. Je sais ou les prendre. Le faubourg Saint-Germain a des paperasses qui valent des milliards et qui grillent de se troquer contre des feuilles sèches. Vous comprenez bien que je ne pense pas à quitter la France avant d'avoir encaissé mon capital. Sans cela, dans une heure, je serais sur la route de Bruxelles, où je ne prendrais pas même le temps de manger un plat de petits choux, tant j'ai hâte de revoir ma patrie natale...

M. Rabbe a joint les mains et est resté un moment en extase comme pour dire : Ah! que je voudrais bien être à Berlin!

Ici, par exemple, je comprenais très-bien l'amour du sol paternel et le besoin de mettre cinq cents lieues entre soi et M. le Procureur impérial.

M. Rabbe a repris tout d'un coup :

— Il y aura un million pour celui qui promènera M. Hubert de Pontal !

Matifaz ouvrait les yeux et la bouche tout ronds.

— Qu'est-ce que celui-là vient faire là-dedans ? balbutia-t-il.

Tourterol laissa tomber sur lui son regard d'aigle, malade d'une ophthalmie.

— Voilà, répliqua-t-il, As-tu encore soif?

— Non... je voudrais savoir...

— Alors, en route! Les verres et les carafes ont peut-être des oreilles. Ce qui me reste à te confier est le secret des secrets. Arrive dans un lieu plus solitaire.

XXX

ESPION FRANÇAIS

La brume tombait. Sur ce long boulevard Monceaux, dont le théâtre des Batignolles fait un centre artistique, entre le père Lathuile, plus célèbre que Véfour, et le café-concert des Acacias où se lèvent tant d'étoiles, on n'est pas, peut-être, si bien éclairé qu'aux environs de la Maison-d'Or ; mais ce sont les mêmes mœurs avec quelques différences d'étoffes.

L'élégance, le génie, l'amour, croissent aussi sous ces latitudes qui se regardent franchement comme un nouveau monde, et font concurrence aux alentours de l'Opéra, où vieillit la mère-patrie.

Ce ne sont pas, il est vrai, les mêmes hommes; mais quant aux dames, selon l'âge, elles doivent toutes s'élancer vers le boulevard de Gand, à moins qu'elles n'en soient (hélas!) revenues.

Virgile Matifaz et son protecteur, M. le marquis de Tourterol, sourds et aveugles pour les séductions de cette banlieue du paradis, qui était pourtant leur domaine, allaient comme deux conspirateurs.

— Et qu'est-ce que tu feras de Thomas Chuche? demanda Matifaz dont la voix assombrie était bien à l'unisson du drame.

— Prends donc l'habitude de ne pas te noyer dans les crachats, répondit sévèrement Tourterol. Ça vit, ça meurt sans influencer la civilisation d'un quartier.

— Je parlais de lui à cause de M. Hubert de Pontal, qui l'a joliment regardé au cimetière.

— Tu y es! c'est le joint! Moi, je ne m'en cache pas, j'ai d'abord cru que M. Rabbe avait un coup de maillet quand il m'a fait mention d'un million, rien que pour *promener*, c'est son mot, ce M. de Pontal. Mais pas du tout! Le patron avait son idée. Les particuliers de son numéro peuvent être fins comme des anchois, quoique toqués de fond en comble. Il a répété par deux fois.

— Un million, je dis un vrai million comptant, sans escompte!

— Pour le promener?

— Pour le promener.

Ayant ainsi répondu à ma question, continua Tourterol, M. Rabbe a ajouté bien tranquillement :

— En se promenant, un homme peut butter, pas vrai, mon cher monsieur de Tourterol ?

— Quelle canaille ! dit Virgile avec admiration. Et on parle de l'esprit français !

— Quant à ça, répliqua M. le marquis, mécontent, c'est chez nous qu'ils se forment. M. Rabbe a donc encore poursuivi :

—Voyez-vous, mon cher ami, les deux contrées, j'entends la Prusse et la France, c'est l'eau et le feu, le noir et le blanc. Vous possédez l'amabilité de Voltaire, mais nous avons le fond. Je ne dis pas *les fonds*, notez bien : la patrie allemande est grande, mais pauvre. Nous sommes obligés de prendre votre argent pour acheter le beurre qui doit vous rissoler dans la poêle.

— Et tu ne t'es pas fâché? demanda Matifaz bonnement.

— Mais non. J'ai dit seulement : en fait de friture, il y en a assez dans les *Victoires et conquêtes* , sans parler des pièces militaires du cirque ; mais je n'ai jamais vu que du poisson allemand dans la casserole.

Matifaz étouffa un juron.

Ecoutez, lecteur, je ne vous mens pas : même lui! même cet abject maraud, ce drôle honteux, il avait dans la poitrine un coin qui tressaillait quand on parlait de patrie !

— Et que t'a-t-il répondu? demanda encore Matifaz.

— Il a grincé un peu, le Prussien, mais il a convenu que j'avais l'esprit de répartie. Et puis il sait bien que ça m'est égal. Quand vous passerez la frontière, il sera temps de vous prendre par la peau du cou pour vous lancer dans le Rhin. Il a donc repris :

— Bien sûr qu'il doit y avoir en France des Français qui sont Français comme nous sommes Prussiens. Je n'en ai pas rencontré des masses sur ma route, mais je suis du moins certain qu'il y en a un, car je le connais, je l'ai vu, et je le guette : c'est M. Hubert de Pontal.

— Ah! fit Virgile étonné, le million n'est donc pas pour l'affaire de Mme Matifaz?

— C'est M. Rabbe qui va te répondre. Je le guette, qu'il a donc dit, et ce n'est pas d'hier. C'est un boutonné du haut en bas. On dirait un de nous. Il pense, il agit, il se tait. Voilà longtemps que j'ai vu sur quel point son télescope est braqué. Il a découvert l'Allemagne en France.

Moi, je me suis mis à rire sur ce mot et j'ai fait :

— Pas besoin de lunettes! Les aveugles n'ont qu'à ouvrir les oreilles. L'Allemagne est dénoncée par son polisson d'accent...

— On s'y fait, mon bon M. de Tourterol. Et puis l'Alsace chante le même air. D'ailleurs, je me suis mal exprimé : Vous voyez tout, vous autres Français, mais vous avez tant d'esprit que vous ne croyez à rien! M. de Pontal a vu et cru. C'est pour cela que je m'occupe spécialement de lui. Il a vu l'Allemagne à Paris, il s'est demandé : qu'y fait-elle? Il s'est répondu : un trou. A quel usage? A usage de mine... Et pour creuser la mine, et pour la charger, il a vu presque autant de travailleurs français que d'ouvriers allemands...Vous riez?

— Ma foi oui, ai-je fait. Est-ce que vous me diriez tout cela si c'était sérieux !

Il s'est mis à rire lui aussi, marmottant :

— C'est juste, c'est juste. Ce serait une grande imprudence... à moins toutefois qu'on ne se fasse un petit raisonnement de ce genre : Le bon M. de Tourterol va gagner beaucoup d'argent avec nous ; du bon argent français. S'il lui prenait par hasard fantaisie de raconter notre présente conversation à ceux dont le devoir est d'écouter les rapports de ce genre, pensez-vous qu'on lui donnerait plus d'argent ? non. Autant d'argent ? non. Enfin, un peu d'argent ? non ! non ! non ! A tout le moins un grand merci ? non encore. Alors que lui donnerait-on ? Une poussée pour le jeter à la porte, et ces mots qui sont le tarif de la reconnaissance publique à la préfecture : « Imbécile ! Pensez-vous que nous ne le savions pas depuis longtemps ? »

— Tapé ! s'écria Matifaz. Et qu'as-tu riposté ?

— Dame ! J'ai baissé le nez... Mais tu sais ? je n'y crois pas tout de même.

Depuis les sommets jusqu'aux profondeurs, tout le monde, tout le monde savait.

Mais personne ne croyait, personne !

L'histoire ne contient pas dans l'innombrable multiplicité de ses pages une leçon plus cruelle que la nôtre, un châtiment plus complet ni plus terrible que notre châtiment.

Aussi, comme nous serons désormais prudents, vigilents !... Et patriotes !

On dit... oui, on dit cela, déjà. On parle de symptômes connus. Le même accent guttural recommence à bourdonner dans nos rues, et sur le parvis de ce vénérable temple : la Bourse, cet accent est si fort qu'on ne s'entend plus parler français. Mais vous savez ? nous n'y croyons pas.

25*

Nous n'y croyons jamais que le lendemain.

— Après? fit Virgile Matifaz.

— Eh bien, répondit Tourterol, M. Rabbe a concle
tout naturellement : Voilà pourquoi, mon cher monsieur,
je vous parle la bouche ouverte. Vous formez, en France,
la ligue de l'apathie et de l'aveuglement, comme nous
levons en Prusse l'armée de l'action et de l'espionnage.
Voilà le mot lâché. C'est un très-grand mot, et vous le
verrez bien !

Non-seulement vous n'avez pas envie de me trahir,
mais vous me trahiriez que cela ne servirait à rien.

L'homme dont nous parlons, M. de Pontal nous a
dénoncés une fois, dix fois, peut-être cent fois. Il passe
pour fou à cause de cela. C'est sa récompense.

Et il est fou, car il s'est mis en tête de faire tout seul
ce que nous faisons, nous, à des centaines de mille !

Le point de départ de M. de Pontal est noble et grand,
il ressemble au nôtre comme la manie peut ressembler
à la raison. Nous sommes des gens pratiques, nous ne
saurions estimer les fous ni les craindre. Hier donc, encore, je suivais M. de Pontal d'un œil indifférent et dé-
daigneux.

Mais, depuis hier, les choses ont changé. En poursui-
vant l'agent de la politique allemande, M. de Pontal
s'est heurté contre l'homme que la fatalité venait de
rendre un meurtrier.

Je dis la fatalité. Qu'avais-je à faire du sang de cette
pauvre femme ? Elle avait en dépôt un acte dont la pro-
duction pouvait me constituer en faute devant la loi
française, en ma qualité de tuteur de ma nièce. Je voulais éloigner ce danger qui menaçait à la fois la consi-

dération dont j'ai besoin pour servir ma patrie, et mon
crédit qui est le nerf même de notre guerre sainte. Le
hasard m'a trahi; j'ai été surpris au moment où je m'em-
parais de l'acte, et j'ai frappé.

Ici, Tourterol prit dans sa poche un rouleau d'argent
qu'il remit à Matifaz, en disant :

— Le patron avait piqué cette bagatelle dans le tiroir
de la défunte pour faire croire à un vol ordinaire. C'est
à toi.

— Rend-il bien tout, au moins? gronda Virgile. Mais
il y a une chose que je voudrais bien savoir : t'a-t-il parlé
de Maquin, rentier?

— Oui. C'était une manigance pas trop mal installée
pour un Prussien, d'autant que le Barrabas est mort.

— Comment, mort?

— Pas de soif, à ce qu'on dit. Ça fait toujours une
porte de derrière pour le patron; les défunts ont bon
dos.

Matifaz avait coulé l'argent dans son gousset. Il n'interrogeait plus.

— A quoi penses-tu? demanda Tourterol.

— A la ballade de chez nous, répondit Virgile d'un
air soucieux. Dans la ballade, l'homme qui a tué ne dure
pas, l'or le brûle, mais il a le temps de tuer encore.

— Il y est revenu à la ballade ! s'écria Tourterol. Il a
regémi, il a repleuré, il a rechanté sa pauvre chanson :
« Je n'avais pas besoin ! je me suis trop pressé ! Je suis
pris dans un engrenage ! Satan me tient !... » Ah ! vous
êtes de drôles d'oiseaux, dis donc ! Des esprits forts qui
ne croient pas au bon Dieu, mais qui ont peur du diable... Enfin, heureusement que ça ne dure pas long-

temps, chez lui, ces attaques-là. Il s'est remis comme à l'ordinaire et il m'a dit dans tout son sang-froid :

— Mon bon monsieur de Tourterol, il y a eu un meurtre. Un meurtre n'est plus une fumée qui vole, une chose en l'air que les sceptiques de l'administration française puissent traiter par-desssous jambe. M. de Pontal croit me tenir par ce meurtre, et si nous le laissions faire, peut-être qu'il me tiendrait en effet. Mais vous allez bien voir que nous ne le laisserons pas faire !

Il s'était campé comme un homme en me disant cela. Il n'a pas froid aux yeux quand la ballade le laisse tranquille. Il a repris :

— M. de Pontal est loin de compte ! Nous allons nous défendre dans l'intérêt de la patrie allemande d'abord et ensuite dans le nôtre. Je vous ai choisis, le sergent Virgile et vous, pour jeter dans les jambes de M. de Pontal le lieutenant Adrien Von Berghem, qui s'est conduit fort sottement et qui est une moitié ﹣c Français.

— C'est fait, ai-je répondu, mais je croyais qu'il appartenait à votre paroisse.

— Qu'importe, mon bon M. de Tourterol ? *Il est mon inférieur !*

Tourterol s'interrompit pour demander :

— Comment trouves-tu ça, toi, Matifaz ?

— Je trouve ça tout simple, répondit Virgile. C'est la discipline.

Il ajouta :

— Au fait et au prendre, qu'est-ce qu'il t'a donné .

— Un billet de mille ; il m'a rhabillé du haut en bas et la promesse du million tient.

— Si tu le débarrasses du Pontal. Partages-tu le billet de mille ?

— Plus tard... nous mêlons. Je te nomme mon associé.

— Eh bien, mon vieux Tourterol, dit Virgile, tu es le plus fin des Français, voilà la vérité, mais le Prussien t'a roulé. Tu es arrivé chez lui armé d'une machine capable de lui faire chanter tous les plus grands airs d'opéra. Sa vie, rien que ça : tu avais sa vie dans tes mains, et tu n'as eu de lui qu'un seul chiffon ! Et tu vas encore lui faire de l'ouvrage... car ce n'est pas ton chemin de descendre dans Paris. Où vas-tu ?

— Au bureau de nuit, à la préfecture.

— Quoi faire ?

— Causer avec les deux amis qui accompagnaient M. de Pontal au cimetière. Veux-tu venir avec moi ?

— Tout de même. Ça m'amuse, cette histoire-là, d'autant plus que le petit Adrien avait fait un rapport contre moi : comme quoi, au lieu de chauffer les grèves, je perdais mon temps à lancer les chanteuses aux Acacias.

— Il est donc vraiment quelque chose dans les Eclaireurs-Secrets ?

— Tout le monde est quelque chose. Il est, outre sa place au ministère, inspecteur de la brigade de monsieur Rabbe...; mais veux-tu que je te dise ?

— Parle.

— Moi, je vas me garer du patron comme du loup. Il est mordu. La rage montera. A ta place je veillerais au grain, et ferme !

A la préfecture, M. de Tourterol était un homme

connu. Virgile Matifaz, sous son patronage, fut reçu avec distinction dans le bureau des inspecteurs de garde.

— Je voudrais, dit M. le marquis après l'échange des politesses, voir deux des camarades, M. Leroy-Louban et M. Ruault.

Il y eut un sourire autour de la table, et quelqu'un répondit :

— Perdus pour l'administration.

— Comment, tous deux ?

— Tous deux.

Un autre ajouta :

— Ils ont fait un héritage.

Puis chacun, à tour de rôle, plaça son mot :

— Ils sont à Baden-Baden..

— Ou à Trouville...

— Ou dans leurs terres...

— A mener la vie de château.

— Non ! fit Tourterol, voyons : plaisanterie à part....

Le chœur tout entier l'interrompit et répondit :

— Le troisième dessous s'est ouvert : Disparus !

XXXI

EXTRAITS MORTUAIRES

Comme ils les font bien, les ballades, ces Allemands !
Notre théâtre vit des brunes fécondes qui voltigent sous
le froid azur de leur ciel. Lénor ! Mignon ! Marguerite !
à combien de nos poètes ces chères âmes ont-elles donné
du talent ! à combien de nos peintres ! à combien de nos
compositeurs ! Rien que parmi les pendules, dont on
leur reproche l'emprunt forcé avec tant d'amertume, il
y en avait une bonne moitié qui devaient leurs sujets à
cet immortel pharmacien : Faust, mal conseillé par
Méphistophélès.

« C'est la grande revue... » Vous entendez déjà le son

voilé des tambours-fantômes. « A l'heure de minuit, » entre les gigantesques ormes des Champs-Élysées, des bataillons sculptés dans le brouillard, — plus grands — et plus vagues que les foules d'Ossian, — des escadrons héroïques, à demi submergés par la nuit, défilent, rendant à « César décédé » le silencieux hommage qui sort des tombes.

« Les morts vont vite... » Dans le noir chemin, sur son coursier dont les naseaux soufflent des lueurs, pendant que ses quatre pieds dispersent de pâles étincelles, le hussard passe emportant sa fiancée vers le cimetière...

Et le roi des Aunes glisse parmi des flocons de vapeur, regardant à travers les feuillées mornes ces cheveux blonds qui passent, soulevés par l'haleine des nuits.

Profonde et mystérieuse poésie ! Il y a là-dedans des rayons harmonieux, des ténèbres qui chantent. Est-ce que la Marguerite de Goethe, comme les autres Gretchen, sentait vraiment la bière, le tabac et les choux ? C'est vraisemblable, mais l'opéra-comique purifie tout, et quand nos rancunes seront un peu calmées, la gratitude, chez nous, reprendra son niveau. En définitive, nous devons à ce peuple cent mille dissertations qui sont le lustre même de la *Revue des Deux-Mondes*, et plus de cinq milliards de ces petits vers gélatineux sans lesquels on ne pourrait pas accommoder les cavatines. A un franc le vers, nous sommes quittes.

M. Lion Rabbe n'avait avec Faust que des ressemblances très éloignées. C'était un Prussien de bonne qualité ordinaire ; mais il avait de la ballade dans le sang comme tous les Allemands. Le vent orageux du Walpurgis caressait son front chauve. Quelque chose de diabolique le gonflait, le soutenait et le poussait depuis que Méphistophélès lui avait joué ce méchant tour de l'induire à l'assassinat d'une concierge sans absolue nécessité.

Le délire froid du rêve tudesque hantait désormais son esprit, il entendait la fatalité qui marchait derrière lui, et parfois vous l'eussiez vu se retourner soudain sur le trottoir avec les épouvantes philosophiques de l'Homme qui a perdu son ombre.

Les morts vont vite. Il se sentait précipité par la destinée. L'or brûle, brûle... Il mesurait avec une volupté mêlée de terreur la crue de ce fleuve d'or où il nageait depuis que cet horrible outil, le cric malais, avait scellé son pacte avec Satan.

Tout lui réussissait, tout. C'était navrant comme symptôme de ballade. Une fois, pour défier le sort hautement et insolemment, il avait jeté, non pas son anneau, mais ses capitaux, non pas dans la mer profonde, mais dans l'insondable Crédit mobilier, et, chose stupéfiante, cette institution lui avait rendu son argent !

Ce soir-là, Lion Rabbe vit bien qu'il était condamné sans ressource. L'infernal bonheur se moquait de lui, — le bonheur maudit, — le bonheur qui vient trop tard et qui est le plus dur de tous les malheurs.

Nous n'hésitons pas à le proclamer : il était fou comme un groupe de douze docteurs, pris au hasard dans l'université d'Iéna. Mais un Allemand fou est plus sage qu'un Français jouissant de sa misérable raison, de même que von Bismark et son empereur, après la treizième bou-

teille ont la tête plus fraîche que M. Thiers, imbibé
d'eau rougie. Il y a de grandes et de petites races.

M. Rabbe était fou et n'en menait que mieux sa bar-
que. La ballade vous dira que c'est toujours ainsi. La
folie qui vient du Pacte est irrésistible, parce qu'elle est
la quintessence de la raison. M. Rabbe était horriblement
riche. Et vous n'auriez pas reconnu M. Rabbe avec ses
cheveux blancs comme la neige.

Bien du temps avait donc passé? Pas du tout! On
était encore en septembre et l'année 1868 n'avait qu'un
mois de plus. Un mois, voilà ce qui sépare les tableaux
déjà représentés du dernier acte de notre drame.

Mais ce mois était large comme une mer et profond
comme un abîme.

Est-ce vraisemblable? on ne devient pas un roi d'argent en un mois. En un mois, les cheveux blonds d'un
Roboam prussien demi-chauve ne blanchissent pas jusqu'au dernier poil.

Je vous demanderai simplement si vous croyez, oui,
ou non, à la ballade?

Alors, dites hardiment que les morts ne vont pas
vite. Inscrivez-vous en faux contre l'axiòme : L'or brûle,
brûle...

Ah! si fait! il faut croire à la ballade allemande. L'or
brûle, les morts vont vite !

En un mois, beaucoup de chères existences avaient
été tranchées. On eût dit que l'étrange bonheur de
M. Lion Rabbe portait malheur à ceux qui l'entouraient.

Le premier qui monta vers Dieu fut Virgile Matifaz.
Il était gras, il était blanc, il avait du goût pour la toi-

lette et les bagatelles artistiques. Il mourut d'une façon assez singulière.

On nettoyait le nº 13, pour montrer l'immeuble dans tout son lustre aux visiteurs convoqués par l'écriteau. Selon la mode des maisons neuves, l'escalier était éclairé par le haut au moyen d'une vitrine. Pour en nettoyer les carreaux, il fallait monter à l'échelle.

Virgile Matifaz se dévoua pour épargner à sa bourse le chagrin de payer deux francs cinquante.

Il monta sans défiance. L'échelle était juste au-dessus du vide qui formait l'âme de l'escalier. Un barreau se rompit bien malheureusement, et Virgile, tombant d'une hauteur de six étages, fut broyé contre le nègre qui soutenait le bec de gaz au bas de l'escalier...

Vous souvenez-vous de Mᵐᵉ Eustache? Elle était aux cent coups depuis trois semaines.

La police était venue un beau jour dans sa loge, puis la justice. On avait abondamment verbalisé dans le taudis abandonné du pauvre père Chardet, qu'on appelait maintenant Maquin, et qu'on qualifiait de rentier.

Rentier! le père Chardet! pauvre vieux Moïse!

Et vous jugez si Mᵐᵉ Eustache s'intéressait à cette affaire! Il s'agissait de la fameuse histoire Françoise Matifaz — une collègue!

Mᵐᵉ Eustache bavardait du matin au soir. Elle avait raconté ce fait bizarre : l'achat des reliques du père Chardet par trois inconnus. Ils avaient payé deux louis le carrik en guenilles et les débris du chapeau. Un marchand de décrochez-moi ça n'en aurait pas donné quinze sous.

Elle avait parlé en outre d'un monsieur, — le bon

monsieur qui venait voir le père Chardet, et qui n'avait
jamais dit son nom. Celui-là, disait-elle, pour peu qu'elle
vînt à le rencontrer par hasard, elle était bien sûre de
le reconnaître...

Elles ont bien tort de ne pas nettoyer le cuivre de
leurs poêlons. Un soir que Mme Eustache était en goût,
elle acheta une moitié de pigeon et se fit une petite
crapaudine. Jamais elle n'en avait mangé de meilleure.

Après son décès, qui eut lieu dans la nuit même, on
trouva que la casserole avait du vert-de-gris. Puisse cet
exemple ouvrir les yeux des personnes peu soigneuses!

Mais vous figurez-vous Mlle Honor du théâtre des Folies-Marigny et de l'entresol ayant vue sur les Champs-
Élysées, Mlle Honor, forte comme la Prusse, toute jeune,
toute éblouissante d'appétit et de fraîcheur, capable de
garnir des maisons meublées avec son cœur et mettant
des saucisses dans son thé, Mlle Honor, qui avait un chien
vert et une cameriste noire, vous la figurez-vous aux
prises avec les affres de l'agonie?

C'est absurde. Les houris de son tempérament ne font
leur vente qu'après quinze ans de service effectif et s'en
vont ensuite porter en dot leur honneur et leurs économies à quelque bon gentilhomme poméranien qui les
bat pendant quarante autres printemps.

C'est le moins.

Eh bien! Mlle Honor se laissa mourir inopinément.
Cela fut fait si vite qu'on mit une bande sur l'affiche.

Je ne saurais vous dire au juste quelle fut sa maladie.
Je préfère vous donner un détail intime qui a trait à ses
derniers jours.

Elle s'était mise à adorer son Lion Rabbe, nous sa-

vons cela. C'était presque de l'idolâtrie. Quand elle sup-
putait ce que M. Rabbe avait dû empocher depuis un
mois, elle gloussait des patenôtres amoureuses que
Sapho aurait mises en vers. Mais cela ne l'empêchait
nullement d'être aimable. Le lieutenant Hœfer l'ayant
invitée chez Doyen, on causa après souper et Lion Rabbe
vint sur le tapis.

Mlle Honor ne résistait pas au kirsch et le kirsch est
bavard.

— Quel beau Lion cela fait maintenant ! dit-elle. Il
est tout en or. Mais est-ce assez drôle. Le voilà mélancolique depuis qu'il monte. Et superstitieux ! Est-ce que
c'est possible, ce pacte?... Ça lui échappe... Il cause tout
seul... Il devient pâle comme un mort... Il dit : « Je
n'avais pas besoin, il fallait attendre quelques heures...»
et des tas de choses qui donneraient à penser... Bien
sûr qu'il n'a pourtant pas fait un mauvais coup, mon
Lion !...

La mort subite eut lieu le lendemain.

M. Lion-Rabbe pleura à son enterrement, comme un
simple mortel.

Mais celui qui excite en nous les regrets les plus
amers, c'est le marquis de Tourterol. Il avait ses défauts.
Dans la maison de Thomas Chuche, il ne s'était bien
conduit ni avec le mari, ni avec la femme...

(A propos de ce brave Thomas Chuche, je suis absolument forcé d'ouvrir ici une parenthèse : il n'était pas
mort, mais il avait frôlé la mort par deux fois, et de si
près que son nouveau protecteur, H. Hubert de Pontal,
pour éviter une troisième diablerie, l'avait interné chez
lui, dans l'ancienne chambre de M. Adrien, sous la

26*

garde spéciale de deux gentlemen dont nous aurons à reparler plus tard, M. le vicomte de Charmois, capitaliste, et W.-J. Grant, colonel au service de l'Union américaine.

Le lecteur peut mesurer l'importance attachée à la conservation de Thomas Chuche par la qualité de ses nobles gardiens.

Le coup d'assommoir donné par l'assassin, la nuit du meurtre de la Belle-Portière, n'avait point laissé de trace ; la blessure, reçue dans l'exercice de ses fonctions de mécanicien à l'usine du gaz était guérie, mais Thomas Chuche avait une autre blessure toute fraiche, une blessure si grave qu'on craignait encore pour ses jours.

Le vicomte de Charmois et le colonel Grant veillaient attentivement à son chevet, quoiqu'ils fussent tous les deux des gens fort occupés, et ils ne s'absentaient jamais ensemble qu'aux heures où Hubert de Pontal lui-même prenait son tour de faction.)

Cette longue parenthèse étant fermée, je reviens au malheureux sort de M. le marquis de Tourterol, frappé au milieu d'une prospérité sans exemple parmi les habitués du café-concert des Acacias.

La mise en scène de cette tragédie va nous ramener a Thomas Chuche.

XXXII

L'HEURE DE M. LE MARQUIS

Les personnes qui ont fait de bonnes études expriment une pensée du même genre par cette fatigante métaphore : « Il n'y a qu'un pas du Capitole à la roche Tarpéïenne. » Ennemi de toute exagération, je ne dirai pas que M. le marquis fût au Capitole, mais il y aurait peut-être grimpé avec le temps. J'ai connu des députés qui avaient son genre d'éloquence.

Fils d'un homme célèbre pour la grâce qu'il mettait à manier le râteau dans les prairies dorées de Frascati, il avait reçu en outre, les enseignements bienveillants et lé-

gers d'une mère qui ouvrait les loges avec discrétion au
théâtre national des Funambules. C'était là l'aigre fruit
des révolutions. Avant 89, ses ancêtres occupaient des
positions diverses et faisaient tout ce qui concernait
leurs états. Il citait surtout un de ses grands oncles qui
ramassait déjà des bouts de cigares du temps des Croisades. Cet anachronisme lui donnait, il est vrai, quelque
fierté, mais il savait y joindre l'aménité qui est l'apanage
de la vraie noblesse.

Herbe parisienne, respectable comme l'histoire de
France, et dont les racines baignent dans le ruisseau
des âges héroïques; espèce délicate, nerveuse, athée;
fleur de toutes les Frondes, sifflet de tous les charivaris,
huée de toutes les émeutes; chanson gaillarde, mais si
triste ! qui prend l'éternelle vertu pour madame Jocrisse, et confond la patrie sainte avec la mère à Chauvin : engeance de gredins naïfs, amoureux de l'art idiot,
des lettres sans ortographe, ennemis de la gène, de
l'honneur et des brosses, contempleurs éclairés du travail, amalgamant dans le même anathème, les propriétaires, les gendarmes et — la populace !

C'est imprévu, cela semble incohérent, mais c'est
exact. Ce type brille, malgré tout, il chatoie comme les
guenilles d'un pître ou comme l'eau de la mare, mor-
dorée à force de croupir. Il y a sous ces misères je ne
sais quel atôme d'esprit français, et quand on choque
cela, il en sort parfois cette étincelle que le fer des chevaux arrache au caillou noyé sous la boue...

Je demande pardon pour la mélancolie des lignes qui
précèdent. Tourterol commencait à porter du linge; il
avait mis de côté déjà un peu d'argent mal acquis. Au

moment où la Parque le toucha, il allait peut-être éblouir son siècle.

Depuis trois semaines, le firmament des Batignolles l'avait vu se lever à l'horizon comme une étoile. Moins tiré à quatre épingles que Brummel, il avait d'autres élégances. Il demeurait maintenant quelque part. Sa chaîne et ses breloques coûtaient trente louis à M. Lion Rabbe.

M. Rabbe payait son loyer, son appétit, sa soif, son luxe. Ah! il tenait M. Rabbe! Peut-être serra-t-il un peu trop fort...

Représentez-vous une nuit de septembre, sans lune. Thomas Chuche, maigre et long dans sa longue redingote, descend avec lenteur la rue des Trois-Maisons. Sa tête pend sur sa poitrine. Chaque fois qu'il passe sous un bec de gaz, au lieu de l'aviver, il l'éteint.

Et cependant, il n'est pas l'heure. Le jour est loin, bien loin encore.

A mesure que Thomas Chuche approche, on entend le murmure de son éternel monologue.

Dans l'ombre qu'il a faite ainsi derrière lui, une autre créature humaine marche, c'est une femme. Son pas est pénible et chancelant. Est-ce souffrance ou ivresse? Les deux.

Elle aussi parle toute seule. Elle dit :

— Cet homme-là est la bonté, — la bonté des petits enfants et des anges. Si j'allais me jeter à ses genoux, — à son cou, plutôt, il me pardonnerait, j'en suis sûre; il me semble que j'entends... « J'ai eu mes torts aussi, moi... » Ah! pauvre homme! pauvre cher homme!

Thérèse essuya ses yeux, qui étaient baignés de larmes.

Thomas Chuche s'arrêta non loin de la première des trois maisons, devant le terrain où était le cèdre. Il y avait là un réverbère.

Mme Chuche s'arrêta comme lui. Elle ne pleurait plus. Son regard était fixé sur le mur blanc de la première maison.

— C'est là qu'il est! murmura-t-elle d'une voix tremblante, et ce n'était plus de son mari qu'elle parlait. Il est riche maintenant. Il est beau; il m'abandonne pour celles qui sont riches et belles. Oh! non, je ne veux pas demander pardon à Thomas. Tout est fini; je ne veux plus de rien, je ne veux plus de la vie... Mais avant de m'en aller à la rivière, j'arracherai le cœur de celui qui m'a damnée!

Thomas Chuche était toujours sous le réverbère, devant le terrain.

Il lisait une lettre à la lueur du gaz.

La lettre disait :

« C'est ce gueux de Tourterol qui a perdu ta femme en mangeant ton pain.

« Maintenant elle va se tuer parce qu'il l'a délaisée.

« Il vient tous les soirs chez sa nouvelle maîtresse, rue des Trois-Maisons, n° 15.

« Et il en sort à minuit. »

Thomas froissa la lettre et pensa :

— C'est vrai, ça doit être vrai. Les torts sont donc à

moi. C'est moi qui ai introduit cet homme-là chez nous.

Il éteignit le bec de gaz.

Thérèse s'aperçut seulement alors que les autres lanternes étaient noires.

— Est-ce qu'il l'attend ausssi? se demanda-t-elle. Tant mieux! il va nous venger!

Elle frissonna, c'était sans doute de colère, car elle ajouta :

— Je vas piétiner sur son corps!

La rue était toute sombre.

Et comme d'habitude, il n'y passait pas une âme.

La petite horloge de Beaujon envoya les douze coups de minuit.

Mme Chuche s'était assise sur une pierre. Tout son corps tremblait.

Thomas Chuche attendait, adossé contre le mur, auprès de la porte. Il avait déposé sa perche. Aucune arme n'était dans sa main.

Au bout de deux ou trois minutes, un talon sonna sous la voûte, la porte s'ouvrit et M. le marquis de Tourterol sortit dans tout l'éclat de son élégance nouvelle.

Thomas Chuche ne bougea pas avant que la porte fût refermée ; mais alors, il se mit au-devant de Tourterol et lui dit :

— Ne crie pas, ou je t'abats!

Les gens comme Tourterol ne s'imaginent jamais qu'on puisse parler ainsi sans tenir l'outil qui exécute la menace.

Quant à demander une explication, M. le marquis n'y

songea même pas. Sa conscience lui en fournissait de surabondantes.

Mais il ne fut pas déconcerté pour cela. Il était brave à sa manière : il comptait sur son prestige.

— Range-toi, dit-il, mon bonhomme. Je parie qu'on t'a fait des bêtes de rapports. C'est le diable quand un personnage comme moi se familiarise avec des gens de ta sorte. J'ai déjà songé à faire quelque chose pour toi, puisque ma position est devenue analogue à mes manières et à ma naissance. Que veux-tu?

— C'est vrai que tu appartiens à la caste supérieure, répliqua Chuche d'une voix altérée, mais c'était une raison de plus pour ne pas t'abaisser jusqu'à me détruire mon pauvre bonheur.

Tourterol eut le rire traditionnel des marquis.

— Jaloux? s'écria-t-il, tu es jaloux, ma vieille! ah ça! pour qui me prends-tu? Est-ce que j'ai l'air de l'amant de Mme Chuche?

Thomas le saisit au collet.

— Lâche! lâche! gronda-t-il d'une voix que la fureur étranglait. Tu l'insultes, tu la méprises! et peut-être qu'en ce moment elle meurt pour toi!

Il entraîna en même temps Tourterol dans le terrain où était le cèdre.

Thérèse n'était plus sur sa pierre. Elle se coulait le long des clôtures, ivre d'humiliation et de haine, elle avait peine à ne pas crier :

— Oh! mon mari, tue-le, tue-le, je t'aimerai!...

Thomas traîna le marquis jusque sous le cèdre et le lâcha, en disant:

— Défendez-vous, je n'ai pas d'arme, mais je sens que je vas vous crever la poitrine.

Ma foi, Tourterol retroussa ses manches. Que risquait-il? ce qu'on appelle une *tatouille* au café-concert des Acacias. Il croyait bien que ce généreux Thomas ne le frapperait pas à terre.

Il comptait d'ailleurs sur ses talents en fait de boxe et adresse française.

Mais il y a des élans de bête exaspérée que nulle escrime n'arrête. Chuche reçut dans l'estomac le coup de pied du marquis et ses deux coups de poing en plein visage; mais il passa au travers, et, saisissant son adversaire à bras-le-corps, il le coucha sous lui.

— Au secours! au secours! cria Tourterol.

Thérèse descendit dans le terrain. Elle pensait :

— Coquin! c'est bien fait! tu la danses à la fin!

Tourterol cria une seconde fois :

— Au secours! au secours!

Et sa voix faiblissait.

Thérèse hâta le pas.

Pourquoi faire?

— Au secours! au secours!

C'était la troisième fois, et c'était si faible que ce devait être la dernière. On voyait bien cela.

La gorge de Mme Chuche rendit un grand soupir.

Elle était tout près des deux combattants, mais ni l'un ni l'autre ne la voyait.

Elle se pencha. Elle essaya de dénouer les deux mains de Thomas qui serraien le cou du marquis. C'était du fer. Thomas ne la sent même pas, quoiqu'elle employàt à son effort une vigueur désespérée.

27

Tourterol râlait.

Thérèse lâcha les doigts de Thomas, et sa main courut le long de son flanc droit, jusqu'à ce qu'elle eût trouvé la poche du pantalon.

La femme sait toujours les poches du mari.

C'était là que Chuche mettait son couteau.

Il y eut un terrible silence, parce que Tourterol ne râlait plus.

Puis Thomas poussa un gémissement, ses deux mains se détendirent, et la misérable Thérèse se coucha tout de son long, évanouie, auprès de son mari assassiné...

De ces trois êtres humains qui étaient couchés sous le cèdre, Tourterol s'éveilla le premier. Maintenant, la lune brillait à travers les échafaudages des maisons en construction.

Il se retrouva tout de suite comme font les chats, tombés d'un cinquième étage, et son premier coup-d'œil, en lui montrant les deux masses étendues sur le gazon, lui raconta toute l'histoire.

— La bourgeoise a travaillé, dit-il; ça n'aide jamais le bourgeois, au contraire!

Du bout de sa botte, il tâta Mme Chuche qui resta insensible.

— Elle m'aura cru mort, dit-il; rien que dans l'idée de me perdre, il y avait bien de quoi la tuer. Allons-nous coucher, je vas faire un rude somme.

Après ces paroles remarquables, et sans même se pencher pour examiner de plus près le mari ou la femme, Tourterol prit à travers le terrain pour regagner la rue.

Sauf un léger torticolis, il ne se sentait pas trop incommodé.

Plus dur qu'un caillou : dur comme don Juan !

Je ne sais pas si ce fut la statue du commandeur : au moment où M. le marquis dépassait un buisson, formé par les rejets d'un acacia, coupé au ras de terre, une forme humaine se dressa derrière lui, — leva les deux bras, — et lui asséna sur le crâne un objet qui ressemblait fort à un pavé.

L'heure de Tourterol avait sonné. Il s'affaissa comme un paquet de linge mouillé, sans une convulsion, sans un cri.

La statue du commandeur, qui était tout de noir habillée, mais qui avait des cheveux blancs, prit ses jambes à son cou et disparut dans les chantiers voisins.

Quand le premier passant, vers deux heures du matin, entendit les gémissements de Thomas Chuche, le terrain autour du cèdre était complétement désert.

Il y avait déjà longtemps que la porte de l'hospice Beaujon s'était ouverte à l'appel d'une pauvre femme que la douleur semblait affoler et qui avait apporté elle-même sur ses épaules ce qui restait de l'infortuné Tourterol.

Autour de l'endroit où était tombé Thomas Chuche, on ne trouva rien, sinon son propre couteau, ensanglanté jusqu'au manche.

XXXIII

TREIZE FLEURS

C'était comme une épidémie de catastrophes. Pensez-vous que la ballade allemande fût pour quelque chose là-dedans? Le fait certain, c'est que M. Lion Rabbe pouvait s'en laver les mains. Il avait, en vérité, de bien autres besognes.

Les morts vont vite. L'or qui vient du pacte entre dans les veines pour allumer le sang, qui brûle comme un punch, imprimant à la mécanique humaine un jeu surnaturel.

Tout va, tout se précipite. La vie a la torrentielle vitesse des fleuves entraînés vers les grandes chutes. Et il est bon d'appuyer sur cette comparaison, car elle est supérieurement juste. Ces masses liquides qui se ruent aux cataractes sont tranquilles, en apparence, dans la suprême rapidité de leur fuite. A vingt pas en avant du saut de Niagara, l'eau n'a ni un bouillonnement ni une vague.

C'est après la chute que l'immense fièvre du fleuve éclate en convulsions écumantes, en tumultes terribles comme les fracas d'une bataille.

En quelques semaines, Lion Rabbe avait vécu plus que le plein d'une existence. Il avait comblé sa caisse et bourré sa conscience : toutes les deux à regorger.

Lui seul et l'Autre Signataire du Pacte savaient le travail redoutable de ses jours et de ses nuits. Il était calme au milieu de ses victoires inouïes, et même (les Allemands ont l'esprit pieux) il osait remercier Dieu — comme ces cantiques prussiens écrits plus tard de Versailles, et qui arrivaient à la reine Augusta, exhalant encore l'odeur de la goguette lugubre, d'où ils sortaient, tachés de vin et de sang.

Ce n'est pas que ces féeries de la fortune arrivant tout à coup, foudroyantes comme une apoplexie, soient invraisemblables ni même très-rares. A la Bourse, en un mois, on a juste trente fois le temps de se lever mendiant et de se coucher millionnaire. Seulement, sur les cent mille badauds qui vivent et meurent de ce rêve, 99,999 ne gagnent que l'hôpital pour gros lot.

Le merveilleux, c'était la patience et la solidité de la veine qui se faisait sentir ici dans les petites choses comme dans les grandes. M. Lion Rabbe récoltait partout à la fois, même sur les sables où il n'avait point se-

27*

mé. Un amateur de parquets-mosaïque lui avait apporté
un bénéfice de 100,000 fr. sur sa maison du n° 13, et
Clémence avait eu cinq cents francs de ses housses.

A la Bourse, le côté roboamesque commençait à
le suivre avec un superstitieux respect, et M. Win-
terschültzheimerhofenburger, ce petit homme crochu
qui devine les ballades et monte en croupe des prédestinés comme nos gamins se suspendent derrière les
fiacres, avait dit déjà : « Ché lâcherai lé pon monsié
Rappe la feille di jûr ou le tiâple l'enbôrdera, gombre-
nez-pien. »

Le merveilleux, c'était encore la dignité stoïque avec
laquelle M. Lion Rabbe acceptait sa fortune. Cela ne
l'étonnait point ; cela lui était dû : avec ses cheveux
blancs, improvisés comme son opulence, ce champignon
de la couche d'or, jailli en une nuit, ressemblait aux
plus hauts chênes de la forêt d'affaires, à ceux qui, pour
épaissir leur feuillage et arrondir leurs troncs, avaient
subi les autans de quatre cents liquidations !

Le merveilleux, c'était enfin, c'était surtout le grand
art de stratégiste, l'à-propos parfait, l'audace à la fois
brillante et mesurée dont ce mince escompteur de la
veille avait fait preuve dans l'exploitation de sa conquête.

Ses relations étaient déjà aussi riches que son portefeuille.

Comment ! En un mois ! en ! mon Dieu, vous savez,
il faut se reporter au temps. Ce monde de 1868 tombait
positivement en putréfaction, c'est connu. Mais, maintenant...

Ah ! c'est bien différent ! Maintenant que nous sommes

purifiés de fond en comble, je vous affirme que le même miracle s'accomplirait encore, et à meilleur marché.

Et j'ajoute qu'en l'an d'expiation bavarde 1872, pour donner au champignon Rabbe toute sa majestueuse croissance, il ne faudrait peut-être pas deux semaines.

Libre à vous de penser et de dire : le roman, chose insolente, vit d'exagérations et de sarcasmes. Mon opinion est tout autre. Rien n'est à mes yeux plus rigoureusement sincère que le roman, seul procès-verbal authentique des faits que l'histoire ne raconte pas.

Seulement, les romanciers ont fort à faire, parce qu'il y a des scandales que la société, complice, ne veut ni voir ni avouer.

En un mois, M. Lion Rabbe s'était mis à la tête de la colonie prussienne. Il cousinait avec l'ambassade. Sa gloire toute jeune, franchissant les grilles de la Bourse, inondait Paris comme un flot. Il avait pour un peu la vogue de ce bon M. Law, au temps de la régence. Or, chez nous, M. Law, quand il revient à des époques périodiques, trouve des dévots dans toutes les églises. Sénateurs, députés des divers nuances, hauts-barons du faubourg Saint-Germain, tribuns buvant les gros sous de Belleville au café Anglais, tout Paris se sentait pris d'une tendresse imprévue pour M. Rabbe, qui allait être un Law et dont les affiches tapissant du haut en bas les murailles, appelaient à la fois les bourses et les cœurs.

Elles étaient jaunes, elles étaient bleues, elles étaient roses, les affiches de M. Rabbe, il y en avait de grandes, il y en avait de petites. Partout où un papier pouvait être collé, elles criaient en lettres coquines qui étincelaient à l'œil comme des diamants : *Premier appel de 15 millions !*

LE CRÉDIT SOCIAL, CAISSE DES COMMANDITAIRES !

Ce n'était pas absolument nouveau. Rien n'est nouveau sous le soleil. Les baraques de la même foire avaient déjà battu bien des fois le rappel de la monnaie à tous les coins de rues, et crié sur l'air des *Lampions :* Votre argent ! votre argent !

Il y en a eu d'autres depuis. Il y en aura toujours.

Mais tout le monde n'a pas signé le pacte. Lion Rabbe et le Crédit social, le Crédit social et Lion Rabbe chevauchaient à tous crins sur le dos de la ballade. Paris souscrivit trois capitaux et les promesses d'action firent dix louis de prime.

Aussi le Crédit Social était combiné de main de maître. D'abord, on avait timbré les actions aux armes de Prusse. Cela satisfaisait l'esprit et le cœur des Français. Ensuite, les garçons avaient une livrée qui ressemblait à l'uniforme des cent-gardes. Il y avait en troisième lieu (en attendant qu'on fît bâtir l'hôtel) l'appartement de trente mille francs, loué par Lion Rabbe, et au-dessus duquel un autre appartement de vingt-cinq mille francs s'aménageait pour les bureaux.

Il y avait enfin, il y avait surtout le conseil d'administration : un pur chef-d'œuvre !

Arrêtons-nous ici. La ballade peut attendre. Il y a des moments où l'écrivain attendri laisse déborder la sensibilité de son âme. La femme a son attrait, la fleur son parfum, les grands bois vous étreignent sous la religion de leurs harmonies. L'attrait, le parfum, l'harmonie d'une affaire, c'est son conseil d'administration.

Vous êtes-vous parfois demandé comment un homme, M. Rabbe, par exemple, arrive à cette puissance de cueillir, au milieu de nos décadences, ces bouquets de probités chevaleresques dont la seule vue fait jaillir hors des poches les porte-monnaies affolés!

Ne cherchez pas : c'est la faute à Gutenberg. M. Rabbe se promène beaucoup dans les bosquets de la presse. Christophe-Colomb chroniqueur l'y découvre, à titre gratuit ou onéreux. Timidement, il le cite comme ayant assisté à la soirée littéraire et Mme de Prétentain. Trois jours après, on le glisse parmi les notables qui ont accompagné au Père-Lachaise la dépouille mortelle de Chaudelarme, le rossignol de la cour d'assises, si habile à exploiter l'incontinence de sa glande lacrymale, et qui pleurait (adieu, Chaudelarme!) toujours du même œil, aussi abondamment en défendant les gredins qu'en accusant les honnêtes gens. Riche nature, dévouée à la veuve, fidèle à l'orphelin, esclave des honoraires! Chaudelarme, adieu!

C'est à la suite de cette mention que le premier Parisien, lisant pour la seconde fois le nom de M. Rabbe, se gratte le nez et se demande : « Qué q'c'est qu'ça? »

Un pas énorme! Il n'y a plus qu'à couler M. Rabbe au foyer de n'importe quel théâtre, un soir de bénéfice, et à lui mettre un joli mot dans la bouche. Ce n'est pas très-cher.

Après le mot, si on trouve une anecdote, bien! On peut alors jouer de M. Rabbe sans fausse honte, parler de « ses salons » et de l'aménité de Mme Rabbe.

Gutenberg, vieux bienfaiteur, avais-tu deviné Clémence !

C'est un journal politique qui tâte le premier le Crédit Social. Il le faut. La décence l'exige. Ces mots « combinaison absolument neuve » doivent être prononcés. Il est bon de placer ce membre de phrase : « dont tous les hommes spéciaux apprécient le sens pratique et les vastes capacités financières. » Personne au monde n'y fait attention.

Mais arrive M. Vulcain, du *Baromètre de la Bourse,* un casseur. Que lui a fait M. de Rothschild ? M. Vulcain le vide pour rembourrer Lion Rabbe. Ah ! bigre ! M. Lombard, du *Moniteur des fonds publics,* répond à M. Vulcain en lui parlant malhonnètement de Vénus... Il y a duel au grattoir. Cependant, Araby, de l'*Echo du Péristyle,* rend compte de l'affaire et calcule que les quatre émissions de la première série du Crédit social atteindront 60 millions.

Le *Guide des Souscripteurs* demande ingénûment combien il y aura de séries ; le *Million comique,* gai comme pinson, lui répond : « Tu n'es qu'un vilain curieux ! » Et l'*Economie financière* choisit ce moment pour dévoiler, sous le sceau du plus inviolable secret, que M. le duc de Bauséant, « jusqu'alors étranger à toute société industrielle, » condescend à siéger dans le conseil d'administration.

Ce n'est pas vrai ! Si fait ! L'*Indicateur des placements sérieux,* toujours mieux informé, imprime que le duc du Crédit social n'est pas M. de Beauséant, mais M. de Mayençay-Toledo. Saperlotte ! à mesure que le monde devient plus démocrate, la prime des ducs augmente sur le marché. Le *Furet de la coulisse* arrange les choses en déclarant qu'un duc n'empêche pas l'autre. C'est aussi l'avis de la *Semaine des affaires*, du *Propagateur des tirages*, de l'*Ami des actionnaires*, de l'*Eclaireur des reports*.

Ils sont innombrables comme les hirondelles au printemps, ces professeurs qui se donnent la mission sacrosainte d'enseigner l'arabe aux chrétiens. Leurs jolis cahiers pullulent. Le chiffonnier qui nettoie la borne de l'hôtel de Mayençay-Toledo lit le même journal d'or que M. le duc. Il en naît six chaque mois, il en meurt douze, et on envelopperait Paris comme un fromage dans le papier de ceux qui restent!

Et tout cela vit, Lion Rabbe sait comment. Et tout cela forme un orchestre dont il faut que Lion Rabbe sache jouer. Quand chaque instrument a donné sa note, depuis le tambour jusqu'au fifre; quand la grosse caisse a tonné, quand le tambour de basque a frémi et grincé; quand les cymbales, ces sirènes, ont envoyé jusqu'au fond des paillasses leurs vibrations contagieuses, l'affaire est mûre, l'argent naïf languit et frétille dans les tiroirs. Il est temps.

Il est temps de rassembler toutes les indiscrétions savamment éparpillées et d'enfiler en chapelet les noms égrenés au jour le jour. Le doyen, le chef, le Dieu de cette presse spéciale, le vénérable Montauciel, directeur de la *Loyauté financière*, ôte son chapeau et vient sur le devant de la scène apporter le tableau officiel de la troupe.

Il a la gravité de son âge et de sa vertu, mais on lui passe le mot pour rire. Cela donne confiance.

Nous demandons au lecteur l'autorisation de cueillir

dans la collection de la *Loyauté financière,* numéro de septembre 1868, la primeur du conseil d'administration collectionné par M. Rabbe pour son Crédit social.

Seul, le respectable Montauciel pouvait se permettre une nuance de légèreté en parlant de personnes si haut placées dans la considération publique.

Ce document servit pour les affiches et la page d'annonces achetée aux « grands journaux » ; mais on y fit des coupures commandées par les convenances.

Voici l'article de l'éminent Montauciel :

« Nous pouvons enfin donner à nos lecteurs la liste complète des influences véritablement hors ligne qui assistent la nouvelle étoile du ciel d'affaires, M. Lion Rabbe, dans la réalisation de sa magnifique idée : Le Crédit Social (1re émission de la 1re série, 15 millions, entièrement versés avant constitution de la Société. — Art. 23 des statuts.)

« CONSEIL D'ADMINISTRATION

« NOTA. — Aucune fonderie en caractères ne pouvant fournir une suffisante variété de signes, nous sommes forcés de mettre les diverses décorations en toutes lettres, ce qui nous contraint, vu le défaut d'espace, à en supprimer un très-grand nombre.

« PRÉSIDENT D'HONNEUR. — Nous tenons son nom d'une source digne de foi, mais les relations amicales qui existent entre les cours de France et de Prusse nous obligent à une réserve qui sera comprise et appréciée, surtout par S. A. R., le feld-maréchal prince X...

« Président :

« M. le duc DE BEAUSÉANT, sénateur, président des Fanfares réunies, des Bonnes-Études et de l'Œuvre des Jeunes-Pieds-Bots, membre de l'Institut historique de Seine-et-Oise, G. O. de la Légion d'honneur, G.-C. du Christ, C. de l'Aigle-Verte, de Sainte-Anne (2e classe) et du Soleil-Levant, Chev. du Lys et de Juillet, médaillé de Sainte-Hélène.

« Vice-Présidents :

« M. le comte SIMILOR DE BANQUEROUX, appartenant à onze associations d'intérêt général, directeur des Caves-Ouvrières et de la Parfumerie des Classes Pauvres, ancien député, fondateur de la *Revue oléagineuse* et du *Bulletin irrigateur*, O. de Léopold et d'université, C. des SS. Maurice et Lazare, de Charles III et du Sépulcre, consul général du roi de Cambodge, vacciné deux fois.

« M. Le maréchal baron KOPF, intendant royal du duché de Posen, propriétaire de trois vingt-quatrièmes dans les mines de Hahn-Hahn, gérant adjoint des brasseries épurées de Saltzchültz, conseiller privé (pour la paix) de S. A. S. le prince de Lippe-Lippe (Lippe), G. C. de l'Aigle-Jaune, C. de la Couronne de fer, de Sainte-Elisabeth, 5e classe, prieur du Temple Intermédiaire, modérateur des Pompes funèbres de Berlin, auteur d'*Albrecht-le-Loup*, tragédie représentée, avec chœurs.

MEMBRES DU CONSEIL

« M. le duc de MAYENÇAY-TOLEDO, ancien pair de

23

France, grand d'Espagne, gastriculteur, seul propriétaire des grands crûs (tant rouge que blanc) de Château-Luron, exempt de toute espèce de croix, — dont acte.

« Le prince PETITOFF-LES-DIAMANTS (ce nom dit tout, gardons-nous de rien ajouter).

« Le général VIELPAU, doyen de la Conférence vétérinaire, inventeur du canon à répétition-Vielpau (qui se charge par l'oreille), correspondant de l'*Espèce porcine* d'York, trois plaques, seize croix dont celle de Mascate, S∴ P∴ D∴ G∴ O∴ D∴ F∴.

« ISCARIAUX (Judas), Vivante galerie de prix Monthyou, évaluée à trois millions sterling. Jugez des croix ! Elles nécessiteraient une rallonge. Reçoit les dames.

« Le président GASCONCELLOS-ET-ALARCAON-EL-CURAÇAO, régent de la troisième banque de la Plata, vainqueur de Liébig, mille trente-deux maisons de bœuf embaumé sur la surface du globe. Christ, Isabelle-la-Catholique, Saint-Michel-de-l'Uruguay, Danebrog, Toison-d'Or, Etoile-Polaire, tout ! Et des bijoux.

« FUCUS, de la maison Hund, Kalb et Fuchs, qui n'est pas au coin du quai, mais bien à Breslau. Fraternité des capitaux et des peuples.

« GONFLET-DELOUTRE, avocat, député, tout l'esprit de Paris. Beaucoup d'immeubles ; a des idées généreuses et l'habitude de faire vendre chez ses locataires en retard. Ira loin, malgré son embonpoint.

« Le cavalier GALANTUOMO, diplomate, chancelier de l'Académie des Pupazzi (royaume d'Italie), ami de Victor-Emmanuel, de l'ancien roi de Naples, du pape, de Garibaldi. Joli caractère. Crésus piémontais : Merle blanc

« SALAMBOWSKI, le fameux auteur de l'*impôt enfin remplacé par les contributions.* Polonais, consolé par l'économie politique.

« Le marquis de FUMETERRE. *Les Engrais ou la mort!* poésie lyrique, *Physiologie du noir animal,*rêveris. Nommé récemment examinateur des produits stercoraux de la cavalerie. Lauréat (trois fois) des jeux floraux, déguste, fermente et désinfecte. Deux croix de plus que le président Gasconcellos. Achève son grand ouvrage : *Les révolutions rendues impossibles par l'ammoniaque.* »

Celui-là était le treizième et dernier.

L'incorruptible Montauciel faisait payer très cher ces insertions sério-comiques dont il avait le privilége. C'était avant la guerre. Montauciel aujourd'hui est mort et embaumé. Que le Dieu de Jacob ait sa belle âme !

XXXIV

APOTHÉOSE DE M. RABBE

Telle était la Table-Ronde des chevaliers fondateurs du Crédit social. Une fois débarrassée des turlutaines de l'éminent rédacteur de la *Loyauté*, cette liste présentait un ensemble de noms très-honorables et couvrait une énorme garantie de solvabilité.

Les deux ducs, Iscariaux et Fuchs étaient d'or et pouvaient être mis en cave comme les réserves de la Banque de France.

On a trop longtemps prétendu que cet autre chef-d'œuvre financier, la Compagnie Immobilière, n'avait jamais pu louer un seul de ses appartements de trente mille francs. C'est là une lâche calomnie, et nous sommes en mesure de la réfuter, puisque Lion Rabbe en avait un.

C'était dans les salons d'un de ces palais, créés par la plus ingénieuse de toutes les spéculations modernes (chaque franc de l'illustre société vaut encore à l'heure qu'il est plus de cinq centimes !) que la ballade allemande devait avoir son dénouement.

Là-bas, dans la Forêt-Noire, ou sur les croupes sombres du Harz, c'est vers le cimetière que galope le cheval-fantôme ; chez nous, il a le choix entre les nécropoles industrielles, plus sinistres que des tombes.

Mais que parlons-nous de tristesse et de mort ! Tout vivait, tout souriait dans la nouvelle demeure des Rabbe, Plutus peut tout acheter, hormis le goût, qui n'est pas à vendre. Et qu'importe le goût ? Il y a des gens dont c'est le métier d'avoir du goût : des inutiles, des misérables, des artistes !

C'était ici le luxe d'or de la spéculation victorieuse, le rêve réalisé du roi Midas, qui dore tout, depuis son bonnet de nuit jusqu'à la semelle de ses sandales. Les rayons insolents du métal jaune se mêlaient, se croisaient, se choquaient.

Figurez-vous cinq mille louis de faste grossier, mais tout battant neuf, entassés dans une boîte éblouissante, comme celles qui se vendent, pleines de bonbons, au premier de l'an ; mettez au-dessus un ciel ovale, peint en gris de nacre et en azur, suspendez à ce firmament des cascades de cristal enflammé, arrachant les étincelles par myriades au feu d'artifice des dorures, et placez dans ce cadre ardent le tableau qui lui convient : M. et Mme Rabbe.

Et que la dévote émotion qui saisit les croyants au seuil d'une cathédrale vous fasse battre le cœur !

Ils étaient beaux, Lion et Clémence, très-beaux, si beaux que l'ondée lumineuse qui les enveloppait pâlissait en touchant leur splendeur.

Lion Rabbe, simplement couvert, presque négligé, rayonnait de sa lueur propre. Il avait bien voulu accepter quelques croix pour ne pas désobliger les souverains de l'Europe ; mais rien n'émaillait sa boutonnière, sinon le ruban du roi Guillaume. Ce n'était pas modestie, au contraire ; il sentait qu'il n'avait pas besoin de ces vulgaires distinctions. De même qu'il éclairait la lumière, il eût décoré ses croix, lui, le triomphateur, auguste dans sa victoire, calme et jeune sous sa chevelure de neige qui faisait de sa calvitie centrale un lustre et une majesté.

Pour fabriquer Lion Rabbe, l'homme moderne, blanc et or comme les magnificences de la Compagnie Immobilière, il faut toute la primitive grandeur de Dieu, jointe à l'habileté de main que soixante siècles d'exercice n'ont pu manquer de donner au créateur de toutes choses.

Et Clémence ! ah ! vous ne la connaissez pas ! Elle était presque laide autrefois, elle l'était même tout à fait. Quelques-uns la trouvaient épouvantable. C'est qu'elle avait sa housse. Maintenant qu'on l'avait pelée, fourbie, polie, poncée, puis émaillée, et dorée encore par-dessus, au moyen des méthodes les plus énergiques, Clémence était une œuvre hardie, une curiosité du plus grand prix, surtout par la valeur des accessoires.

Feu la pauvre Mlle Honor, en son vivant, l'appelait

quelquefois « la grise. » Clémence avait en effet, quoique dodue, cette teinte générale des bilieux. C'est une
nuance neutre, favorable au rechampissage. Il n'y a que
les écarlates qu'on ne puisse pas vernir. L'émotion, chez
Clémence, tournait au noir. C'est distingué... Mais pourquoi disserter? Clémence était tout uniment splendide,
voilà l'évangile. J'ai vu, rue de la Paix, une rivière de
diamants qu'on avait mise sur une taupe de velours noir
pour en faire ressortir les feux. C'était Clémence. Sur
elle les diamants flambaient.

Elle était fière, du reste, comme il convient ; elle se
prenait au sérieux dans la juste mesure, elle croyait à
tout ce qui l'entourait, et le sentiment de l'argent dépensé la coiffait de cette auréole mélancolique qui poé-
tise les directeurs de théâtre, le soir de la répétition générale, où cent mille écus de trucs passent leur examen
avant d'affronter l'œil du public.

C'était, en effet, aujourd'hui, dans le salon Rabbe, la
répétition générale. Ce soir même, la première représentation de la grande pièce à spectacle, intitulée : le
Crédit Social, devait avoir lieu. Le conseil d'administration tout entier venait dîner, et le soir, les principaux
actionnaires, convoqués, devaient « farcir le boyau. »

Ceci est une vieille et patriarcale coutume, particu-
lière à Francfort-sur-le-Mein, où la banque, fervente
comme une religion, déborde en caressantes poésies.

Dans la Judengasse, où la saucisse est proscrite, en
théorie du moins, le boyau traditionnel est remplacé
par un bas de laine dans lequel les associés nouveaux
fiancent amoureusement leurs *gulden.*

Plus haut vers le Rœmer ou dans cette rue millionnaire, La Zeïl, plus riche à elle seule que Paris tout entier, ce n'est ni une saucisse ni une chaussette qu'on bourre, mais bien un coffre-fort, où les apports sociaux se marient.

Mais la locution proverbiale persiste, et l'on appelle toujours cela *der darm füllen*, « farcir le boyau. »

Pourquoi M. Lion Rabbe avait importé à Paris cette fête du vieux commerce allemand, le lecteur s'en doute peut-être. En tous cas l'explication viendra en son temps.

Tout allait bien. M. Lion Rabbe était content. Tout, c'était naturellement M. Lion Rabbe lui-même et Clémence, car peu importait le lieutenant Hœfer, simple comparse, et peu importait aussi M\uppercase{lle} Armelle de Mariaker qui était là, belle comme une madone, mais triste et ne s'occupant pas du tout de la fête prochaine.

Sa toilette était si simple qu'elle avait l'air d'une reine.

Peu importait enfin et surtout à Lion Rabbe et à Clémence M. Hubert de Pontal, en redingote, et dont on attendait la sortie avec une impatience mal déguisée.

Il était là, mon Dieu ! oui, encore ! C'est le privilége du silence et du flegme. Ces taciturnes prolongent les situations difficiles au-delà du possible.

Hubert s'était constitué sans mandat le gardien d'Armelle. Dans cette maison, Armelle était incapable de soutenir quelqu'un, et peut-être, l'eût-elle pu, n'aurait-elle pas eu la volonté de soutenir M. de Pontal, qui avait purement et simplement tourné le dos au jeune M. Adrien, prisonnier, disant pour toute excuse :

— Je le connais désormais des pieds à la tête !

Quant à Lion Rabbe, M. de Pontal le surveillait sans prendre la peine de feindre.

Il restait là, obstiné comme l'habitude. Il eut fallu le chasser. Peut-être n'avait-on pas osé.

Les prétextes qui expliquaient sa présence chez les Rabbe n'existaient plus. Jamais il ne parlait à Armelle, qui s'éloignait de lui avec une sorte de frayeur. Il n'y avait même plus le *Coup de pied de l'âne,* qui était achevé depuis une semaine. On venait justement de l'apporter monté en coussin, et personne n'avait daigné y jeter un coup d'œil, excepté M. de Pontal lui-même.

A mesure que les jours passaient, la préoccupation de M. de Pontal semblait augmenter. Il restait souvent dans son coin, seul avec ses pensées durant des heures entières. Parfois Mlle de Mariaker le regardait à la dérobée. Il y avait entre eux un lien qui gênait Armelle comme une obsession.

M. de Pontal, lui, ne se gênait de rien. Un soir que Clémence grillait de lui demander ce que, décidément, il venait faire chez elle, il répondit tout à coup à la question qui n'était point formulée, et prononça cette phrase la plus longue qui, depuis quelques jours, fût tombée de ses lèvres :

— Je passe une heure ou deux à vous regarder grandir, comme d'autres font leur partie de piquet.

Aujourd'hui, M. Rabbe tenait le lieutenant Hœfer dans un coin du salon, sans doute pour affaires, car ils parlaient avec animation et à voix basse. M. de Pontal était assis en face de Clémence, qui lui dit d'un air fin :

— Vous faites votre partie de piquet ?

— Je songe à la rue des Trois-Maisons, répliqua Hubert, et au nº 13.

Elle eut un orgueilleux sourire et pensa tout haut :

— Nous faisons bien des jaloux !

— Les voitures, disait Lion Rabbe à Hœfer, doivent être prêtes à dater de onze heures. Visitez encore une fois les bagages. On ne se fie pas à un homme comme je me suis fié à vous sans avoir l'intention bien arrêtée d'assurèr largement son avenir. Votre fortune est faite.

— Ma chère enfant, reprit-il tout haut en se rapprochant d'Armelle, je vous annonce un bonheur pour ce soir : vous allez revoir notre ami Adrien.

Hubert ne broncha pas.

Armelle devint toute rose. L'émotion lui coupa la parole.

Clémence dit :

— Il y a des gens qui font de belles promesses et qui parlent de leur influence. M. Rabbe n'avait rien promis, mais il a rendu la liberté à ce jeune homme, dès qu'il a bien voulu s'occuper de lui.

Hubert ne répondit point.

Lion prit la main de sa pupille en murmurant avec bonté :

— Est-ce de joie que vous pleurez, Armelle ?

Avant que la jeune fille pût répliquer, la porte du salon s'ouvrit et un grand laquais, qui pouvait passer pour un véritable objet d'art, annonça :

— M. le substitut Chabert !

Cette fois, Hubert de Pontal releva la tête.

XXXV

M. DE PONTAL CHASSÉ DU PARADIS

Il faut rendre justice à Clémence : jamais elle n'avait vu de son mari que le beau côté. On pouvait lui reprocher d'être aveugle, on ne pouvait pas l'accuser d'être complice. Depuis que le miracle des millions s'était fait, elle s'agenouillait en elle-même devant la grandeur de Lion Rabbe. C'était chez elle ce fervent fanatisme que toutes les religions peuvent inspirer, cette foi robuste qui nie en même temps le témoignage des sens et celui de la raison.

Mieux que personne elle aurait pu plonger un regard dans la conscience de Lion Rabbe, car elle était sa gardienne fidèle aux heures où le superstitieux conquérant subissait en faiblesses et en terreurs le contre-coup de ses implacables audaces. C'est la nuit surtout que la ballade allemande laisse tomber le secret de ses épouvantes. Les nuits de Lion Rabbe appartenaient à Clémence, qui assistait ses veilles et qui espionnait son sommeil. Car elle était plus jalouse à mesure que sa dévotion grandissait.

Pour toute autre que Clémence, les veilles de Lion Rabbe, tout aussi bien que son sommeil, auraient versé son secret goutte à goutte. Il parlait, il se plaignait, il pleurait. Ce bizarre accès de défaillance mentale auquel nous assistâmes, lors de sa première entrevue avec M. le marquis de Tourterol (et dont cet homme d'esprit était mort, ainsi que Virgile Matifaz), se renouvelait plusieurs fois entre le coucher et le lever de chaque soleil.

Clémence avait écouté bien des fois le délire d'abord, et puis le rêve : deux terribles témoins.

Elle n'avait pas compris — puisqu'elle vivait encore.

Rien n'arrête la ballade. Si Clémence eût compris, il restait encore de la place sous la trappe où le Barrabas, Mme Eustache, Mlle Honor, Françoise Matifaz, Virgile et Tourterol étaient tombés.

Les morts vont vite. L'or brûle. La ballade peut trembler et sangloter, mais elle suit son chemin implacable.

Clémence vivait, donc elle ne savait pas. Croyez à la rigueur mathématique de cette déduction.

Un matin, elle s'était penchée au-dessus du réveil de Lion Rabbe et lui avait dit :

—Tu travailles trop, tu réussis trop. Le génie se paye,

la victoire aussi. Les poésies de ta patrie fataliste te reviennent la nuit. Ta fièvre nocturne fait le calcul des superstitions allemandes. Ton bonheur inouï est pour toi le cheval-fantôme qui t'emporte vers la mort...

Lion Rabbe la regarda dans l'âme.

Il fut du temps avant de répondre, puis il dit en baissant les yeux :

— Sois mon ange gardien ; toi seule sauras cela : je suis fou.

Elle se prosterna, incrédule, mais passionnément reconnaissante.

Quant à Lion Rabbe, il croyait mentir et disait vrai.

La ballade lui rongeait le crâne comme un ver. Il avait cette sinistre démence des fantaisies germaniques, cette folie qui, tantôt creuse les sept fosses de Troppmann, tantôt insulte à Dieu par des prières impies, ivres d'alcool et de sang, pendant que cent géants d'acier, orchestre de cette monstrueuse orgie, foudroient de loin des petits enfants et des femmes, au hasard — dans le tas de deux millions d'êtres exténués par la faim...

Clémence ignorait tout, car l'entrée du jeune magistrat la laissa profondément indifférente. La grimace peu gracieuse qui lui échappa venait tout bonnement de ce fait que M. le substitut Chabert l'avait vue en camisole d'une propreté douteuse, dans la loge Matifaz, la nuit du meurtre. Clémence lui en voulait un peu pour cela.

Lui, M. Chabert, ne reconnut ni ce roi ni cette reine. Il entra moitié sémillant, moitié déconcerté par l'éblouissement du salon d'or. M. Rabbe fit un pas à sa rencontre, et lui dit :

— J'attendais au moins M. le procureur impérial !

29

— Officiellement et dans la règle, répliqua M. le substitut, nous ne nous dérangeons jamais. Si l'empereur
pouvait être témoin ou...

— Ou prévenu, acheva Lion Rabbe.

M. Chabert sourit et répartit :

— Il viendrait au parquet lui-même.

— Oui, dit Clémence dans son pyramidal orgueil;
mais M. Lion Rabbe !...

M. Chabert sourit encore et s'inclina, disant :

— Ma visite est tout officieuse. M. le chef du parquet
ni surtout M. le juge d'instruction n'auraient pu se la
permettre. Je me trouve avoir entamé l'enquête et je
suis au fait, mais je n'appartiens pas à l'instruction. C'est
ce qui a rendu possible pour moi cette démarche, qui
répond au désir de M. Lion Rabbe et à mon envie de lui
être agréable.

— Alors, monsieur le substitut, vous connaissez la
question ?

— Parfaitement.

Il y avait une cassette posée sur le guéridon. M. Lion
Rabbe la fit glisser sur le marbre pour la rapprocher de
lui.

Il ajouta :

— Voulez-vous voir les obligations ?

— Je ne m'y refuse pas, répondit M. Chabert.

— Suis-je de trop ? demanda Clémence.

— Non, répondit Rabbe, ni M\u1d49\u1d49 de Mariaker, ma pupille, non plus, ni même M. de Pontal ; je suis bien aise
qu'il voie de ses propres yeux.

Hubert le regardait tranquillement. M. Rabbe reprit
avec gravité en s'adressant à Clémence :

— Il est bon de vous dire, madame, que le parquet de Paris a eu des soupçons à mon endroit pour le meurtre de la malheureuse Françoise Matifaz.

Clémence eut un sourire méprisant et ne protesta même pas.

Armelle, qui était assise à l'écart, appuya sa tête charmante contre sa main et glissa vers Hubert un regard rapide.

M. de Pontal aurait pu servir de modèle pour sculpter la statue de l'indifférence.

— Deux mots préliminaires, s'il vous plaît, monsieur le substitut, reprit M. Lion Rabbe de plus en plus majestueux : exhiber treize cents obligations de Paris-Lyon ne signifie absolument rien dans l'espèce, car elles pourraient être achetées d'hier...

— Mais qui donc songe à prétendre?... voulut interrompre le jeune magistrat.

Rabbe le fit taire d'un geste souverain.

— Ce qui importe, poursuivit-il, ce sont les numéros des obligations.

Hubert s'était levé.

— C'est très-juste, dit-il, pourvu qu'il soit bien établi que ces numéros sont précisément ceux qui constituaient le dépôt, opéré par la mère de Mlle Armelle.

— Comprenez-vous bien ce que dit M. de Pontal? demanda Rabbe au substitut.

— Certes...

— J'appuie : s'il est prouvé que j'ai entre les mains les titres mêmes à moi confiés par feu ma belle-sœur...

— C'est clair, dit encore M. Chabert, mais vous n'avez pas besoin de cela. Vous n'êtes pas accusé.

— Il y a des hommes méchants ! prononça lentement
M. Rabbe qui ouvrit en même temps la cassette. On ne
m'accuse pas publiquement, donc, je ne puis publiquement me défendre ; mais on me calomnie, et comme je
ne sais rien des choses judiciaires, j'ai choisi un moyen
peut-être maladroit de confondre les calomniateurs. Et
voilà pourquoi j'aurais souhaité la présence d'un magistrat plus haut placé dans la hiérarchie...

— C'eût été tout juste convenable, fit observer Clémence.

Assurément, ceux-là ne cherchaient pas à caresser leur
juge.

— Voici, d'abord, reprit M. Rabbe, qui avait retiré un
papier de la cassette, la note de dépôt à moi remise par
Mme la comtesse de Mariaker, et contenant la liste des
treize cents et tant de numéros. Venez, Armelle ; appro-
chez aussi, M. de Pontal, il est bon que l'écriture de ma
belle-sœur soit deux fois certifiée.

Armelle obéit, mais elle fut devancée par Hubert, qui
avait saisi la note avec vivacité.

— C'est l'écriture de votre mère, dit-il, en tendant le
papier à la jeune fille.

Pendant qu'elle se penchait, toute émue, leurs têtes
se rapprochèrent un instant, et M. de Pontal ajouta tout
bas ces seuls mots :

— Cette nuit, votre cœur parlera !

Armelle eut un tressaillement. Elle était très-pâle,
mais elle s'éloigna de M. de Pontal et dit à son tour :

— C'est l'écriture de ma mère.

— Si ces deux témoignages vous suffisent, reprit encore M. Rabbe en s'adressant au substitut, je vous prie

de vouloir bien comparer les numéros énoncés sur la liste avec ceux des obligations elles-mêmes.

Il tendait le paquet de titres. M. Chabert fit un geste pudibond et répéta :

— Vous n'êtes pas accusé...

— Je suis dénoncé, du moins !

M. Chabert ne dit pas non.

— Par qui ? demanda Lion Rabbe.

— Je ne puis répondre à cette question... commença le substitut.

Mais M. de Pontal l'interrompit pour dire le plus tranquillement du monde :

— Par moi, M. Rabbe.

Celui-ci recula d'un pas ; mais comme Hubert, de son côté, avança d'un pas, la distance entre eux resta la même.

Hubert prit le paquet d'obligations, le défit, et après avoir étalé les titres sur la table, il en compara minutieusement les numéros avec ceux de la liste.

— C'est exact, dit-il en rendant le tout à M. Lion Rabbe. Désormais, je suis fixé. Je sais votre histoire comme si je l'avais faite.

— Sonnez, monsieur Hœfer, s'écria Clémence dont la colère, longtemps contenue, fit explosion. Que cet homme soit chassé honteusement !

Madame Rabbe, qui était la vaillance même, échappa aux mains de son mari et s'élança vers Hubert, qui la salua froidement et prononça d'une voix basse, mais distincte :

— Vous aussi, vous êtes fixée maintenant. Vous avez entendu, quand il dormait et quand il veillait, des pa-

29*

roles dont vous cherchiez le sens. Il disait : « Je n'avais pas besoin.....» il disait encore : « si j'avais attendu quelques heures....»

— Oh! misérable! misérable! grinça Clémence; si j'étais homme!...

— Excepté vous, acheva M. de Pontal sans rien perdre de sa glaciale froideur, tous ceux qui avaient entendu ces paroles sont morts.

Elle leva la main. Son mari la retint par derrière et dit :

— Sortez, monsieur.

Hubert se dirigea aussitôt vers la porte.

— Nous nous reverrons encore une fois, dit-il.

— Pas chez moi, je vous défends d'y remettre les pieds.

— Non, chez moi, répliqua Hubert simplement.

— Chez vous! répéta Lion Rabbe, qui voulait railler. Quand vous m'y verrez...

— Ce sera plus tôt que vous ne pensez, ajouta Hubert : dès ce soir.

Au moment où il atteignait le seuil, la porte s'ouvrit pour la seconde fois, et le superbe huissier annonça :

— M. Adrien Von Berghem.

Adrien se trouva face à face avec M. de Pontal. Il lui tendit la main joyeusement.

M. de Pontal l'écarta et passa.

XXXVI

BEAU TRAIT DE CLÉMENCE

M. Adrien resta un instant déconcerté, puis fit son entrée au milieu de la mise en scène suivante :

Armelle pensive, à l'écart, Clémence en proie à une attaque de nerfs et se débattant entre les bras de son mari, M. Hœfer sournois et ressemblant à quelqu'un qui entrevoit la solution d'une devinaille, monsieur le substitut Chabert impressionné malgré lui et fort embarrassé de sa personne.

Adrien arrivait mal. Nul ne songeait à lui souhaiter la bienvenue.

Il s'approcha d'Armelle, qui lui tendit la main d'un air distrait et à laquelle il demanda :

— Qu'y a-t-il donc? c'est pourtant beau, ici!

En ce moment, M. Chabert prenait congé des maîtres de la maison.

— Vous savez, dit-il à Mme Rabbe, quel est l'état de santé de ce malheureux M. de Pontal?

Il se toucha le front d'un geste significatif.

— Oui, répliqua Lion Rabbe très-vivement, il est fou ; j'étais en train de le dire à Mme Rabbe, qui ne voulait pas me croire. Vous voyez, ma chère amie, que je ne vous trompais pas.

— Fou! répéta Clémence d'un air sombre. Voilà deux fois que j'entends parler de folie...

Puis, elle ajouta durement :

— Alors, qu'on l'enferme! Ce doit être un fou dangereux.

— Tous les fous sont dangereux, dit Lion Rabbe sèchement. Écoutez monsieur le substitut, qui, j'en suis certain, a une communication à nous faire.

Le jeune magistrat parut flatté de l'empressement que ce puissant Rabbe mettait à l'entendre. Il reprit :

— Je dois taire ce qui est venu à ma connaissance par le canal en quelque sorte professionnel ; mais il y a des choses que tout le monde sait. Hier encore on parlait de ce malheureux jeune homme à la réception de M. le garde des sceaux. Il est très-connu dans le monde officiel ; personne n'avait plus de chance que lui d'arriver vite et haut. Son père était lié avec Dieu et ses saints, et toutes les carrières lui étaient ouvertes. Celle qu'il a choisie...

M. Chaberl hésita. M. Rabbe l'interrogea d'un regard perçant.

— C'est donc vrai ? murmura-t-il.

— Et ce n'est pas d'hier, murmura le substitut. Voilà plus d'un an que tout le monde le fuit à la préfecture, quoique M. le préfet fût l'intime ami de son père. Ces dames ont fait causer le secrétaire général, qui a raconté des histoires du meilleur comique. Chaque fois qu'il rencontre un rapin dans les champs, avec son pliant et son parapluie, M. de Pontal l'accuse de lever le plan d'un champ de bataille. Il a découvert que la chancellerie prussienne entretenait auprès de M. Offenbach plusieurs pharmaciens pour donner à ses œuvres cette qualité toxique qui enrichit les directeurs et pervertit les auteurs. C'est le contre-pied de Tyrtée. M. Offenbach est la mort-aux-rats de l'enthousiasme. Il tue Chauvin, qui est peut-être la France.

M. de Pontal a découvert encore qu'il y avait des Prussiens, naturalisés ou non, dans toutes les banques, dans tous les magasins de tailleurs, dans toutes les cordonneries et dans toutes les échoppes; il dénonce les orphéons, les solistes de Mabile, les figurantes des Bouffes-Parisiens, les députés de l'opposition qui donnent vingt francs à l'Internationale, le *Siècle*, le *Journal des Débats*, la *Revue des Deux-Mondes*, M. et Mlle Schneider, les hussards de Felsheim, Voltaire, la Bourse, Israël, la bière, les choux... A l'honneur de vous revoir, madame; enchantée de toucher la main d'un homme tel que vous, monsieur... J'ai cru devoir vous dire jusqu'à quel point le pauvre jeune homme excite la risée générale et quel immense éclat de gaieté accueillerait une accusation lancée par ce plastron contre le roi, le véritable roi des grandes affaires parisiennes !

Excellente sortie ! Clémence lui octroya le meilleur de ses sourires et M. Lion Rabbe, après l'avoir reconduit l'espace de trois pas pour le moins, lui serra vigoureusément la main en disant :

— Vous n'oublierez pas, monsieur, je l'espère, le chemin de la maison.

Dès que M. Chabert fut parti, Lion Rabbe se recaressa dans toute sa majesté.

— Lieutenant de Berghem ! appela-t-il.

Adrien s'approcha aussitôt.

— Lieutenant Von Berghem, reprit M. Rabbe qui employait évidemment à dessein cette qualification hiérarchique, vous êtes-vous entretenu avec votre fiancée ?

— Au milieu de ses immenses préoccupations, fit observer ici Clémence, qui s'appuya au bras de son mari, il ne perd pas de vue les plus petites choses !

— Nous n'avons pas parlé beaucoup, Mlle Armelle et moi, répondit M. Adrien, dont la figure rose laissait voir un certain embarras.

— Mlle de Marinker, demanda Lion Rabbe, est-elle toujours dans les mêmes dispositions à votre égard ?

— Je l'ignore, capitaine.

— J'ai promis, dit Armelle sans quitter sa place, je tiendrai, si on me rappelle ma promesse.

Clémence Rabbe haussa les épaules et ne dit pas pourquoi.

M. Lion Rabbe reprit avec une certaine sévérité :

— Je suis bien certain que ma chère Clémence a de l'affection pour sa nièce, et pourtant, j'ai souvent l'air d'être le seul protecteur de cette enfant-là. Lieutenant, connaissez-vous les marques d'affection qu'elle vous a données? Elle a refusé pour vous... Je ne veux même pas parler de ce malheureux qui a payé notre hospitalité par l'ingratitude...

— Ah! ah! fit M. Adren, vous n'êtes pas content non plus de mon ancien ami?

— C'est un monstre! dit Clémence, et j'aime à croire qu'il a, en effet, perdu la raison pour l'honneur de l'humanité!

— Mais, poursuivit Lion Rabbe, M\u1d49 de Mariaker a refusé d'autres partis, entre autres le lieutenant Hœfer, qui, je l'avoue, était soutenu par moi-même.

— Voulez-vous me permettre de vous adresser une question en particulier, capitaine? demanda M. Adrien dont les joues se teignirent de la couleur de la vertu.

— M\u1d50\u1d49 Lion Rabbe, lieutenant, peut entendre toutes les questions qui me sont adressées.

— Eh bien, poursuivit tout bas M. Adrien, je désirerais savoir.. Ma conduite dans cette affaire a disposé bien des jeunes personnes en ma faveur, capitaine, je crois que j'ai fait un certain honneur à la patrie allemande..., car enfin, je me serais laissé guillotiner plutôt que d'avouer...

— Qu'on vous avait envoyé coucher au grenier? interrompit Clémence. Votre lorgnon a été retrouvé dans les fagots. Vous êtes encore un joli sujet, vous!

Le petit chevalier prussien ne se déconcerta pas trop et répliqua :

— Enfin, à tort ou à raison, mon dévouement m'a

donné une renommée, et je peux choisir parmi plusieurs dots...

— Fi donc! s'écria Clémence, si jeune!

Mais M. Lion Rabbe dit :

— Ceux qui servent leur pays n'ont pas le droit d'être pauvres. Je vous approuve, lieutenant. Vous pouvez tomber aux genoux de votre fiancée. Il y a dans ce coffret treize cents et tant d'obligations valant au cours du jour 438,928 francs. Mme Rabbe complétera le demi-million.

M. Adrien s'élança pour suivre à la lettre le conseil de son capitaine et tomba aux genoux d'Armelle, mais il vint se heurter à un siége vide. La jeune fille avait quitté le salon.

Clémence et M. Hœfer se mirent à rire.

Lion Rabbe, toujous olympien, aurait cru déroger, en partageant cette gaieté.

— Lieutenant Von Berghem! appela-t-il de nouveau.

Et quand M. Adrien fut revenu à l'ordre :

— Je vous prie de suivre le lieutenant Hœfer, qui va vous donner ses instructions. Vous êtes en service actif à dater de l'heure présente. Allez, messieurs !

Lion Rabbe et sa fidèle compagne étaient seuls. M. Rabbe consulta la monumentale et magnifique pendule dont les dentelles d'or tranchaient sur le marbre blanc de la cheminée et dit :

— Nous avons dix minutes avant l'arrivée de nos hôtes. Je comptais te parler plus au long, ma bonne, ma bien-aimée compagne; mais il faut désormais brusquer l'explication.

Il l'avait conduite à un divan. Clémence murmura en se laissant aller sur les coussins :

— Lion, pensez-vous donc que je n'aie pas tout deviné?

M. Rabbe se sentit froid dans les veines. Il ne s'attendait pas à cela, et il eut la parole coupée.

— Lion, reprit Clémence en se couvrant le visage de ses mains, je suis la compagne de vos veilles et la gardienne de votre sommeil, votre fièvre parle, vous rêvez aussi. Que d'autres vous soupçonnent d'être un criminel; moi, je sais que vous conspirez. Dites-le moi, quoique je le sache.

Pendant qu'elle parlait, M. Rabbe ne respirait pas. Quand elle eut achevé, son souffle fit explosion.

— Je vous connais, dit-il, en posant la main sur son cœur, vous ne me trahirez pas!

— Elle lui jeta ses deux bras autour du cou.

— Après toi, fit-elle à travers les sanglots qui soulevaient sa poitrine, ce que j'aime le mieux, c'est ma patrie, c'est la France; mais tu m'es mille fois plus cher que la France et que le monde entier... Ah! cet homme n'est pas un fou. Il y a longtemps que cet homme me fait peur, à force de te regarder dans l'âme!

— A cause de cet homme, prononça lentement M. Rabbe, je vais être obligé de fuir.

— Fuir! répéta Clémence, abandonner ce luxe, cette puissance, cette royauté, comme disait ce M. Chabert, qui est fort bien pour un simple substitut... Toi! fuir!

— Il le faut, tu as deviné juste : je conspire; et cet homme, loin d'être un fou, a le caractère patient et l'esprit clairvoyant d'un fils de l'Allemagne. C'est par cela même que nous l'avons combattu, car il a une cuirasse à l'épreuve de toute autre arme; c'est à cause de cela que nous avons réussi à le faire passer pour maniaque dans ce cercle d'insensés où la sagesse fait tache. Il m'a donné plus de mal, lui seul, que toute la police française.

— Tu es donc le chef de la conspiration, mon Lion? s'écria Clémence.

M. Rabbe répondit avec une orgueilleuse humilité:

— L'Allemagne est le peuple-géant; je ne suis qu'un soldat dans la sainte, dans la sublime armée de la conquête allemande.

Le regard de Clémence exprimait une douloureuse admiration.

— Et tu risque ta vie, mon Lion ! murmura-t-elle.   .

— A chaque moment de chaque jour, oui, je risque ma vie.

— Voilà donc expliqués tous ces mystères qui m'ont rendue si malheureuse au milieu de mon bonheur, je sentais vaguement que nous dormions sur un Vésuve!... Mais, dis-moi, Lion, mon amour, que cette explication soit au moins complète, dis-moi ce que signifient ces étranges paroles qui échappent sans cesse à ta fièvre : tn parles du bonheur qui vient trop tard... d'une chose que tu as faite et dont tu n'avais pas besoin... d'une malédiction, d'un pacte... de l'or qui brûle... Je sais que tu es l'honneur même...

M. Rabbe l'interrompit en l'attirant contre sa poitrine.

— Clémence! prononça-t-il avec une noble emphase, vous êtes au-dessus de votre sexe. Je vous dois la vérité tout entière. Je suis homme. Peut-être que je regrette aux heures d'humaine faiblesse tous les biens dont je fais le sacrifice à mon devoir...

Il jeta un regard aux splendeurs qui l'entouraient et poussa un soupir.

— Oh! grand cœur! grand cœur! murmura Clémence. Quel dommage que tu ne sois pas Français!

— Mais ce n'est pas encore tout le vrai, continua M. Rabbe en baissant la voix, ces paroles qui m'échappent s'expliqueraient aisément. Qu'avais-je besoin de conquérir des millions pour les jeter au vent? Ne suis-je pas maudit, moi qui entraîne l'amie de mon cœur dans mon naufrage?... Le pacte! oh! tu le connais, je me suis donné corps et âme à la patrie... L'or qui brûle! Clémence! sous notre froideur apparente le volcan se cache... Nous avons toutes les nobles passions de l'homme...

— Tu es ambitieux! s'écria Mme Rabbe; l'or mène à tout, et tu es obligé d'abandonner un véritable trésor! n'ajoute rien, j'ai compris!

Lion la baisa au front. Il était triste et solennel.

— J'ajouterai un mot, murmura-t-il si bas qu'elle eût peine à l'entendre; j'ai trop donné à mon devoir, à ma bien-aimée patrie. Ce que tu appelles ma fièvre doit porter un autre nom. La force humaine a des limites. Il est des heures d'épuisement où ma raison s'absente. Ce n'est pas M. de Pontal qui est fou, Clémence, je te l'ai déjà dit, c'est moi.

La main de Mme Rabbe étouffa ce mot sur ses lèvres. Il reprit après un court silence.

— Cet homme, à force de combattre, a appris l'escrime. Il m'attaque sur un terrain nouveau. L'accusation est absurde, mais qu'importe! Contre ce coup, je ne peux plus m'abriter derrière l'aveuglement de l'administration française, du monde français, de tout ce qui bavarde au lieu de penser, et ricane au lieu de regarder. La justice française ne vaut pas mieux que le reste, mais cet homme est résolu; il serait digne d'être Allemand! Il prendra la justice au collet, il la poussera chez moi de force, et en cherchant le meurtrier qu'elle ne trouvera pas, elle mettra la main sur le conspirateur. Le secret de la grande œuvre allemande est en danger!

— Et ne peux-tu rien contre lui? demanda Clémence, dont les yeux eurent une lueur fauve.

Elle frissonna en écoutant le son de sa propre voix, et reprit avec précipitation :

— Non, non! Cet homme aussi fait son devoir! Comme je l'admirerais, si je ne t'aimais pas jusqu'à la démence!

Elle était presque belle sous le rayon de passion qui éclairait son désordre.

Lion Rabbe continua :

— Nous n'avons plus qu'un instant, et j'achève. Tu vois les choses comme elles sont : cet homme et moi, nous sommes les champions d'un mortel combat. Si je ne risquais que ma vie, je l'attendrais de pied ferme; mais je porte sur moi un trésor qui est le secret de mon pays; je n'ai pas le droit d'accepter le défi. Demain au plus tard, cette nuit peut-être, je serai en route pour la frontière du Rhin... Clémence, j'aime trop ma patrie pour vous blâmer si vous, Française, vous hésitez entre la France et moi...

—Lion, je vous suivrai, dit Mme Rabbe, dont les yeux se baignèrent de larmes.

Elle cacha son front dans le sein de son mari, qui avait les sourcils froncés légèrement, et dont le flegmatique visage exprimait tout autre chose que l'enthousiasme de la reconnaissance.

Ce n'était pas à ce trésor-là que Lion Rabbe tenait le plus.

Depuis un moment le pavé de la cour résonnait sous les roues des voitures.

— Clémence, dit M. Rabbe, vous me réconciliez avec l'humanité ! Voici nos hôtes, rappelez votre sourire. j'accepte votre dévouement héroïque.

L'incomparable huissier annonça :

— Le maréchal comte Kopf !

Puis à la queue-leu-leu :

— Le sénateur chevalier Pigra !

— Le duc de Mayençay-Toledo

— Le général Vielpau !

Et ils entrèrent, ces potentats, plus dorés que des figurants du *Roi Carotte*.

Mais moins resplendissants que l'huissier de la maison Rabbe, et tout noirs, et tout ternes, et tout petits en face du couple glorieux : le grand Lion, du Crédit Social et sa Clémence, digne des pages de l'histoire romaine !

XXXVII

DEUX FIANÇAILLES

A cette même heure où le radieux salon Rabbe recevait ce bouquet des fleurs animées de la finance, cette douzaine d'hôtes illustres et bien faits pour lui, nous monterons les trois étages du logis de M. de Pontal pour assister à une courte scène qui avait lieu dans l'ancienne chambre de ce bon petit M. Adrien.

Nous savons que cette chambre était occupée maintenant par Thomas Chuche, que M. le marquis de Tourterol avait vaincu en combat singulier, moyennant l'aide de l'infâme Thérèse.

Thomas n'avait pas encore quitté la chaise-longue où sa blessure le clouait, sous la garde de M. le vivomte de Charmois, du colonel américain W. J. Grant et de M. de Pontal lui-même, qui le veillaient à tour de rôle.

Il paraîtrait que ces messieurs avaient de fortes raisons pour ne point abandonner leur poste, car, depuis plus d'une semaine, à toute heure de jour ou de nuit, vous eussiez trouvé au moins l'un d'eux auprès du blessé, qui recevait les soins d'un célèbre professeur de Beaujon.

Aujourd'hui seulement, Thomas Chuche avait appris la mort de Tourterol, et voici comment : M. le vicomte de Charmois n'était pas fier du tout, et le colonel, pour un Américain, paraissait vraiment bon enfant. Tous les deux connaissaient sur le bout du doigt les affaires de ce pauvre Chuche, qui n'avait qu'une pensée : sa femme, et qui lui pardonnait du fond de son cœur. Bien plus, sa colère étant passée, il s'accusait d'avoir été dur envers Tourterol, « son supérieur », et disait, croyant que le coup de couteau venait de M. le marquis :

— Fallait bien qu'il pique, puisque j'étais en train de l'étouffer !

M. de Charmois avait promis d'abord des nouvelles de Thérèse et le colonel Grant s'était chargé de Tourterol. Tous les deux, comme nous le verrons, étaient admirablement placés pour tenir parole. Le colonel Grant revint avec l'extrait des registres de Beaujon, constatant le mystérieux décès du marquis, et M. de Charmois rapporta une lettre de Thérèse.

Il l'avait trouvée à ce même hospice Beaujon où elle était entrée avec son fardeau pour n'en plus ressortir.

La lettre ne contenait que trois lignes tremblées, elle disait :

« J'ai été bien malade, j'aurais voulu mourir. Dieu a eu pitié de moi, puisque le coup de couteau ne t'a pas tué. Tu sauras tout, et tu me pardonneras, toi, le meilleur des hommes ; mais moi, je ne me pardonnerai jamais. »

Thomas baisa la lettre, inondée de ses larmes.

— Françoise Matifaz le disait bien ! s'écria-t-il, et celle-là se connaissait à tout ce qui est bon ! Elle disait : Thérèse se repentira, elle n'a pas mauvais cœur. C'est une âme en peine qu'il faut arracher à l'enfer...

Quand M. de Pontal rentra sur les six heures du soir, il était accompagné du médecin. Thomas Chuche leur dit :

— Je veux sortir, je me sens fort.

Hubert répliqua :

— C'est précisément pour examiner cette question de savoir si vous êtes assez fort pour sortir, ami Chuche, que j'ai amené le docteur.

Celui-ci, après la consultation, donna son avis ainsi :

— S'il s'agit d'une affaire de réelle gravité, le blessé peut sortir en voiture.

Une demi-heure après, Thomas Chuche et ses trois gardiens montaient en fiacre,

Thomas portait son costume ordinaire. Par-dessus sa redingote, M. de Pontal lui avait passé en bandoulière un sac d'ouvrier gazier.

— Vais-je donc travailler dès ce soir ? demanda Thomas en riant.

M. de Pontal lui remit en main un engagement, signé

par le directeur du Gaz, et qui l'établissait inspecteur du quartier de la Madeleine

Hubert et ses deux compagnons étaient en grande tenue : habit noir et cravate blanche.

Le fiacre descendit vers le boulevard Malesherbes.

Il était alors huit heures du soir.

Au coin de la rue d'Anjou-Saint-Honoré, Hubert sonna. Le cocher arrêta ses chevaux.

Un groupe de cinq à six personnes stationnait à l'angle du trottoir.

L'un d'eux se détacha et vint à la portière.

C'était l'agent Barré que nous vîmes assister le commissaire de police lors de l'enquête nocturne, opérée dans la loge Matifaz, au n° 13.

Les deux têtes qui se montrèrent à la portière furent celles du vicomte de Charmois et du colonel W.-J. Grant.

— Bonsoir, les vieux, dit Barré. Plus que ça de toilette ! Vous n'auriez pas de plus beau linge si vous étiez appelés à *farcir le boyau* chez le Melchisedec allemand, là-bas.

De l'endroit où le fiacre était arrêté, on voyait un rassemblement de curieux, groupés au-devant d'une maison-Pereire dont le second étage était pompeusement éclairé.

Ce n'était pas l'appartement de 30,000 francs ; celui-là dissimulait derrière les persiennes fermées les splendeurs du salon de Clémence ; c'était l'appartement de 25,000 fr., le vrai sanctuaire du Crédit social, où l'on allait bénir, *more Judæorum*, la caisse sacro-sainte de mein herr Lion Rabbe.

L'agent Barré dit encore à nos deux gentlemen, qu'il traitait sur le pied d'une familière cordialité :

— Vous savez que le petit blondasse au lorgnon a été élargi aujourd'hui? L'affaire de la belle portière finit en queue de poisson. Le petit est là, qui s'amuse avec les actionnaires. Est-ce qu'on va veiller tard?

Le colonel Grant se pencha hors de la voiture, et M. Barré s'étant approché tout contre, ils échangèrent quelques mots à voix basse.

— Tiens, tiens! fit Barré, vraiment, vous en êtes? Excusez! Alors l'affaire du n° 13 n'a pas encore dit son dernier mot?... Soyez tranquille pour ce brave homme de Thomas Chuche. Cette fois, il ne sera ni assommé, ni poignardé. Nous sommes bons là!

— Ne quittez la place sous aucun prétexte, acheva M. W.-J. Grant et prêtez main-forte à l'homme du gaz dans l'exercice de son état.

La voiture se mit en marche de nouveau pour faire halte définitivement devant la maison Rabbe.

Le colonel, le vicomte et M. de Pontal descendirent. Tous les trois demandèrent les bureaux du Crédit social.

Thomas Chuché resta seul dans le fiacre.

Pendant cela, Barré rejoignait ses compagnons au coin de la rue d'Anjou et leur disait :

— Décidément, Leroy-Louban et Ruault sont de la haute. Ils ont les poches pleines d'actions, ces gaillards-là! J'ai idée qu'on va voir quelque chose de curieux. La consigne est de veiller sur la voiture.

Ce serait très-long, très-long, s'il fallait vous décrire, même d'une facon sommaire, les merveilles de ce dîner industriel. Il ne s'agissait pas de plaisanter. Sur treize membres, le conseil d'administration du Crédit social comptait au moins une forte douzaine de fourchettes *di primo cartello*, cotées dans les meilleurs ministères.

Une compagnie comme le Crédit social serait mort-née si elle mangeait médiocrement.

Il faut des bases solides à l'estime publique. En nos temps malheureux et humiliés où la France n'ose même plus se vanter d'être la première nation du monde, ce qui était pourtant bien innocent, on dîne encore. Il faut dîner. C'est un acte tellement méritoire qu'il en est tenu compte aux hommes d'Etat par la reconnaissance du pays. Les merveilleux discours de M. Thiers sont contestés, mais les journaux dits « d'esprit » ont l'honneur de constater avec un soin pieux tous les dîners qu'il donne. Cela le soutient auprès des penseurs. Paris intelligent semble dire : « C'est un simple mortel, après tout, et il a le tort d'être une moitié ou un quart de sauveur; mais vous voyez, il dîne ! Donc bravo ! »

Dîner est en effet d'un bon cœur, et cela fait pardonner bien des étourderies.

On ne peut, même en imagination, regarder sans être attendri une table comme celle du Crédit social. Tout était pareillement beau, le service et les hôtes. Clémence trônait entre les deux ducs. Où donc avaient fui les légers défauts de son caractère? son économie exagérée? son faible pour les housses? Se peut-il que cette noble femme eût jadis sacrifié au plumeau ! Les deux ducs, qui étaient pourtant de jolis ducs, bien établis, bien entiers et formant supérieurement la paire, semblaient des démocrates auprès d'elle !

Une reine, ce serait trop peu dire, et d'ailleurs on n'en fait plus. Une présidente, cela prête un peu à rire j'ignore, en vérité, pourquoi. Une déesse, oui, voilà : tout uniment, une divinité, c'est le mot qui convient à Clémence. J'espère que le lecteur se contentera de cette appréciation.

Je dois ajouter seulement que son lustre était un reflet. Ses rayons lui venaient de l'astre principal qui ensoleillait cette vénérable assemblée, car Lion Rabbe dominait l'illustre niveau de ses convives à de telles hauteurs que je modère ici l'élan de mon style, craignant le reproche d'invraisemblance.

Avez-vous assisté parfois à des solennités de ce genre? Ne vous hâtez pas de croire à l'ironie, si jamais vous n'avez vu un troupeau de fils des preux, parqué dans une bergerie industrielle. Je ne parle pas, bien entendu, des grands seigneurs aiguisés et fourbis qui se glissent, à titre onéreux, dans les prospectus d'affaires, comme certaines armoiries faméliques se laissent coller aux panneaux d'une voiture de coquine — pour un prix, débattu la veille de la noce; — non, je parle des bonnes gens, comtes ou marquis, apportant bel et bien leurs économies, du bel et bon argent, tiré de la cave et qui garde encore son vert-de-gris du temps des croisades.

C'est curieux, mais c'est triste. La finance est pour eux une sorcellerie. Moutons avides et naïfs, ils s'agenouillent pour se faire tondre, et remercient humblement quand la botte de Lion Rabbe daigne leur écraser le sinciput.

Demandez à ceux qui s'y connaissent, et ils vous diront à l'unanimité qu'entre tous les gogos répandus sur la

surface de la terre, M. le duc (jusqu'à la troisieme li-
quidation) est l'actionnaire le plus pur, le plus fervent
et le plus plat. Vous lisez bien : le plus plat.

Par exemple, quand il a passé par trois Crédits-Mobi-
liers, défiez-vous!

Il y avait peut-être dans le Crédit social plusieurs seigneurs ayant subi l'épreuve du feu; mais la majorité
était moutonne et les deux ducs, au point de vue des
conseils de surveillance, possédaient leur virginité.

Aussi mangeait-on à la table de Lion Rabbe avec un
appétit mêlé de pieuses ferveurs et, quant au dessert, il
prononça un petit prône d'or, sobre et digne, les actions
que chacun avait en poche se mirent à frétiller doucement.

Ce grand Lion Rabbe avait dit :

—Nous ne sommes pas, messieurs, une compagnie ordinaire. Nous abordons l'exercice avec tous nos capitaux.
Comme je pouvais choisir, je n'ai accepté que les souscripteurs prêts à verser la totalité de leur apport, et notre association présente le spectacle rare d'une caisse
qui, dès le premier jour, est une vérité! (*Sensation.*)

Quelques-uns d'entre vous ont eu l'idée d'introduire
au sein de cette fête de famille un usage patriarcal qui
s'est perpétué dans plusieurs villes de l'Allemagne, et
qui, si j'ose m'exprimer ainsi, *pend la crémaillère*
d'une entreprise, comme la cérémonie des fiançailles
symbolise et précède le mariage.

M. Rabbe s'arrêta pour reprendre haleine.

— *Farcir le boyau!* dit M. Fuchs entre haut et bas.
Bien joli!

Tout le monde répéta complaisamment.

51

— *Farcir le boyau!*

— Charmante coutume! fit observer l'un des ducs à Clémence.

— Et comme notre cher ami s'exprime éloquemment! remarqua l'autre duc.

Clémence avait les yeux mouillés.

Gonflet Deloutre murmura comme on fait à *Parliament-House :*

— Ecoutez! écoutez!

— Nous avons bien ici, continua Lion Rabbe, qui mit dans la majesté de son débit une nuance de douce gaieté, nous avons bien dans un coin de cette table de vrais fiancés qui célèbrent l'aurore de leur jeune bonheur...

— Ah! bravo! bravo! fit-on autour de la nappe.

Et tous les regards se portèrent sur M. Adrien, qui avait l'air d'un bonhomme en sucre rose, auprès de Mlle de Mariaker, belle, mais pâle comme une tête de Vierge, sculptée dans le marbre.

— Je glisse sur ce sujet, reprit M. Rabbe, mais je constate que les préliminaires de cette félicité privée sont encore un symbole : ils symptomatisent dans de modestes proportions un fait immense : l'union des deux plus grands peuples de la terre...

— Bravo! bravo! bravo!

— Pas bêtes, les Prussiens! grommela le général Vielpau. Je leur conseille de rester nos amis! Ah! bigre!

— Revenons, continua M. Rabbe, à notre propre fête. Nous allons, messieurs et chers associés, quitter un instant ces dames pour rejoindre nos actionnaires qui nous attendent à l'étage supérieur. J'ai convoqué tous les souscripteurs d'au moins deux cents titres, ne voulant point commettre des personnes telles que vous avec les petits actionnaires (mouvement général d'approbation). M. Hœfer vient de me prévenir que l'assemblée est déjà nombreuse... Mais avant de quitter cette table où j'ai eu l'honneur de recevoir aujourd'hui des personnalités si hautes, et des amis si chers, permettez-moi, de réunir dans un seul et même toast deux sentiments également honorables. (Ecoutez! écoutez!) Je bois aux deux fiançailles!

— Ah! charmant! charmant!

— Un bijou de discours, cria M. Gonflet, qui se leva.

Tous les autres membres du conseil l'imitèrent. Lion Rabbe s'inclina noblement et continua :

— Je bois au bonheur de ces jeunes gens dont le souriant avenir est comme un présage pour la sérénité de nos transactions, et je bois à la prospérité du Crédit social, entité industrielle au berceau, mais déjà puissante, et dont la riche aurore illumine l'hymen de ces enfants comme un magnifique augure

Il y eut des cris d'enthousiasme. Tous les verres se choquèrent.

— A Mᵐᵉ Lion Rabbe, toasta la paire de ducs.

— A Lion Rabbe, au premier financier de l'époque!

— Et qu'il nous donne seulement trois capitaux pour un! dit avec franchise le général Vielpau, cette vaillante épée. Nous ne lui en demandons pas davantage!

Au moment où la procession des membres du conseil s'organisait pour monter à l'étage supérieur, Hœfer s'approcha de M. Rabbe et lui dit tout bas

— Les voitures attendent : mais, vous comprenez, il y a de drôles de têtes dans la rue.

— Vous avez tous vos hommes? demanda M. Rabbe. Souvenez-vous que la sainte correspondance ne doit pas vous quitter.

— Je connais mon devoir.

— La patrie allemande vous regarde!

XXXVIII

FÊTE DE FAMILLE

Si les maisons Pereire, qui font l'ornement des boulevards neufs, ne se louent jamais, c'est qu'il n'y a pas assez de Crédits sociaux. Elles semblent bâties tout exprès pour abriter M. Lion Rabbe et sa boutique. La fée du vieux Crédit mobiler qui érigea ces monuments ne savait chanter qu'un air de chasse :

> Dindons, dindons,
> Donnez vos fonds,
> Tonton, tontaine, tonton

31*

Ce sont des « siéges de la société » tout faits, et les plus commodes du monde.

Il y a la scène, les coulisses, les dessus, les dessous. Les crampons où Léotard, directeur-gérant, attache les cordes de son trapèze sont plantés d'avance auprès des lustres, et en cherchant bien, vous trouveriez tout vissé le bouton de la trappe dont Bilboquet se sert pour sauver la caisse, le lendemain de l'apothéose.

L'appartement de 25,000 fr. était disposé pour la fête de famille. Dans le grand salon à ciel bleu, entouré d'un ovale d'or, une estrade s'élevait, autour de laquelle régnaient plusieurs rangs de fauteuils. Dans le petit salon, un buffet était dressé. Dans le boudoir, on voyait des pupitres et des instruments de musique.

Dès l'abord, on distinguait la double physionomie de cette réunion : assemblée d'actionnaires et raout, car les danses allaient venir après la solennité industrielle.

Derrrière l'estrade, adossée au lambris du grand salon et surélevée de deux marches, une caisse de taille respectable formait la partie la plus importante du décor et s'entourait de draperies comme un autel.

Il y avait beaucoup de monde, et parmi ce monde assez de gens à accent germain, assez de Meyer, assez de Hoffmann, assez de Pfafferloffenschaft pour que le mystère de la religion marchande qui allait être célébré selon le rite de Francfort fût commenté et apprécié sur tous les bancs. En somme, cela pouvait passer pour original et personne n'y trouvait à redire. C'était une manière comme une autre de souhaiter la bienvenue à la nouvelle institution de crédit, tout en buvant du punch et du champagne.

Cela constatait d'ailleurs un fait rare : le versement intégral des capitaux.

M. Lion Rabbe aurait pu se permettre des excentricités bien autrement hardies. Il était le ténor financier. On comptait sur son *ut* de poitrine pour battre monnaie, et tous ces braves gens lui vouaient une somme de tendresse exactement proportionnelle au chiffre d'actions que chacun d'eux avait en poche.

Quand le conseil fit son entrée processionnelle, il y eut nombre de poignées de main échangées. Le conseil était gai. Quoiqu'il existe toujours une certaine opposition de la part des gens appelés seulement à la soirée contre ceux qui ont eu le privilége de dîner, tout se passa fort cordialement ; mais les témoignages de vraie popularité, les marques de respect se concentrèrent sur M. Lion Rabbe.

Il fut porté plutôt que conduit sur l'estrade.

Et quand il voulut installer le duc-président au fauteuil, une protestation unanime, à laquelle M. le duc se joignit, le força d'y prendre place lui-même.

— Ce n'est pas régulier, dit-il, messieurs et chers associés, mais nous sommes à une fête, et je cède.

— Une fête dont vous êtes le roi ! s'écria l'avocat Gonflet-Deloutre. C'est à vous qu'est réservé l'honneur d'ouvrir la caisse puisque c'est vous qui l'avez remplie.

Au milieu d'une véritable explosion de bravos, le bataillon des employés chargés des livres et de ce qu'il fallait pour *farcir* la caisse traversa le salon et se dirigea vers l'estrade.

En tête marchait M. Hœfer, qui portait sur un cous-sin les clés du coffre-fort.

Ne vous contraignez pas si vous voulez trouver ce cé-rémonial du culte d'argent tout plein d'imposante poé-sie.

Dans les vieux siècles moisis, on apportait ainsi, sur un coussin de velours ou sur un plat d'or, les clés de la ville conquise...

Ce Lion Rabbe n'était-il pas un conquérant?

Il reçut les clés avec une bonne grâce parfaite, et le coussin fut déposé sur un tapis vert, pendant que les em-ployés entouraient la caisse avec les sacs d'argent et les bottes de billets. M. Hœfer fut chargé d'ouvrir.

— Tout cela, dit M. Rabbe, ne dormira qu'une nuit. Il y a 13 millions passés dont l'emploi est réglé pour de-main à la première heure.

— Ma parole! s'écria en ce moment le duc de Mazen-çay-Toledo, qui lorgnait le coussin sur lequel on avait apporté les clés, voici un curieux objet d'art. C'est tout un tableau. Ce lion et cet âne sont superbes!

Le coussin avait du succès, indépendamment même des reliques qu'il supportait. Tout le monde s'approcha, et on alla jusqu'à déranger les clés de la caisse pour mieux voir.

— C'est très-curieux comme couleur, dit Gonflet.

— Le fait est, ajouta un seigneur de l'estrade, qu'il n'y a rien de plus vif aux Gobelins!

— Qu'est-ce que cela peut bien représenter?

— Le coup de pied de l'âne, répondit l'illustre prési-dent avec distraction.

Il agita en même temps sa sonnette et prononça les mots sacramentels :

— La séance est ouverte !

Une voix s'éleva tout contre l'estrade, au premier rang des fauteuils. Elle dit :

— Mein herr Rabbe, vous avez empoisonné le lion. Il est bien malade. Le coup de pied sera donné, — mais non point par vous. J'y vais mettre ordre !

— Qui a laissé pénétrer cet homme ? demanda Rabbe, qui s'était levé à demi, en proie à une agitation extraordinaire.

Bien peu, parmi les membres de l'assemblée, avaient entendu ces singulières paroles et personne ne les avait comprises.

Mais tout le monde fut frappé de l'émotion du grand Lion Rabbe et il n'y eut pas un regard qui ne se portât vers l'endroit d'où la voix était partie.

Il y avait là M. le vicomte de Charmois et le colonel Grant, tous les deux actionnaires. Entre eux s'asseyait Hubert de Pontal.

Plusieurs des membres du conseil le saluèrent de la main familièrement, et le général Vielpau dit entre haut et bas :

— Est-ce que le pauvre garçon va nous faire une algarade ? J'étais l'ami de son père.

— Un honnête homme, ajouta le duc de Mayençay : pas fort.

— Que venez-vous faire ici, monsieur ? demanda Rabbe d'une voix que la colère faisait trembler violemment.

— Je vous avais dit, répliqua Hubert : A ce soir, chez moi. Je suis chez moi.

Il franchit en même temps la distance qui le séparait du bureau et déposa un paquet de deux cents actions sur le tapis vert.

Il y eut une agitation dans la salle, et ces mots se dégagèrent du murmure :

— C'est vrai, en définitive. Chacun de nous est ici chez soi.

Pontal était tout près du bureau. Son regard se plongea dans celui de Rabbe comme une épée.

— Vous êtes à moi, prononça-t-il tout bas, votre crise vient : je la vois!

Avant de regagner sa place, il dit tout haut :

— Puisque la séance est ouverte, je demande la parole.

C'était principalement parmi les seigneurs de l'estrade qu'Hubert avait des relations personnelles, les simples actionnaires et les gens de Bourse ne le connaissaient que par sa *manie* de voir des Allemands partout. Quand son nom courut à l'assemblée, beaucoup haussèrent les épaules, et quelques-uns se prirent à rire, disant :

— Bonne affaire! Le comique aurait manqué sans ce toqué!

Maître Gonflet, qui était un farceur, murmura à l'oreille de ses voisins :

— Si l'odeur de Prussien l'incommode, il faudra ouvrir les fenêtres, car ça embaume ici !

Lion Rabbe avait été frappé violemment et dominait son trouble à grand'peine. Il s'entretenait tout bas avec les membres du bureau, disant :

— C'est un ennemi personnel. Je lui ai refusé la main de ma nièce. Je crains un scandale.

— L'Assemblée, lui répondit-on, fera bien sa police elle-même. Tout le monde ici vous appartient corps et âme.

A ce moment, M. Hœfer prononça en pur Allemand et du ton d'une personne qui compte obtenir un succès :

— Le boyau est farci !

L'effet fut relativement froid. Il venait mal.

Cependant, quatre garçons de bureau, plus beaux que des suisses de paroisse, ayant élevé des lampes, chacun regarda la caisse pleine au fronton de laquelle un écriteau-bordereau criait en lettres d'or :

— Treize millions six cent trente-huit mille cinq cents francs.

Quelques applaudissements éclatèrent, auxquels prirent part le vicomte de Charmois et le colonel Grant. Chacun de ces deux messieurs portait un paquet de volume moyen, reposant ostensiblement sur ses genoux.

— Mon cher monsieur de Pontal, dit le duc de Mayençay, avant de vous donner la parole, je me fais l'organe du bureau pour vous demander si votre intention est d'entretenir l'assemblée du sujet ordinaire de vos... méditations ?

— Les Prussiens ! les Prussiens, cria-t-on de toutes parts au milieu des rires. Laissez-le donc découvrir la Prusse !

— Monsieur le duc, répondit Hubert, je m'engage à ne parler que des affaires de l'association, mais j'exige la parole.

On put entendre Lion Rabbe qui murmurait, en essuyant la sueur de son front, ces mots étranges :

— Je n'avais pas besoin... et ce n'était pas pour moi...

Hœfer se pencha par derrière au-dessus de lui et prononça quelques mots à son oreille en allemand. M. Lion Rabbe se redressa.

— Faites le nécessaire, dit-il. Adrien et vous, vous êtes responsables de l'exécution de mes ordres !

On entendit la caisse se fermer bruyamment. Hœfer et Adrien sortirent. L'opinion générale fut qu'ils allaient chercher main-forte, car ce fut d'un ton assuré et presque provocant que le grand Rabbe dit enfin à Hubert :

— Parlez, monsieur, à vos risques et périls !

Pour un fou, Hubert de Pontal se comportait avec beaucoup de calme.

Il est vrai que, pour un sage, le grand Lion Rabbe venait de montrer des signes bien surprenants de faiblesse. Ce rude champion avait été presque désarçonné par la seule vue de la lance de son adversaire. Etait-ce donc une arme enchantée ?

— Allons, allons, parlez ! fit-on de tous côtés dans l'assistance.

— Et tâchez d'être drôle ! ajoutèrent quelques voix appartenant à ces loustics qui se placent aux derniers rangs pour lancer des mots.

— J'ai peur de ne pas remplir votre attente, dit Hubert. Je ne serai ni drôle ni long. Toute association a droit de justice intérieure, parce que l'indignité d'un de ses membres la compromet dans son crédit. A plus forte raison l'indignité de son chef. J'ai à vous apprendre, si vous ne le savez pas, que M. Rabbe, votre directeur-gérant, est indigne.

Il y eut un tumulte.

— Ah bah ! Pas possible ! Et pourquoi ?

— A la porte !

— Indigne ! M. Rabbe !

— Comme Prussien ?

— Non, répondit Hubert, comme assassin.

On crut avoir mal entendu.

— Assassin ! notre cher hôte ! s'écria le général Vielpeau.

— C'est trop fort !

— Cela passe les bornes !

— A-t-il bien dit assassin ?

Hubert répéta d'une voix forte :

— Assassin !

M. le duc de Mayençay-Toledo entoura de ses bras l'illustre directeur, qui chancelait sur son fauteuil et qui murmurait :

— C'est odieux ! c'est insensé... Les morts vont vite !... Je n'aurai pas le temps !

— Que dites-vous ? s'écria l'autre duc, le vénérable Beauséant, qui ne parlait que dans les circonstances énormes.

Lion Rabbe le regarda avec égarement.

— C'est mon ennemi, balbutia-t-il, mon ennemi personnel ! Il est fou. Il a juré de me perdre ! Moi ! un assassin ! Est-ce croyable !... Au secours ! C'est la noire échéance ! J'ai reconnu Satan ! Au secours ! Au secours ! L'or brûle !

Au milieu du bruit qui emplissait la salle, ces paroles

incohérentes ne furent entendues que par les plus pro-
ches voisins de Lion Rabbe. Le gros de l'assemblée en
était encore à taxer l'accusateur d'extravagance.

Les protestations et les cris se croisaient.

— Quelles preuves? quelles preuves? demandait-on
de toutes parts.

— Regardez-le! dit Hubert, qui était maintenant debout.

— Il se trouve mal, fit M. de Mayençay, il a la fièvre.

— C'est l'indignation! ajouta le général. Il y a bien
de quoi! Ah! bigre!

— Des preuves! des preuves! criait-on à Hubert.

La foule des actionnaires entourait M. de Pontal en
tumulte. Il écarta de la main les plus pressés, aidé en
cela par M. le vicomte de Charmois et par le colonel
Grant, qui criaient pourtant comme les autres et même
plus haut :

— Des preuves! des preuves!

— J'ai mon témoin, messieurs, dit Hubert, toujours
tranquille.

— Rien qu'un témoin?

— Où est-il le témoin?

— Il est ici, tout près, répliqua Hubert, et il attend.

— Quel est-il?

— Les choses de la nuit, dit Hubert, dont la fermeté
dominait la bagarre, ne peuvent avoir pour témoins que
les hommes de la nuit. Mon témoin est trop pauvre pour
acheter son droit d'entrée parmi vous. Ordonnez qu'on
l'introduise, et il viendra. Il s'appelle Chuche, et il est
employé du gaz.

Il y eut des rires et des huées à ce nom.

— Qu'il entre, l'homme du gaz!

— Non ! non !

— Si! si! le témoin ! l'homme du gaz! qu'il entre! qu'on en finisse !

Mais la voix de Lion Rabbe s'éleva, si changée qu'on ne la reconnut pas. Elle disait :

— Défendez-moi ! Ne laissez entrer personne ! Fermez les portes! On veut me tuer ! C'est l'échéance! Il est fou! Je suis fou!

XXXIX

ESPION FRANÇAIS

On emporta M. Rabbe hors du fauteuil. Sa bouche écumait et il montrait le poing à Hubert en répétant :

— Je n'avais pas besoin... Menteur! menteur!... Ce n'était pas pour moi... Je suis fou !

— Messieurs, dit le duc de Mayençay fort déconfit, après avoir consulté le bureau également consterné, il paraît que M. Lion Rabbe est sujet depuis longtemps à des crises de ce genre.

— C'est vrai, interrompit Hubert, depuis la nuit du premier meurtre.

— Il y a donc eu plusieurs meurtres! fit-on dans l'assemblée, qui ne riait plus.

— M. de Pontal, reprit le duc, je ne sais comment qualifier votre rôle. Vous exercez ici une vengeance. Nous ne sommes pas un tribunal. Selon nos statuts, une personne étrangère à la Société ne peut être admise dans le lieu de nos délibérations. Adressez-vous aux tribunaux. Nous n'avons pas qualité pour entendre votre témoin.

— M. le duc, répondit Hubert imperturbable, j'assume la responsabilité de mon rôle. Je refuse de m'adresser aux tribunaux, ou plutôt, je prépare ici leur besogne. Ce n'est même plus à vous que je m'adresse, c'est à M. Rabbe lui-même, et il sera son propre juge. L'homme du gaz entrera, je le veux!

— A l'unanimité, commença le président, le bureau décide...

— Je décide le contraire! interrompit Hubert.

Et avant que personne pût prévenir son action, il monta debout sur son siége. Immédiatement au-dessus de lui pendait un lustre à gaz. Hubert saisit une des branches de fonte dorée, la tordit d'un vigoureux effort et la brisa.

— Que faites-vous! s'écrièrent vingt voix, vous allez nous asphyxier ou nous faire sauter, malheureux!

— Sauve qui peut! firent d'autres voix.

Le tuyau cassé donnait au gaz une large issue. Et en un clin-d'œil, l'odeur âcre et suffocante s'était répandue dans l'appartement.

Au milieu du désordre qui allait grandissant, Lion

Rabbe s'était redressé, en proie à une fièvre de fureur.
Il répétait :

— Fermez les portes! fermez les portes! Défendez-
moi!

Et, chose étrange en un pareil moment, il se trouva
des mains mystérieuses pour mettre à exécution l'estra-
vagance de cet ordre, car le flot des actionnaires affolés
déjà par la terreur, fut obligé de se ruer vers les fenêtres qui furent ouvertes ou plutôt défoncées.

On envahit le balcon en criant :

— Au secours! cherchez un inspecteur du gaz !

— L'homme du gaz ! l'homme du gaz !

Une voix monta du dehors et répondit :

— Présent.

On l'entendit dans toute la salle.

Un vent de détresse avait passé sur les gloires du Crédit social.

Les membres du conseil échangeaient des paroles trou-
blées où perçaient les mots : « Dissolution, restitution
des capitaux, dépôt des fonds dans les caisses publi-
ques... »

Le grand Lion Rabbe, délaissé, se tenait debout sur
le devant de l'estrade.

La ballade le submergeait, mais sa tête restait encore
au-dessus des eaux troubles où la raison allemande perd
plante à l'heure du hussard.

Il n'était pas encore rendu, ni vaincu. Il cherchait,
combattant à la fois le destin et la folie. Son cerveau
travaillait désespérément.

M. le vicomte de Charmois et M. W.-J. Grant étaient
l'un à sa droite, l'autre à sa gauche, — sans doute, dans

une secourable intention. Ils ne s'étaient point séparés de leurs paquets.

On frappa à la porte principale.

— Ouvrez, ordonna M. de Pontal en s'adressant au seul valet de la maison qui fût encore dans la salle.

Et, comme le valet hésitait, Hubert ajouta :

— Au nom de la loi, obéissez !

La porte ouverte donna passage à Thomas Chuche, soutenu par M. Barré et un autre inspecteur. Deux ouvriers gaziers le suivaient.

Derrière encore venaient M. Hœfer et Adrien qui échangèrent un signe rapide avec Lion Rabbe, dont le visage s'éclaira tout à coup d'une lueur.

Pendant que les ouvriers montaient au lustre, l'assemblée fit cercle, car la curiosité se réveillait violemment. C'est à peine si quelques peureux s'étaient retirés.

Thomas Chuche alla droit à Hubert de Pontal.

— L'ami dit fièrement M. Rabbe, qui avait retrouvé quelque chose de sa majesté et que les membres du conseil entouraient de nouveau, me reconnaissez-vous ? Parlez sans crainte.

— Oui, bien, répondit le bon Thomas Chuche, je vous reconnais et je vous salue, monsieur Rabbe.

Un frémissement favorable courut dans l'assistance, en même temps qu'un long murmure s'élevait.

— Voyez ! voyez ! disait-on de toutes parts ; c'était une manœuvre contre notre directeur !

Mais en ce moment, il se produisit un coup de théâtre tout à la fois grossier et hardi, — quasi burlesque, dans sa mise en scène, mais tragique à un point qu'on ne peut exprimer.

Charmois d'un côté, Grant de l'autre, avaient défait leurs paquets.

Celui de Charmois — le plus volumineux — contenait un vieux carrick en guenilles; celui de Grant ne renfermait qu'un chapeau de feutre mou à bords tombants.

D'un même mouvement, les deux agents-actionnaires vêtirent et coiffèrent M. Lion Rabbe, qui se débattit comme si on lui eût mis sur le corps la robe de Nessus.

— Regardez mieux, Thomas Chuche ! prononça Hubert d'une voix éclatante.

L'homme du gaz recula de plusieurs pas et se mit à trembler sur ses jambes.

— L'assassin ! dit-il, c'est lui ! je le reconnais ! C'est lui qui a tué Françoise Matifaz, je le jure !

Et il leva la main.

Dans la salle, il se fit un grand silence qui était de la stupeur.

Les membres du conseil étaient atterrés. M. le président de Beauséant, le plus colossal des deux ducs, fut entendu qui murmurait :

— C'est une bête d'affaire !

Il mit son chapeau de travers.

Charmois et Grant ne s'opposèrent point à ce qu'on dépouillât M. Rabbe de son terrible travestissement.

Chacun de ses deux messieurs déposa une liasse d'actions et Charmois dit :

— Nous avions deux fois le droit d'être ici comme actionnaires et comme agents de l'autorité.

— Ce Pontal est donc riche ? se dit-on dans les groupes. Cette exécution-là lui aura coûté bon !

W.-J. Grant ajouta poliment :

— Si vous m'en croyez, messieurs, vous vous assurerez de la caisse et vous lèverez la séance.

Le plus auguste des deux ducs, M. de Beausséant (c'était la troisième fois qu'il parlait en un seul jour), demanda les clés du coffre-fort et les glissa dans sa poche, après avoir adressé à W.-J. Grant un signe de remercîment.

M. Hœfer et Adrien étaient revenus auprès de Lion Rabbe qui se tenait droit, maintenant.

— Et vous, M. de Pontal, demanda-t-il d'une voix raffermie, pourquoi ne nous déclarez-vous pas aussi votre qualité d'agent de police ?

— Moi, répondit Hubert, dont le brillant et calme regard fit le tour de l'assistance, j'accepte envers et contre tous la responsabilité de mes actes : JE SUIS UN ESPION FRANÇAIS, et j'ai été bien longtemps vaincu dans ma lutte contre l'espion prussien. Il a fallu le hasard pour me fournir une arme ; il a fallu dans mon cœur une passion profonde pour y vaincre un robuste préjugé.

Tant que j'ai parlé de la guerre souterraine et déloyale que nous fait un lâche ennemi, je n'ai rencontré que moqueries incrédules, mépris, insultes ou pitié. Les amis de mon père délibéraient sur la question de savoir s'il était opportun de m'envoyer à Charenton. Mais j'ai trouvé sur mon chemin une femme à défendre, ce qui a trempé mon courage et rendu ma volonté indomptable ; — ce n'est pas tout : je me suis heurté contre un crime.

Devant le sang répandu, personne ne rit plus, même en
France, ce pauvre grand pays qui se meurt de rire.

Pendant que la justice trompée demandait en quelque
sorte pardon à l'assassin de l'avoir soupçonné, moi, je
forçais la police à me suivre. Mes compatriotes ont entassé sur ma route plus d'obstacles que l'étranger lui-
même. J'ai trouvé devant moi un formidable rang de
bataille, formé de tout le monde, gens du gouvernement,
gens de l'opposition, gens sages et gens insensés. Je n'ai
jamais eu qu'un allié, c'est M. Rabbe lui-même. Sans
M. Lion Rabbe, peut-être serais-je, en effet, à Charenton.

Mais M. Lion Rabbe, à lui tout seul, travaillait autant
et plus que la France et l'Allemagne, réunies pour le
défendre. Il allait, il allait, emporté par le tourbillon
qui s'appelle fatalité. Les morts vont vite, n'est-ce pas,
M. Rabbe, capitaine des Eclaireurs-Secrets?

— Je n'avais pas besoin, balbutia le banquier d'une
voix sourde. Je puis montrer au grand jour les sources
de ma prospérité...

— Certes! Et c'est ici la malédiction. Vos crimes ne
vous ont pas donné une parcelle de votre fortune. Vous
n'aviez pas besoin, mais vous alliez avoir besoin. Vous
n'aviez pas entamé le dépôt, mais vous croyiez l'entamer.
La panique vous conseilla votre premier crime, et les
autres en découlèrent. Et votre fortune, raillerie du hasard, se mit à monter comme une marée, éveillant l'attention de ceux qui regardent par état. Vous alliez trop
vite. Le hussard ne connaît que le galop, et trop de gens
tombaient à droite et à gauche, le long de la pente gravie
par vous. J'avais dit à qui de droit : « Le meurtre en-

trainera d'autres meurtres. » Et j'avais désigné les victimes : d'abord le Barrabas, ensuite la concierge de la
maison des pauvres, — puis votre maîtresse, Mlle Honorine, — puis Virgile Matifaz, — puis Tourterol, — puis
Thomas Chuche, votre femme et moi !

Il y eut un sourd murmure. L'espace s'élargissait entre Lion Rabbe et les membres du conseil.

Hœfer dit tout bas à l'oreille de Lion Rabbe :

— Il m'a oublié. J'étais condamné par vous.

Le banquier lui serra la main et répondit de sa voix
creuse :

— C'est vrai. Que Dieu protége l'Allemagne !

M. Adrien demanda :

— Voulez-vous que je le provoque en duel ?

Lion Rabbe lui tendit son autre main.

— C'est la patrie qui me vengera, murmura-t-il. Ou
bien ce sera moi, si j'ai le temps. Cet homme est grand.
Je le hais de toute ma haine contre la France !

— Donc, reprit Hubert, j'en suis venu à mes fins. Peu
importe ce qu'il m'en coûte. Ne pouvant mettre la main
au collet de mein herr Lion Rabbe, capitaine des Eclaireurs-Secrets, puisqu'on ne voulait pas croire aux Eclaireurs-Secrets, moi, marquis de Pontal, espion de police,
comme il dit, et il dit vrai, car voici ma carte, j'arrête
au nom de la loi, à mes risques et périls, le banquier
français naturalisé Lion Rabbe, pour crime d'assassinat !

Lion Rabbe n'opposa aucune résistance.

On le vit porter seulement sa main à sa bouche,
comme s'il eût voulu comprimer un spasme.

Hubert était maintenant soutenu par un nombre suffisant d'agents de l'autorité et l'assistance ne montrait aucun penchant à se mêler de l'affaire.

Le conseil, auquel s'étaient joints quelques-uns des plus forts actionnaires, s'occupait des mesures conservatoires à prendre au sujet du fond social.

— M'est-il permis, demanda M. Rabbe, de dire un mot à mes amis ?

Hubert s'inclina. Le banquier rapprocha de lui Hœfer et Adrien et leur dit :

— Tout est fini pour moi. Je vous confie nos papiers. J'ai pris mes mesures : je n'irai pas devant les tribunaux. Je lègue toute ma fortune à l'œuvre des Eclaireurs-Secrets, qui sont l'avant-garde de la croisade allemande. Il faut que demain vous ayez franchi le Rhin. Adieu · nous ne nous reverrons plus ici-bas...

Il y eut un grand mouvement du côté de la porte, et Clémence, en costume de voyage, se précipita vers l'estrade les bras étendus.

— Mon mari ! criait-elle, mon mari bien-aimé !

Elle se jeta sur lui et voulut le serrer sur son cœur.

Il la repoussa froidement et durement.

— Laissez-moi, dit-il, je meurs pour mon pays, et vous, vous abandonniez votre patrie !

— C'était pour toi !... voulut dire la malheureuse femme.

Il lui tourna le dos.

Clémence se tordait les mains. Elle s'adressait à tous, et criait en sanglotant :

— Il s'est accusé, il a dû s'accuser ! Ne le croyez pas, c'est un cœur pur, c'est un saint ! Dans ses crises, il se

croit criminel... Oh ! nous le défendrons !... je le défendrai !

— Emmenez-la ! ordonna Lion Rabbe.

Il marcha vers M. de Pontal.

— Vous, dit-il, je vous hais, mais je vous honore.
Vous aurez ma dernière parole. Faites sortir tout le
monde : je vous choisis pour mon confesseur.

XL

L'HOSPITALITÉ

Ainsi prit fin la fête de famille où le Crédit social comptait pendre si gaiement sa crémaillère d'or. Les membres de cette belle institution, depuis les ducs jusqu'aux garçons de bureau, ne demandaient pas mieux que de s'en aller. Personne ne fit la moindre attention au côté politique de l'aventure. — Le vieil Homère a montré les Troyens riant et dansant autour du cheval donné par ces Prussiens de Grecs, et dont les flancs perfides sonnaient pourtant l'airain.

Il y avait, certes, de l'émotion. Ce crime était une chose surprenante et curieuse au plus haut degré. Mais pourquoi mêler la Prusse à tout cela? M. Gonflet Deloutre, l'excellent avocat, exprima cette vérité qui sautait aux yeux.

— Le Lion Rabbe ne demandera pas mieux que de laisser croire qu'il travaillait dans un but de patriotisme; mais je vous garantis que s'il a tué tout ce monde-là, ce dont je doute très-fort, ce n'était pas pour le roi de Prusse ! Je parie qu'on plaidera l'aliénation mentale.

— Je regrette l'affaire, dit le général Vielpau. Quant aux Prussiens, qu'ils y viennent ! Nous sommes bons là ! Quinze jours de promenade militaire et les frontières du Rhin ! Ah ! bigre !

Ce fut à peu près tout, sauf la question de la caisse si admirablement *farcie* et pour laquelle on avait pris toutes les précautions exigées par la prudence.

Dans la salle où avait eu lieu l'assemblée, Lion Rabbe et Hubert de Pontal étaient seuls. D'après le désir exprimé par le banquier, on avait fait retirer tout le monde, même Mme Rabbe, Hœfer et Adrien.

Il n'y avait là rien d'irrégulier. Leroy-Louban (l'ancien vicomte de Charmois) et Ruault (l'ex-colonel américain, W.-J. Grant), redevenus simples inspecteurs, veillaient avec Barré et son escouade derrière les portes fermées.

Lion Rabbe semblait avoir vieilli de dix ans dans la dernière heure. Le jeune visage qui brillait naguère sous ses cheveux blancs n'était plus. Autour de ses yeux assombris, un cercle brun se creusait profondément. Il souffrait, mais avec vaillance, et tout signe d'égarement intellectuel avait disparu de sa physionomie.

Hubert de Pontal était presque aussi pâle que lui.

Quelque chose de solennel allait avoir lieu entre ces deux hommes, séparés par un abîme, mais qui avaient au moins un lien commun : l'amour exalté de la patrie.

Lion Rabbe était revenu s'asseoir au fauteuil du président. Quand M. de Pontal voulut se rapprocher de lui, Rabbe dit de sa voix fatiguée, mais tranquille :

— Je vous prie de rester à distance. Dans cet entretien dont les instants sont comptés, je veux ma liberté entière; mon existence, désormais, pouvait nuire à mon pays : je la lui ai sacrifiée, M. de Pontal. Tout à l'heure, je me suis empoisonné.

Hubert sauta sur ses pieds pour s'élancer vers la porte.

La main de Lion Rabbe, qui était sous le revers de son habit, se montra, armée d'un pistolet. Il en appuya le canon sur son propre front.

— Restez, répéta-t-il. Je suis mon maître, je mourrai mon maître. Les quelques moments qui me restent à vivre m'appartiennent. Je n'ai pas voulu être un danger pour la cause que je sers jusqu'à la mort : Jamais je ne tomberai vivant entre les mains de la justice française. Si vous bougez ou si vous appelez, je me fais sauter la cervelle.

Hubert n'osa plus faire un mouvement. Si le canon du pistolet eût touché sa propre tempe, il en aurait bravé la menace; mais M. Rabbe disait rigoureusement vrai : sa vie, en ce moment, lui appartenait.

Il reprit :

— Asseyez-vous, je vous prie, à la place même où vous êtes.

Hubert obéit. Ils étaient séparés par toute la largeur de la table.

— Je vais, continua M. Rabbe, vous faire ici des révélations complètes. Entre plusieurs façons de me venger que je gardais en mon pouvoir, quoique vaincu, celle-ci m'a paru la plus cruelle, car la science que vous aurez mettra le comble à vos angoisses sans diminuer votre impuissance. Vous m'avez brisé, monsieur de Pontal; moi, je vais vous tourmenter comme un bourreau : nous mourrons quittes.

Son œil éteint eut une lueur sinistre. Il reprit d'une voix plus ferme, quoique les signes de sa souffrance allassent en augmentant.

— L'Allemagne est le plus grand de tous les peuples; pourquoi n'en est-il pas le plus illustre? Parce que la France existe, bavarde, vaniteuse, menteuse, et qu'elle nous a volé en ricanant notre suprématie légitime. Voltaire mettait la Prusse bien au-dessus de la France. Il méprisait votre populace comme nous la méprisons : c'est le seul homme de génie que votre populace ait jamais adoré à l'égal d'une idole.

Notre race est plus belle que la vôtre, plus haute et plus intelligente, mais l'Europe vous met au-dessus de nous. Et nos femmes vous aiment.

Notre littérature domine la vôtre. Vos revues l'avouent, vos critiques le proclament, et l'Europe est agenouillée devant votre littérature. Nos libraires la propagent. Elle perd nos femmes.

Notre or pille votre cuivre. Nous, les compatriotes de Schiller et de Gœthe, nous contrefaisons vos rapsodies

33*

frivoles et malsaines. Nos femmes le veulent. Nous vous haïssons.

Vous êtes venus chez nous, autrefois. Vous avez foudroyé nos villes. Notre haine ne vient pas de là, pas toute, du moins. Vous avez été cléments : voilà pourquoi nous vous haïssons.

Notre haine vient de votre éclat, de votre générosité, — et de vos richesses.

Ainsi, dans l'univers, un flot gigantesque se soulève et monte, un océan que gonflent toutes les misères méritées, toutes les incapacités vaincues, toutes les convoitises sans prétextes, toutes les ambitions sans excuses, toutes les jalousies basses et implacables qui s'affublent d'un lambeau violemment coloré et qui disent : « Nous sommes l'ÉGALITÉ. »

Nous autres, nous détestons cela, mais nous nous servons de cela — contre vous.

Nous sommes, nous, les fils de la sainte Allemagne; nous sommes la JUSTICE, la RAISON et la RELIGION, — chez nous.

Chez vous, nous n'avons ni foi ni loi. Dieu le veut. C'est la croisade.

Nous vous tuerons par votre insouciance que vous appelez grandeur d'âme, et par votre aveuglement que vous décorez du nom d'HOSPITALITÉ...

Nous ne sommes pas gais, M. de Pontal, et pourtant votre hospitalité nous déride. En Angleterre aussi, ils sont hospitaliers, mais à bon escient. Londres attire les rebuts de la terre entière. C'est le refuge où nulle police ne peut traquer le fauve gibier des cavernes politiques, c'est le vivier où grouillent en paix les crocodiles internationaux, riant aux larmes des imbéciles qui meurent, soit devant, soit derrière les barricades. Londres a besoin de ces lâches entraîneurs qui font toutes les batailles civiles et s'éteignent de vieillesse dans leurs lits. L'Angleterre exploite depuis cent ans la révolution européenne. Elle en mourra, dans la plus épouvantable convulsion qui jamais doive déshonorer l'histoire.

Mais vous, de quoi tirez-vous profit? de rien. Qu'exploitez-vous? Néant. Vous êtes les héros de la bêtise humaine. Vous ouvrez vos flancs non pas à vos enfants, mais à vos ennemis, pour le seul plaisir de crier sur les toits, en vers et en prose : « France! ton nom est synonyme de magnanimité! »

Et quand l'un de vous, voyant clair par hasard, risque un avertissement ou un conseil, on le hue.

M. de Pontal, vous êtes mon vainqueur et j'ai pitié de vous.

On peut tout vous dire : Vous êtes un muet, puisque vous parlez à des sourds.

Je ne sais pas qui a fondé la grande œuvre des Eclaireurs-Secrets. Est-ce le roi? c'est douteux. Nous n'aimons pas le roi, nous lui obéissons, parce que la discipline est la force. Notre patriotisme est de la haine. Vous êtes notre vertu. Quand la France va tomber, étouffée sous l'immense conspiration germanique, l'Allemagne périra peut-être de sa joie. Qu'importe? Vous serez morts les premiers.

Mon père, avant moi, était Éclaireur-Secret. Il a vécu de la France. Je me souviens qu'un jour, j'étais tout enfant, il me montra, dans la forêt de Saint-Germain, un chêne superbe dont la tête n'avait plus de sève. Des milliers de chenilles dévoraient les feuilles sur les branches. Mon père me dit, en me montrant ce bel arbre malade :

« C'est la France ! »

Et, en désignant du doigt les chenilles, il ajouta :

« Nous voilà ! »

C'était vrai. L'Allemagne est sur la France comme les chenilles sur le chêne. Et à mesure que nous vous mangeons, nous vous haïssons. Cela dure depuis bientôt soixante ans.

Combien nous sommes d'Éclaireurs-Secrets ? Comptez les chenilles, nous sommes des milliers, nous sommes des millions !

Je vais quelquefois, — ah ! je n'irai plus ! les voir arriver à la gare du Nord. Ils viennent, ils viennent sans cesse. Nous nous reconnaissons. Notre poignée de mains est un mot d'ordre.

Nous sommes pauvres, M. de Pontal. Tant mieux ! Il faut la faim à celui dont le devoir est de dévorer. Nous emporterons un jour tout votre or comme salaire de tont votre sang versé.

Quelquefois, pourtant, ce sont des gentilshommes qui viennent, des grands seigneurs même, témoin M. de G..., notre ambassadeur, qui est un tendre ami de votre cour.

Et il y en a d'autres qui mènent le cotillon à vos bals officiels.

Mais les petits bourgeois, armés du talent de liarder, mais les escompteurs à la semaine, les brocanteurs, les colporteurs, les raccommodeurs, les cordonniers, les tailleurs, les domestiques, les courtisanes, les chanteuses, les voleuses, ah! voilà notre armée! C'est bon pour les grèves, c'est bon pour l'émeute; cela prépare le chemin au canon.

Et la plaie des sauterelles! Les faux-Alsaciens des provinces rhénanes qui s'abattent sur vos campagnes au temps de la moisson! La charité, s'il vous plaît! Au nom de Dieu!

Les pauvres gens! comme ils font compassion! Grâce à eux, nous connaissons votre terrain pouce par pouce et mieux que vous. J'ai envoyé l'an dernier à mon colonel une carte où le château de Pontal était marqué, grand comme une pièce de dix sous, avec ses jardins, son avenue, et les clôtures de ses champs....

Hubert avait laissé échapper un mouvement de surprise.

— Toutes les haies de votre héritage, continua Lion Rabbe, les clôtures, les fossés, les mouvements de terrains. Savez-vous la profondeur de la rivière au bas de votre taillis? j'entends quand le moulin tourne à pleine eau? moi je m'en souviens : 1 mètre 43.

Attendez, ce n'est pas tout : Il y a deux vieilles couleuvrines au grenier, neuf fusils au manoir, et sept dans le village. Votre canton a fourni 67 conscrits sur 149 présents au dernier tirage; 21 savaient lire, 18 écrire. Soldats libérés 23, dont quatre canonniers. Un sergent, deux officiers, dont un de marine, un ancien ingénieur civil et un commis de l'intendance retraité...

M. de Pontal, vous écoutez sans répondre, et vous avez raison. Chaque mot que vous prononceriez vous priverait d'une de mes paroles, car la mort est en moi, je la sens qui travaille. C'est ma punition. J'ai péché, je

n'entrerai pas dans la terre promise. Nos uhlans amène-
rons sans moi leurs petits chevaux par la bride antour
du bassin du Palais-Royal, je ne verrai pas la pointe
d'acier de nos casques mirer le soleil dans la maîtresse
allée des Tuileries. Je ne verrai pas surtout, non, je ne
verrai pas, et c'est là mon regret mortel, je ne verrai
pas le plus beau, le plus grand résultat de notre œuvre
patiente et sublime.

La mine est creusée profondément et ramifiée largement.

Nous y avons entassé, en guise de soufre et de salpé-
tre, vos vices, vos corruptions, vos défaillances ; la folie
féroce de vos bandits politiques, les haines de votre peuple, son ignorance, sa crédulité, sa faim, sa soif, son
athéisme, son ironie, l'orgueil encore plus ignorant de
vos bourgeois, dindons qui se truffent d'opposition avant
de s'embrocher eux-mêmes devant le brasier qui va les
rôtir, la filouterie de votre noblesse nouvelle, la dé-
chéance de votre ancienne noblesse, le néant sonore de
votre barreau, l'avilissement de vos lettres, la honte de
vos théâtres, la révolte de vos prêtres, essayant de couvrir quelque chute infâme sous l'infâme apostasie, l'a-
narchie de votre enseignement, le fiel de vos professeurs
païens, les larmes de vos caïmans universitaires, la fièvre
vide de votre presse qui incendierait le monde pour un
abonnement de trois mois, l'indiscipline de vos soldats,
l'impatience de vos officiers, l'entêtement de vos généraux, — tout cela fait du fulminate, — et par-dessus
nous avons versé le pétrole absinthé qui tombe des lèvres de vos Catilinas en goguette !

Je ne verrai pas l'immense explosion, j'ai péché, je

n'entendrai pas ce gigantesque coup de tonnerre. Paris flambera sans moi, et je n'assisterai pas à la chère, à la splendide fête de votre suicide !

J'ai péché, je suis puni. Un Éclaireur-Secret — un chef — ne doit avoir ni passions ni faiblesses, à moins que sa faiblesse ou sa passion ne soit à la charge de l'ennemi.

Nous sommes trop pauvres pour payer le plaisir. Un jour j'ai regardé la caisse qui contenait l'argent de notre œuvre, elle était vide. La solde devait se faire le lendemain. J'avais de l'argent en dépôt. Un seul être au monde le savait. Avant de toucher au dépôt, j'ai voulu supprimer le témoin unique dont la voix pouvait s'élever contre moi.

Si je n'avais été que Lion Rabbe, je n'aurais pas fait cela ; mais j'étais le mandataire de mon pays. Ma faute révélée aurait compromis l'œuvre. J'ai tué une fois, puis deux fois, puis... j'ai tué pour mon pays comme je meurs pour mon pays...

Ici, M. Rabbe s'interrompit. Sa voix s'embarrassait dans sa gorge.

Ses deux mains crispées saisirent le tapis de la table.

— Est-ce la crise qui vient ? ou la mort ? prononça-t-il en essayant de maîtriser sa respiration haletante. Je n'avais pas besoin ! malédiction ! malédiction ! ces quatre cent mille francs, je n'y ai même pas touché ! L'or était en route. Au moment où je tuais par pauvreté, j'étais riche ! Le démon est contre les saints. L'or venait, venait, venait ! Il a monté comme une mer. J'allais être le premier, j'allais être le plus grand ! Je me sentais moi-même comme un siphon vivant — et puis—

sant — capable de·faire couler en Allemagne tout l'or, oui, tout l'or de la France !

Et je meurs ! Et je ne serai plus qu'un peu de cendres à l'heure bénie où ces riantes collines qui entourent votre Babylone vomiront le fer et le feu pour écraser vos palais en même temps que vos masures, pour broyer vos soldats armés et vos vieillards sans armes, vos femmes, vos filles et vos petits enfants, — qui, sans cela, deviendraient des Français !...

Une ligne d'écume blanchissait sa lèvre.

Il jeta sur la table une clé et reprit :

— Ouvrez la caisse, M. de Pontal. Je vous ai promis mon aveu tout entier. La serrure a quatre plaques. Le mot a quatre lettres : H. A. S. S., ce qui fait *haine* en allemand. Ouvrez.

Hubert avait fait le tour de la table. Il fit jouer les plaques et amena le mot, puis la clé tourna dans la serrure.

Quand la caisse s'ouvrit, Lion Rabbe eut un rire strident.

Ce n'était plus un coffre-fort, mais une sorte de fenêtre, — un *tour* comme ceux qui servent à passer les plats de l'office à la salle où l'on mange.

Et, bien entendu, l'intérieur de ce tour était complétement vide. Les fonds du Crédit social avaient pris leur volée.

— Ce n'est pas pour moi, dit M. Rabbe. L'Œuvre a maintenant quatorze millions de plus. Le lieutenant Hœfer est sur la route d'Allemagne.

— Celui-là, du moins, s'écria Hubert, peut être saisi a la frontière !

Il s'élança vers la porte.

Une explosion retentit avant qu'il eut gagné le seuil. Il chancela et roula sur le tapis.

Lion Rabbe jeta son pistolet qui fumait encore.

Puis il se leva tout droit. Ses yeux agrandis s'allumèrent et il regarda le vide en croisant ses bras sur sa poitrine.

— Patric! Patric! s'écria-t-il. J'ai péché, j'expie. L'heure de l'échéance a sonné; démon, me voilà. Dieu grand! tu peux punir! Mais de l'Allemagne à la France, qu'il en soit comme entre cet homme et moi. Je meurs le dernier!

Il tomba tout d'une pièce au moment où les deux portes de la salle s'ouvraient.

Le coup de pistolet avait été entendu au dehors. Par l'une des portes, Mme Rabbe entra, suivie d'Adrien et des agents.

Au seuil de l'autre porte, Mlle de Mariaker toute seule.

XLI

LA REVANCHE DU LION

Hubert de Pontal s'éveilla la tête reposée sur les genoux d'Armelle, qui pansait sa blessure en pleurant.

Sur l'estrade, Clémence était agenouillée auprès de son mari, qui avait rendu le dernier soupir.

Elle resta là longtemps, muette et les yeux sans larmes, abimée dans son désespoir.

M. Adrien lui montra le groupe, formé par Armelle et M. de Pontal.

Clémence se remit debout. Elle s'appuya lourdement au bras d'Adrien et traversa le salon d'un pas pénible.

En arrivant auprès d'Hubert, la haine ralluma son regard éteint.

— Venez, dit-elle à sa nièce. Laissez cet homme. C'est lui qui a tout fait. Le nain a tué le géant !

Armelle essuya ses yeux.

— Venez ! répéta Mᵐᵉ Rabbe. Je remplace votre mère et voici votre fiancé. Je vous ordonne de me suivre.

Son geste désignait le lieutenant Von Berghem.

Armelle se pencha lentement et mit un baiser sur le front de M. de Pontal.

— C'est celui-là, dit-elle, qui est mon fiancé. Je l'aime.

Clémence Rabbe leva sa main crispée ; mais au lieu de frapper, elle répliqua :

— Je suis la sœur de votre mère et je vous maudis ! Sortez de chez moi !

Une heure après, dans cette chambre de malade où nous vîmes Armelle attardée au premier chapitre de cette histoire, Hubert que le médecin venait de quitter, était couché sur une chaise longue, et Mˡˡᵉ de Mariaker réchauffait ses mains appuyées contre son cœur.

— Marraine, dit Armelle, je ne vous ai rien caché. La sœur de ma mère a-t-elle eu le droit de me maudire ?

La malade répondit :

— Tant que je vivrai, tu auras une mère.

— Armelle, dit le blessé dès que la parole lui fut rendue, je savais bien qu'aux yeux de votre cœur noble et bon, ma prétendue honte serait une gloire. Il n'est pas un recoin de votre âme où mon regard n'ait pénétré.

Vous m'aimez et vous m'honorez; moi, je vous respecte et je vous adore. Cependant, Armelle, je dois vous demander si vous consentirez à être la femme d'un soldat.

— D'un soldat ! répéta Mlle de Mariaker étonnée.

— Dès demain, reprit Hubert, je signerai mon engagement. Cet homme m'a révélé, en tombant, un secret que j'avais pénétré déjà. La guerre est inévitable et prochaine. Quand la guerre éclatera, je veux être bon pour la guerre. On ne se bat pas bien quand on n'a pas appris à se battre.

— Soyez donc soldat, Hubert, je serai la femme d'un soldat.

La bonne marraine, un peu scandalisée, grommela dans les barbes de sa coiffe :

— Pourquoi pas vivandière?

— Et vivandière, répéta Mlle de Mariaker en souriant, si mon mari me permet de le suivre.

Armelle fut la femme d'un soldat. La guerre vint, glorieuse par places, mais malheureuse partout : duel lugubre où l'un des deux adversaires s'était assuré d'avance l'avantage des armes, du terrain, du soleil.

La guerre n'entre pas dans le cadre de ce récit.

Nous dirons seulement que Thérèse Chuche racheta sa vie par sa mort. Elle tomba, de l'autre côté de la Marne, le soir de la bataille de Champigny, en relevant son mari couché dans la neige. On lui fit des funérailles, d'abord parce qu'elle était brave et secourable, ensuite parce qu'elle portait le nom de ce modeste, de cet héroïque combattant, toujours calme et doux, que nos avant-postes de l'Est appelaient l'*Homme du Gaz.*

Hubert de Pontal, lui, était enfermé dans Belfort, où Armelle portait la croix de Genève.

———

Au mois de mai 1871, Hubert campait au bois de Boulogne parmi ceux qui venaient au secours de Paris. Il n'avait pas de galons, mais son uniforme de simple soldat couvrait beaucoup de cicatrices.

Au mois de septembre suivant, par une belle matinée d'automne, le soleil, passant à travers les feuillages éclaircis, entrait en se jouant dans le grand salon du manoir de Pontal, en Bretagne, et faisait vivre les personnages de la magnifique tapisserie dont nous avons donné la description.

Armelle berçait un beau petit enfant.

Hubert, en costume de chasse, brodait un carré de drap dont une batiste cachait le dessin.

Thomas Chuche entra. De la main gauche, il tenait une chaîne d'arpenteur au bout de laquelle était un plomb de sonde. Il n'avait plus de bras droit.

— Au bas du taillis, dit-il, quand le moulin tourne à pleine eau, la rivière a juste un mètre quarante-trois de profondeur. Le Prussien avait mesuré juste.

— Ils méritaient de vaincre! murmura M. de Pontal.

Armelle donna le bel enfant à Thomas, qui était la berceuse en titre d'office, et se rapprocha de son mari.

— Ne verra-t-on jamais ce chef-d'œuvre ? demanda-t-elle.

Hubert attira jusqu'à ses lèvres ce front rayonnant de bonheur et de beauté.

— Curieuse ! dit-il, dans un baiser.

Puis, il ajouta en détachant les épingles qui retenaient la batiste sur la broderie :

— Quand le lion ne meurt pas du coup, gare à la revanche !

En effet, c'était encore un lion, mais il n'y avait plus d'âne. Il n'est jamais bon d'insulter l'ennemi, cela ravale la victoire, cela humilie la défaite.

Le lion était assis sur sa croupe et portait haut sa tête tranquille. Deux chats-tigres, le mâle et la femelle, étaient couchés sous sa grifle, — l'un dans un lambeau dont les plis d'argent laissaient voir l'aigle prussienne, l'autre dans un haillon couleur de sang.

— Une fois déjà, dit Armelle après un silence ému, tu as été prophète.

Et Thomas Chuche ajouta en regardant le sourire de l'enfant endormi :

— Le petit verra cela, si Dieu le veut !

FIN.

TABLE DES MATIÈRES

Poissy. — Typ. S. Lejay et Cie.

www.ingramcontent.com/pod-product-compliance
Lightning Source LLC
Chambersburg PA
CBHW050748030726
47505CB00002B/456